小東焯

放不下的親情

李小东 等 / 著

中国国际广播出版社

献给

小东淖以及我们融入其中的岁月

三十年榆树呀还要长

三十年亲亲还要想

——摘自《准格尔民歌》

目录

李小东

那些年，我们一起插队 / 001

姜克敏

我与前旗 / 165

郭北临

我的插队经历 / 173

谢安娘

开学啦 / 183

黄哈尔

一个小药箱 / 195

梅山

记梅山 / 205

陈必尹

我永远的小东淖 / 213

李强

永不忘怀的记忆 / 227

李止

虎子陪我住院 / 233

康继光

我是拖拉机手 / 241

李均田

小东淖——令人难忘的社会课堂 / 249

于群鹰

小东淖——那人那事 / 261

赵强

小东淖的兄弟姐妹们 / 265

史世凌

倒场 / 273

李虹

往事历历 / 281

吴海晨

忆海晨 / 293

周天安

插队的日子里 / 297

刘历远

历远一瞥 / 303

于四鹰

小东淖一年 / 307

李坚

想念阿利 / 315

刘五一

既定目标 / 321

苏北雁

北雁印象 / 341

付冬冬

说冬冬 / 345

薛必群

成长点滴 / 351

戈毅

回望 / 359

李小东

李小东　1969 年 5 月

李小东（男），北京农大附中 67 届高中毕业生

那些年，我们一起插队

一、小东淖

（一）区位

打开中国地图，一眼就能看到一个横贯东西的蓝色“几”字形，这就是黄河了。“几”字那一横相关的地域人称河套。如果在前面加个大字，即为历史地理上的大河套。这个大可不得了，那是黄河从青海出发，途经甘肃、宁夏、内蒙古，直下陕西、山西，裹泥挟沙一路狂奔以浩浩荡荡之势冲刷出来的一块块平原。即使限定在“几”字那一横上，河套的地界也是相当地大，所谓八百里河套川。这平展展一望无际的大川分前后两大块，叫前套和后套，前套居东，后套位西。前后套是俗称，官面语言叫土默特平原和巴彦淖尔平原。

现在我们把目光集中在巴彦淖尔平原，就是那一横左上角被蓝色细线围了一个圈的地方。地图上看着不起眼，其实辽阔得很。有首民歌叫《绣荷包》，其中一句这么唱：“十二绣成功，给给走口外的人，到了那后大套，给给我男人。”听听，后大套。走西口的人渡过黄河，脚一落地，立即惊呆了，哪见过这阵势？一马平川的土地一直延伸到天边；走上一天一夜，放眼望去，平原的地平线仍在天际，不由连连叹息：后——大——套。

我们的故事就发生在后大套，具体说，是这里的一个名为小东淖的小村庄。别费劲儿找了，百万分之一的分省地图都标不出来，何况地图册？说了那么多大，现在又跳到小，落差挺大的是不是？其实大离不开小，理论上的词儿叫作大寓于小，小中见大。我们是想说，正是在这个小村子里，我们认识了后套，那人那事那独特的文化，进而了解中国农村；同时我迅速成长起来，正是这短短几年的岁月，决定了我们人生的走向。一句话，小世界铸造了我们生命的大青春。

小东淖是个自然村，行政上隶属内蒙古自治区巴彦淖尔盟乌拉特前旗长胜公社（现新安乡），直接领导是先进大队。村子像木匠的矩尺，横的部分位北，竖的部分向南，横竖并不相连，之间由一条东西走向的道路和少许土地隔开。

小东淖村　1969 年 5 月

路是土路，属于那个时代的乡间公路。不宽，也就两米许，勉强可走一辆三套车，上面布满了坑坑洼洼的车辙印，像一脚踢出的香蕉球弧线，兜了个弯子通向公社。这条路看上去懒洋洋的，一副松松垮垮的样子，使人疑心根本不是人手修出来的而是人脚随意走出来的。路很安静，静得有些荒凉，地广人稀再加上商品经济不发达，行人稀少。偶尔有女子走过，地里干活的男人便直起腰望去，咂咂嘴，直到看不清了才慢吞吞收回目光。遇到骑马的汉子颠颠地过来，身后拖着长长一溜烟尘，人们就会大惊小怪地嚷嚷：“那是个谁嘞？”接着狠狠啐一口：“枭的个给！”翻成北京话，显摆什么，找抽呢。

村子本来是连在一起的，随着行政管理的逐步深入，才分割出两部分，变成两个生产队，分别叫小东淖北队和小东淖南队，按照序号排列，又叫先进七队和先进八队。自打开辟了那条公路，两队之间的界限愈见分明，来往也愈加稀少，俨然两个彼此独立的自然村。现在叫北小东淖和南小东淖。

（二）前世

凡事都有来由，村子为什么叫小东淖？我们看看这三个字。

淖，湖沼。有人说是蒙古语，不见得，古籍就找得到这个字。譬如战国时期巨著《吕氏春秋》，就有“漆淖水淖，合两淖则为蹇”之句（见“别类”）。是说，水流动，漆也流动，把漆倒进水里，漆便结成硬块，水也流不动了。这里的淖表示流动性。古汉语中的淖，多指泥和水相混合的物理形态。成书于东汉的《说文解字》，即把淖释为“泥也”，突出泥的成分。由此足见，淖是通用字，为蒙汉所共有。

淖有野气，这种泥水混合物其实就是沼泽。那是颇为神秘而又孕育了众多生命的去处，其中最美丽最坚韧的生命当属鸿雁。有首歌专门唱它，歌名就叫《鸿雁》，起首两句是“鸿雁天空上，对对排成行。”它们从北方飞往南方，思乡心切，又不远千万里飞回北方的家。它的家其实就是这里的沼泽。这首歌是蒙古族乌拉特部的民歌，而我们现在说的这个淖就在乌拉山西侧的大平原上，属于乌拉特前旗。还有一种飞禽与鸿雁同样坚韧，叫天鹅，古称鸿鹄。这首歌起先是唱天鹅的：“白天鹅漫游苇湖深处，众亲友聚会酒席宴前。”苇湖就是沼泽。它美丽而安详，静静地卧在蓝天白云下，鸿雁和天鹅翩翩而至又翩翩而去，一年又一年。

黄河滩　1969 年 5 月

这就是这个村庄的前世——一片沼泽。再往前推，则是湖泊。这地界风多风大，多从西方和北方呼啸而至。大风所过之处，横亘着广阔沙漠。沙漠太静太荒凉了，小小沙粒望望周围，全是跟自己一模一样的同类，终于耐不住枯寂，跟过路的风儿跑了。不知走了多远，看见下方波光粼粼，跟自己的大漠全然不同，便一头扎进去。身子重的沉到水底，身子轻的被风波推向岸边。有的沙粒无意在这里落脚，想走得更远一些，可是因为贪看风景，离水面近了点，等醒过味儿的时候已经刹不住脚了，一头撞上高出水面的湖岸，被拦截下来。就这样，日积月累年复一年，湖泊淤塞成沼泽，而在它的东岸和南岸，两道沙梁慢慢长了出来——是西北风给的力。

再以后，风吹日晒，水干了，植物疯长；牛来了，羊也来了，牧人骑着马也来了，这里成了牧场。再以后，走西口的农人来了，草原被开垦出来，成了农田。一户、两户、三户……越聚越多，终于成了村庄。

因为这里是湖泊、沼泽，人们叫它淖；淖的西面曾经有个聚集点，也可能只是几顶帐房，也可能是个基层行政单位，以它为基准，淖位于东方，遵循方位定名的惯例，便在淖的前头加个东字，谓之东淖；这个淖不大，策动胯下马，用不了一顿饭的工夫就可以绕上一圈，所以又在东淖前面加一个小，于是便有了小东淖三个字。村子建起后，现捡现卖，便叫小东淖。

小东淖的两个生产队，南队位于湖沼底部，北队位于边缘。

小东淖的前世决定了它的地貌，最大的特征有两个。

一个是地势低洼。这个特征用肉眼是看不出来的。虽说这里曾是湖沼，但由于泥沙汇聚，湖底不断抬升，渐渐与地面找平，所以它不像深坑那样明显。尽管如此，信息还是处处透露出来。

最触目的是土壤的颜色。那是一种深褐色，深沉得近于黑。刚刚耕过的土地常常是顺犁痕朝一边倒的大土块，在太阳下闪着暗淡的乌光。河套属黄土高原，土壤主色调为黄，而这里则为深褐，说明它本是淤泥。更明显的是土壤表面那层白。耕过的田地晒上一两天，上面就会泛出白霜，用舌头舔一舔，又咸又涩，没错，那是盐碱。特别是雨后，哪怕仅仅是湿润地皮的小雨，放眼望去，满地皆白。当然，盐碱不是只在小东淖出现，其他地方也有，河套本来就是盐碱化地区，但这里格外严重；一场小雨对周边土地毫无影响，但在小东淖就是灾害。这一现象说明这里的地下水位很高。

李止（左）与回乡知青腊元　1969 年秋

地下水位高的另一证据是水井。冬末春初，井台置一长杆，三米有余，顶端装有铁钩，用来挂住水桶往上提水。这时节水量最少，水位最低，即便如此，距地面也仅仅两米多。其他季节，这根长杆弃之不用，挑水的担杖就是最便当的工具，水桶都不用取下，把担杖从井口顺进去，轻轻一荡，再往上一提，一桶水便放在了井台上。到了夏秋之交，担杖都嫌多余，蹲下身子，只需伸长手臂，像从河中取水那般轻巧，往起一站，水便提了上来。这时的水位最高，离地面也就一两尺。

淤泥、盐碱、高水位，这些确凿无疑地告诉人们，这里是洼地。

谈到土壤，就得说说土质。淤泥结构细密，黏性极大，最奇的是找不见一丁点石头，连草籽般大小的沙粒也没有，全都是细如白面的粉末。虽然耕作多年，但黏性不改，人力终究敌不过天力。田地耕过后，必须及时耙一遍。套一头犍牛，身后拖一块布满钉齿的铁家伙，就这样还嫌分量不够，赶牛人还得站上去。这活儿马干不动，所以由牛承担，可见土质有多黏。要是稍一疏忽，错过了耙地时间，土块干了，就有好受的了。那时就得组织一帮壮劳力，一人提一把大头木榹，挨个儿敲打那些土坷垃。劲儿小了都不成，必须轮圆胳膊，腰还得给力，狠命往下砸，就这样还不一定能把坷垃打碎。

但土坷垃也并非一无是处，它是当地人擦屁股的必备。那天一个知青在茅房大便，忘了带纸，恰巧一个孩子路过，便打发他去取纸。孩子转了一圈，递进两块土坷垃。他无论如何也理解不了拉屎跟纸有什么关系，但有一点是明白的，这位知青叔要擦屁股。

最麻烦的是下雨。地里别说耕牛了，就是拖拉机，被称作铁牛的庞然大物也进不去，履带全让泥糊住了。村子里也一样，最好是待在屋里，要是非得出门，必须肩上扛把铁锹，走几步，把锹立地上，脚踩住锹背，前后剐蹭。如果忘了带铁锹，不出十步，肯定打道回府，鞋底的泥有一拃厚，感觉似有千斤重。然而等转过身子，问题又来了，这十步路咋走？这时不管有多么搓火，都不能甩腿，试图以这种方式使黏泥脱离鞋底，后果只有一个，就是你的鞋远远飞出去。进不能进，退不能退，哭去吧，谁让你不长记性的呢。

时值北部边境紧张，全民动员准备打仗。村民福生子大摇其头，断言苏修打不到这里。问他理由，答曰汽车轮子最怕跑这种泥路，转不起来。告诉是坦克，他白眼一翻，振振有词：坦克咋了，还不是跟铁牛差不离？没见雨天拖拉机都歇了工吗？

奇怪的是如此细密的黏土地旁边，竟然横亘着两道沙梁，分布着大大小小几十座沙丘，这是小东淖地貌的第二大特征。凡是初来乍到的人无不惊讶诧异，百思不得其解。其中的奥秘我们前面说过了，是裹挟沙粒的西北风搬运的结果。

东沙梁　1969 年夏

淖没有了，风还在。贴近地面的风被沙梁挡住，留下沙粒，所以沙梁还在长胖长高。许是沙子过于细微的缘故，这里的沙梁不像大漠那样呈金色，而是银子般的白色。只是清晨，太阳升起的时候，沙梁才反射出金光；而到了傍晚，在彩霞的映衬下，便着上微红的色调；夜里，如果月亮好，能看到白影幢幢，很柔情的样子。

这里是情人们幽会的去处。银光下是洁净松软的沙子，坐在沙梁上可以看清远处村庄的房屋，再小的东西就瞧不见了。大晚上除了情人，没人去沙梁，最多朝那边望上一望，生怕惊扰了那一对对野鸳鸯。

沙梁的中心与西北风相对应，在小东淖地界的东南角，分别朝西、北两个方向延伸，形成一个矩形。往西走的叫南沙梁，位于村南；往北走的叫东沙梁，位于村东。南沙梁长约三四百米，东沙梁短点，二百米上下。宽窄不等，三五十米。不高，也就六七米的样子。所以它们一点也不凶险，不像别处平原旁的高地山丘，咋咋呼呼的让人心躁。

（三）今生

你在南队村里找人，问见着存兰子没有？回答是：在大——南边地里锄麦子。大字拖得老长，似乎距离很远，其实也就一里多地，十分钟的事儿。或者得到的回答是：往大——北边去了。大字也拖得长长的，好像你得走上半天，其实不过半里多地。这是南北，加上沙梁，小东淖南队地界大概一公里余。

东西就含糊了。东沙梁过去是一大片滩地，一直顶到公路边上。那是条区级（省）公路，能见着汽车跑。为什么含糊？因为这片滩地归属不明，周边几个村子都在那儿放牧。保守点划出三分之一，东西总有两公里。

这是地界，跟耕地两码事，除去房舍、滩地、沙梁、林子，小东淖南队的耕地也就一千亩上下。小东淖北队差不多，也就这个数。

耕地不算多，可人均就不少了，超过五亩。

两个队的村庄主体形态均呈纺锤状，只不过走向不同。按传统说法，东西为横南北为纵，北队是横向排列，南队是纵向布局。

北队的住房一律排在前面提到过的那条土路的北边，凑热闹似的纷纷往前拥。北方盖屋建房遵循坐北朝南，门窗一律南向。面对行人，有的一心展示自己，有的张大好奇的眼睛观望，有的交头接耳窃窃私语。你放松点，不妨挥挥手，再做个鬼脸。

南队给人的则是后脊背。那些年时兴在房屋后墙刷标语，从路上往南看，满眼口号。不讲究，直接用白灰涂写在黄色土墙上，字迹高矮胖瘦不一，然而个个都有头号箩筐那么大，让你瞧瞧这决心有多么坚定。口号紧跟形势，不断更新，打这路过，不亚于上一堂政治课。搞宣传的不敬业，只在靠近土路的屋后刷标语，稍远些就算了，反正路人也瞧不见。南队格局一盘散沙，除了中间相对集中，周边自由散漫，隔出老远，东南西北四个方向各自散落着三两户人家，从空中俯瞰，活像一个流浪汉四仰八叉地躺在那儿。

说是流浪汉，是因为这里没有原住民。坐地户倒是有几家，往上推最多追到爷爷那一辈，所有居民都是迁徙来的。基本上是这么几类：一类来自陕北的府谷和晋西北的河曲、保德，是走西口上来的，当年逃荒奔活命的主儿。一类是甘肃过来的，主要是女人。60年代初河西大饥，不少光棍赶去以物易人，一口袋小麦即可领回一个媳妇，她们也是奔活命的苦人儿。另一类来自河北中部，那里人烟稠密，五六十年代开始有计划地朝边地整家整户的移民，这些人也是为生存而来。再一类是知青，他们不一样，是跟着政策走的，当地人称下放，说不定哪天就上调了，流动性更大。

河北移民陈文敏　1970年6月

其中，走西口上来的人以及他们的后代构成了居民主体。在小东淖南队，全村共40户人家，知青算1户，河北籍有4户，其余35户都属于走西口，其中4户人家的媳妇来自甘肃。后来知青都返城了，河北人离开的比知青还早，走了3户，尽管生活条件不如当地，但故土难离，说什么也得回去。

只有走西口的人在这里彻底安了家。

为什么只有他们长住下来？原因很简单，他们的祖籍地实在是太穷了，穷得无法生存。有歌为证：河曲保德州，十年九不收，男人饿断腰，女人泪长流。这里的穷不是因为人懒，而是地贫，所谓的苦寒甲天下，所以确切地说应该属于困。

地贫是就种植业而言，陕北和晋北是农耕与游牧的交叉地带，并不适宜开展单一的农业经济。由此带来了一种特殊现象，就是从事农耕的汉族与从事游牧的民族之间的交错混居，诸多族群在这里轮番登场亮相。争斗是一个方面，更具有实质意义的是交融，不管是战还是和，也不管谁在这里坐江山，总得结婚生孩子不是？族群当然构成界限，但婚配是两性行为而不是民族行为，所以通婚是一定的。

东北亚诸族之间的通婚不去说它，大家都是黄种人，不会造成后代体貌特征的重大差异，真正具有换血意义的是与西亚人主要是突厥人的通婚。突厥属白种人，通婚的结果是黄白混种，与父族和母族都存在明显差别。突厥人到中土，不是一个两个，而是成群结队。仅唐朝太宗时，一次即有兵民 10 余万人归附朝廷。他们南渡黄河，被安置在靖边、榆林一带，也就是后来走西口人的老家。

有限的地界来了这么多异种人，与当地居民通婚，覆盖面得有多大？恐怕今天没有一个人敢拍着胸脯保证自己是纯种。

扯这些古记儿是想说，作为他们的后人，小东淖居民一定与内地不一样。

首先，人的外表不一样。

这儿的女子身腰丰腴，体态适中，基本看不到水桶型和麻秆型。这样的女子上得了厅堂下得了厨房还去得了田间。春夏两季，男人要出渠工，壮劳力都在工地上，地里的劳作差不多全由女人承担。河套管日头叫阳婆，既阳又阴，颠覆了太阳是纯粹阳性的观念；男人提到女人，称谓是老板子，意思是当家的，仅此可见妇女地位不低。

这儿的女子皮肤好，洁白细腻。白来自突厥血，细出于黄种源。说到五官，最当紧的自然是眼睛。分两种，一种形似柳叶而单眼皮，叫丹凤眼；一种形似杏核而双眼皮，外加长睫毛，叫毛花眼，就是歌里唱的“一对对鸳鸯一对对鹅，一对对毛眼眼瞭哥哥”。瞭，从远处看，满眼的热望，能把人融化掉。毛花眼多见于白种女人，丹凤眼是东亚人的特征。凤，华夏图腾，西方无凤。西人崇拜的是鹰，如佛教的大鹏金翅鸟，那对金绿色的圆眼睛永远睁得大大的。

不管是丹凤眼还是毛花眼，都一律的大气盈盈，干净得晴空般不见丝毫杂质，透着乐天知足。你的影子映在这样的瞳仁里，是前世今生修来的福分。

这儿的男子高大威猛，筋肉累累，完全是战斗型身材。突厥人天生就是当兵的料，冷兵器时代，他们的骑士令人闻风丧胆。唐朝军中有不少突厥将士，唐诗唱的“哥舒夜带刀”的名将哥舒翰就是他们的代表。这样的体魄用在田间，不用说是一等一的劳力。后套苦重，一对箩筐装满黏泥，少说200斤，挑着它疾行几十米，还要爬上高高的堤坝，而且一干就是一整天，连轴转月余，也只有这样的体力才能承受得住。

这儿的男子肤色白里透红，即便老者亦如此，白是本色，红是太阳和风霜打上的印记。他们相貌堂堂，一脸正气，微微泛黄的眼珠满是真诚。他们喜欢说笑，脑子里常常迸出些奇思异想。场上碾麦子，两匹马儿拉着石头碌碡飞转，他会说，要是有头河马就好了，套上一定更厉害。问他可曾见过河马？说是在百兽图上见过，大家伙，肥肥壮壮的，看着挺憨厚，想必挺听话。

这儿的男人好唱。既不民歌也不流行更不花腔，纯粹的原生态。那劲儿使的，脖子上的青筋暴起老高，满脸通红，一声破腔而出，直冲霄汉，山摇地动。歌走的不是嗓子，是心，掏心掏肺。

跟这样的男人交朋友，踏实。喝酒，他会替你干；打架，他也会逃跑，但绝不会扔下你不管。

其次，民风不一样。

晚清有个御史叫王培芬，出差去了趟陕北，着实吓一跳。返京后赶紧给皇帝上折子，其中一句是“圣人布道此处偏遗漏”。儒家圣贤四处推行教化，向无疏忽，不知怎地偏偏把陕北落下了。

圣人之道绝不允许男女私情。内地特别是宋明理学发达的江南，逮着通奸者是要装进猪笼沉塘的。这事用不着报官，宗族就给办了。陕北不同，没有这些说道。用不着考证，听听那里的民歌就清楚了。

陕北民歌围绕的是两个主题，一个唱爱情，叫爱得苦；一个唱生计，叫活得难。爱情是永恒主题，哪儿的民歌都少不了哥呀妹呀的，但没见过陕北这么大胆露骨的："听见哥哥喊一声，热身子下地开开门。"不光火辣辣，而且毫无顾忌，根本不管对方还有自己是不是单身，只要动了情，就去追求，啥也拦不住。

不是挺开放的吗，咋又爱得苦了？正因为开放，才爱得苦。想想，要是把你牢牢捆住，让你不敢爱不能爱不想爱，所谓身如枯木心如死灰，连爱的能力都衰微了，还有什么苦？然而一旦打开闸门把爱放出来，苦就上身了。这种事，再化外的地方也不能毫无限制的随心所欲，这不光是文化问题也是人性问题、条件问题，除了要顾及配偶的感受，还有距离的间隔，"三十里沙滩呀一马平，瞭不见那个亲亲呀后影影"；"瞭得见村村呦瞭不见人，泪个蛋蛋抛在沙蒿蒿林"。苦啊！

这种化外民风随着走西口到后套落了户。这地界离圣人更远，比陕北还陕北，老家还有几个读圣贤书中个举人进士什么的，这儿一个没有。情人可算来对地方了，如鱼得水，就偷着乐吧。

后套三大怪：土坯擦墙墙不倒，婆姨嫁汉汉不恼，嫖客跳墙狗不咬。这话其实是从陕北移植过来的，换了"沙子打墙"四个字。后套起墙不使沙子，用坯子，便改成"土坯擦墙"。擦的意思是蹭，草坯从地里切割出来，大小平整不一，垒墙的时候要找齐，即为蹭。要害是中间这一怪，嫁汉就是人们常说的偷男人，老婆外面有了情人，丈夫并不生气。这样的好脾气，情人还能闲着？当然别家男人对这个丈夫也一样，没脾气。

小东淖乡亲很谦虚，说咱这地界风俗不好。虽然属于自我检讨，可一点也看不出沉痛，听着像是炫耀，真不知道是骂呢还是夸呢。

后套管婚外情叫搭伙计，伙计就是今天说的性伙伴。这个词是性解放的衍生品，很先锋。其实我们那儿多少年前就解放了，确切地说自打第一拨居民起就从来没有不解放过，化外之地嘛。

这说的是行，至于言那就更开放了。

当地有一个专用词，叫“灰说”。灰，不好，这里指色情，灰说就是涉黄表达。有时候是直接叙述，所谓的黄段子；有时候是比喻，运用与性相关的词和动作说明事物。

那天，面对满地土坷垃，一个知青担心影响播种，旁边的老乡摇头道：不咋，到时候操个一遍就行。当地喜欢灰说，因为不解其中风情，知青上过不少当。听了这话，知青盯着他瞧了好一阵儿，慢慢笑了，笑得挺暧昧，心说甭跟我来这套，我懂。嘴上便道：又灰说呢。灰说？那人不干了，将铁锹往土里使劲一插：咋就灰说，就是操个一遍嘛！知青不甘示弱，顶上一句：谁操，你操？对方说：我能操得动？拖拉机操。越说越不像话，简直不可思议，可看他那急赤白脸的样子，又不像灰说。

回来一查字典，差点背过气儿去。还真有操地这个词，不过不写作“操”（cao），写成“耖（chao）”，耖地。耖是古代的一种农具，类似耙，作用是把地里的土坷垃弄碎。拖拉机带动的耙是一排粗重的圆形钢片，能够粉碎坚硬的土坷垃。

这里还有个误会。北京人说的操，这里叫透，进入的动作。也叫闹，有游戏意味。所以说他灰说，他根本就对不上茬口，我没有一个字涉黄，咋就灰说了呢？结果成了鸡对鸭说，越扯越乱。

后套话听着土，其实很文雅，许多字词都如同耖地属于古语。比如什么，说甚，见面问做甚去？答曰动弹（惮）去，就是干活。队长喊人出工，高叫动弹了——。喊也不说喊，说吼。

最有特色的词是 ci—ta，牙齿、舌头、嘴唇、鼻腔、脸部肌肉一并发力，喷薄而出，表示鄙视、愤怒、不解、斥责。似乎可写作刺他。刺，进入动作，即透；他，对象。北京话搜了一圈，还真找不到像它表现力那么强内容那么丰富说出来又那么解气的对应词。

二、我们

（一）27个成员

1967年末和1969年初分两批，小东淖来了北京知青，这是小东淖历史上的大事件，也是知青个人历史上的大事件，无论对小东淖村来说还是对个人来说都属空前绝后。

第一批3个人：郭北临（女）、黄哈尔（女）、李小东（男）。时值隆冬，满天满地的西北风裹挟着残雪发出沙沙声，打在衣服上，沾在脸上，钻进脖子里。他们对农村不陌生，除了麦收时节参加学校安排的支农外，自己还主动去农村考察过，但还是为这里的荒寒和雄浑所震惊。

他们下乡完全出于自觉自愿，属于"文革"中北京第一批赴农区插队的先行者，之前还有一批，去的是内蒙古牧区。其时尚未形成下乡潮，他们的行为是多年思想革命化教育所导致的一种必然表现。

1967年冬，"文革"已进行了将近一年半，被称作"革命小将"的中学生由最初的狂热转入反思。不少人看到了自己天生的弱点，当时叫小资产阶级狂热症，而要拔除这个病根，按照革命理论，唯一的途径就是与工农相结合。那天李小东去学校，听到路边喇叭播出内蒙古来人到北京招收知识青年到农村插队落户的报道，随后与北京市革委会电话联系，得知来人住在市府招待所，当晚即登门拜访，了解情况。第二天便给黄哈尔写了一封题为"革命邀请函"的信，得到热烈回应。两人分别联系同志，两天内居然有十余人响应。一个星期后，开始正式报名，小资产阶级狂热症同时发威，本来决心前往内蒙古农村的人纷纷动摇、退场，最后我们这个团体只剩下郭北临、黄哈尔、李小东。就这样他们三人与其他七十余名北京各校的中学生于1967年12月来到内蒙古巴盟乌拉特前旗。

他们很快适应了农村生活。白天参加体力劳动挣工分，晚上挨家拜访，回来后就着煤油灯看书。村里年轻人喜欢到知青这里聊天，他们对外面的事情很好奇，在信息手段极其落后的年代，知青无疑是一条通向未知世界的最方便也是最高效的渠道。没有多久知青点就成了全村青年的中心。在他们带动下，全村青年开展了有组织的活动，其中重要一项是进行义务劳动，修建一条接通村外的道路，路宽三米，两侧配备排水沟。据说这条路现在还依稀可辨。

随着知青影响的扩大和深入，他们逐渐获得了话语权，村政务很大程度上要听取知青的意见。他们的努力为大队人马的到来奠定了良好基础。

第二批 23 个人：李均田（女）、姜克敏（男）、于群鹰（男）、李强（男）、梅山（男）、陈必尹（女）、李止（女）、谢安娘（女）、康继光（男）、史世凌（男）、周天安（男）、赵强（男）、丁克白（男）、李虹（女）、刘历远（男）、刘五一（女）、苏北雁（女）、于四鹰（男）、彭莲娜（女）、吴海晨（女）、付冬冬（女）、李坚（男）、薛必群（男）。

来的人太多，南队容纳不下，于群鹰、赵强、丁克白、刘历远、刘五一、于四鹰、彭莲娜 7 人去了北队。南队加上第一批的郭北临、黄哈尔、李小东，达到 19 人。两队相加，总共 26 人。

第二批人的到来虽然发生在上山下乡运动高潮中，但不是学校组织的，属于自行组合的抱团插队，其中的构成有分有合，交错重叠。如果以学校划分，主要来源是两个。

一个是北京农大附中系统。姜克敏、丁克白、李小东 3 人出自这所高中。李均田是农业大学一年级学生，与姜克敏是朋友关系。她住百万庄申区，与李强、周天安、刘历远是邻居；赵强家住申区附近，与周天安是北京 56 中的同学，康继光、史世凌也是这所学校的学生。付冬冬通过史世凌加入进来，情况相同的还有苏北雁，她是刘历远的女友。彭莲娜和苏北雁两家的母亲相熟，也成为团体中的一员。于群鹰“文革”中同农大附中关系密切，考虑到刘五一懂一些针灸，便邀请她一起下乡。吴海晨与姜克敏、周天安交往频繁。这是粗线条勾勒，其实大家早在插队前已经来往很多了，谁通过谁相识很难说清楚。

郭北临（左）与李止 1971 年 10 月

一个是北京师大女附中系统。黄哈尔、郭北临、陈必尹、李止、谢安娘是这所学校的高中生，梅山通过陈必尹加入进来。

除了同学、邻居和朋友关系外，还有血缘关系。其中，李虹是李小东的妹妹，于四鹰是于群鹰的弟弟，李坚是李强的弟弟，薛必群是陈必尹的弟弟。

还有一个人的情况很特殊，叫戈毅，是从兵团跑出来的，1971 年初前来投奔姜克敏，就此住了下来，成为这个团体的第 27 个成员。

现在说起下来的那一段经历似乎很轻松，其实蛮曲折的。第一批郭北临等经长胜公社安排在土默淖村，遭到同时下来的知青的派性排斥，被视为监督改造对象，不得已半个月后转到小东淖南队。这个村子“文革”前即已准备接收包头下放人员，房子盖好了，人没来，正好安置他们三人。

第二批是自己找来的。李均田、史世凌、李止几人先到小东淖南队接头，由于通讯落后，没能与李小东等人沟通上，凑合吃了两顿用发芽麦子面擀的黏牙面条，获得了实地初步印象，便直奔乌拉特前旗革委会安置办公室，联系插队事宜。不想人家根本不接收。当时一切都讲计划，对这种组织之外的私下行动不予考虑。彷徨之际，半夜忽闻窗外锣鼓喧天，口号连连，原来最高指示发表。侧耳静听，说的正是知识青年到农村去，其中一句是“各地农村的同志们应当欢迎他们去”。第二天便乘毛主席语录东风，浩浩荡荡杀个回马枪。面对尚方宝剑，对方态度大变，表示热烈欢迎坚决支持，并开出接收证明。几人赶回北京，组织大家迁户口办手续，随后大队人马于1969年1月来到小东淖。

这是什么规模？南队当时全村男女老幼171人，虽然分出一部分知青去北队，但负担仍然不轻。不妨算一笔账，一个人的口粮在毛重400斤左右，南队19个知青，需口粮近8000斤，第一年好办，国家出，之后由生产队负责，问题就来了。虽说增加了劳力，然而能够保证打出这么多粮食吗？很难说，要知道正常年景总产量不过15万斤上下。但村民认了，他们的大度足以让我们牢记一辈子。

小东淖南队部分村民　1968年10月

上山下乡运动应该如何评说我们不去管它，具体到我们的行为，表现出来的则是在历史大潮中尽可能地最大限度地争取自觉自主，实现被动中的主动。我们不可能不去插队，但去哪里、跟谁一起去、去了如何生活，还是可以选择的。郭北临等三人在大潮即将来临之际前往农村，表现的是历史既定前提下的主动精神，其后的姜克敏、陈必尹等人在大潮到来之际前去会合，表现的是同样的主动精神。今天我们每一个人都可以这样说，在身不由己的年代，我没有放弃，对得起自己的生命，所以生活给予我快乐的奖励，为动荡的青春留下丝丝暖意。

这一年冬季多晴好，高天流云，地阔千里，远树如织，炊烟袅袅。外面的世界很喧嚣，这里的世界很安宁。

（二）两个世界

这里的世界有两个，一个是知青自己的世界，一个是村庄的世界。

前面谈了我们这个团体的来源。其实这并不重要，甚至团体成员的具体构成也不重要，这里起至关作用的是大家所拥有的共同成长背景，以及这种背景所造就的强烈认同心理和高度一致的价值观念。这才是27个人走到一起并且得以持续走下去的本质性因素。没有这些，即使合也会分，即使硬挺也会内耗不断。可以用亲上加亲四个字进行概括。第一个亲是交错重叠的各种关系，第二个亲是心理观念。两个亲加在一起，使这27个人在遥远的异地结成了兄弟姐妹。

左起：李虹、李均田、苏北雁　1969年5月

别的不谈，单说吃饭。别小看这一天三顿饭，在物质匮乏的年代，它几乎是生存的代名词，多少集体就是被它撕裂而瓦解的。不是这个嫌那个吃得多，就是那个嫌这个斤斤计较，几个回合下来，感情就伤了。于是定量，各食自己那一份，继而分粮分菜，各自独立开伙。喂的猪总不能分吧，好办，宰了分肉。这些事我们当笑话听，觉得简直不可思议。在我们这里，饭菜得了，大家随便盛，各取所需，没人注意别人的碗。不光我们自身不计较，对团体外的人来小东淖吃住也从不计较，谁的弟弟来了，谁的同学朋友来了，甚至不认识的知青慕名过来看看，都随便吃住，多久都行，绝无半句闲言碎语。

有人回京，一住数月，或者当兵招工上学走了，他们从来就没有打过口粮的主意，不是觉悟高，是根本就不会朝这方面想，而在别的地方，理所当然是要把粮食换成钱带走的。

这里应该特别说说戈毅。他来到小东淖，没多久就接过做饭的活儿，没人要求，是他主动承担的。这活儿不轻，十几个大小伙子和大姑娘的吃喝全由他一人打理，不是光做饭，还得淘洗麦子套牲口磨面。一次没有煤了，他愣是用纸烧了一锅饭。记忆中的他，罩一条脏不拉儿的白围裙，圆圆的脸在麦田那头慢慢变大，肩上一副担子，前面满满一桶开水，后面桶里装着碗，丁零当啷地晃过来。迎接他的是一片欢呼，不光知青，还有村民，割麦子的人们正害口渴呢。好一阵后，队里送水的才到。戈毅没户口，不能挣工分，做饭不取一分钱报酬。

亲人嘛，没法儿算账。

村里的世界更大更丰富，谈不过来，接着吃饭说。听说别处知青挨饿，不少人要靠家里接济，私下里多多少少有些疑惑，因为我们自己从来就没有为吃粮犯过愁。两个原因，一是前头说的，走的人口粮留了下来，另一个跟这地方有关。这里是走西口的目的地，问他咋不回老家，笑答，让后大套的白面套住啦。这里得天独厚物产丰饶，中学地理课本就写着“黄河百害，唯富一套”的谚语，口粮标准历来比口里高，而且主粮是小麦，这东西金贵，换了别处是只有逢年过节才可以磨出一二斤白面包顿饺子的。这说的是物质基础。

然而光有物质基础还不行，如果你被视为二等公民，粮食再多也没你什么事。别处知青发牢骚，说自己没背二亩地来插队，这是受了村民排外的气。这里不同，所有人都是移民上来的，谁也不比谁多点啥。当地人喜欢自嘲，常拿“河曲保德人，毬也脔不成，赶个牛车车，还得东川人”的顺口溜来打趣——他自己就是那地界的怂人。脔，音同痉挛的挛，本是咀嚼动作，比如一块牛板筋在牙齿间翻来覆去，不管咋使劲就是嚼不烂，便叫脔。这是笑话人没本事，再容易不过的事换了他来做，折腾得大汗淋漓急得七窍生烟，硬是毫无进展。

富饶加上开放，养成了人的大气。知青的口粮都存放在生产队库房里，没粮了，戈毅去领。保管老汉从腰上哗啦啦地提起一串大钥匙，找到那把，开门进屋，拽过一条毛口袋装粮，然后取大台秤量过，翻开卷了边的账本，记上数，得，走人。那个专为知青设立的账本大概从来就没有清理过，队里明白，知青再怎么吃，也吃不完那么多粮。那年遭灾，种子短缺，队长跟知青打了声招呼，把他们的存粮播进了地里。

双方都不计较，你糊涂我也糊涂，像是一家人。

知青和乡亲　1969 年 5 月

（第一排右一：黄哈尔；第二排左一：吴海晨，左二：李虹，左三：李止）

以上是就吃饭这件最平凡也是最经常的事儿说说知青的世界和村庄的世界，仅此即可看出，自觉自主的选择是多么重要。选对了团体的世界，选对了村庄的世界，不光生存有了基本保障，也为今后的成长争取到了良好环境。

所谓良好环境，首当其冲的就是自由。

知青下乡，有一个特别标配，就是当地要成立知识青年再教育领导小组，由组长负责日常政治思想工作并指导生活。小东淖当然也建有这个机构，小组成员都是谁，不知道，因为这个机构压根儿就没有跟知青见过面。南队的组长叫刘黄毛，很熟悉，住得近，跟我们仅隔一个院子，是走西口上来的老贫农，同时担任村贫协主席。他在当地男人中是个例外，身材瘦小干枯，看上去连我们中间最弱的女生都不如。他的老伴正好相反，人高马大，气宇轩昂。

刘大爷不爱说话，也不善于说话。偶尔露个面，站在知青门前有点手足无措，请他进屋也不肯，敬根烟，他说你吃你吃（当地管抽烟叫吃烟），接过夹在耳朵上，然后问有什么困难。回答都挺好，他长出一口气，像卸下一副重担，留下句“来呀”，转身便去了。

刘黄毛（第二排左二） 1968年5月

这是应酬话，跟见面时问“做甚去”属于同一类。不过你真遵嘱到他家，一定会受到诚挚接待。你被让到热炕头，他客客气气坐你对面，满脸谦卑的笑容保持始终，你说什么他都点头，即便聊你最短板的生产，他这组长也连连称是，真不知道谁教育谁。他老伴则在一旁烧茶，风箱拉得咔哒咔哒响，节奏鲜明。你放下茶碗，老婆婆会抓起你的手，仔细查看上面一道道裂纹，咂咂嘴，说：“娃娃，我们对不住你北京的妈妈，她看见会流泪呀。”

刘大爷管着生产队的树木。林地在村子北头，其他则分散在农田边上。大部分是杨树，速生，几年即可成材。为了让树木长得快长得直，必须把侧枝去掉，这营生叫捅树。人站在树下，持一根几米长的杆子，顶端是铲状的头，像花和尚鲁智深的兵器，锋刃极锐利，对准目标，双臂猛地上举，嚓的一声，树枝应声翻落。小老汉扛一支大兵器，腰里还别着把利斧，样子相当滑稽。这里的活儿苦重，扁担根本承受不住，便以圆木为担，叫担杖，鸭蛋般粗，粗犷豪爽。钩挂箩筐和水桶的钩子也取自树木，那是直接砍下来的树杈。我们的担杖都出自刘大爷手，工具不好使，跟他招呼一声，便给你换新的。

也不是没有一点教育。保管老汉，疑似再教育小组成员，有那么两回就挺着他那高瘦的身躯咚咚地走到知青屋前，没头没脑地扔下一句：“三年学成个买卖人，一辈子学不成个庄户人。”言罢回身便走，仍旧脚步咚咚。大家你看看我，我瞧瞧你，问谁惹着他了。最后一致裁定是戈毅，准是你小子领了粮食，忘了关库房门，把鸡放了进去。

旁边过来聊天的村民插话，断言戈毅是没有在账本上加盖手戳（名章）。这是打趣，说的是陈年旧事。共产党发展贫下中农入党，通知老汉（那时尚在壮年）前去履行手续，在表格上盖章。他一摸腰，糟了，光顾着高兴忘了带手戳，结果错过了机会，就此前程受阻，只能做到保管为止。这是他自己说的，被村里保留为传统段子。

好不容易受回教育，还被解构了，化为笑料。

至于局外人，更不用提了。这里是化外之地，从来就没有政治思想教育的传统。老婆“嫁汉”都不管，还管你知青思想？用当地话说，不是“闲得蛋疼”吗？不光不管思想，也不管劳动。你愿意下地干活就去，不想下地就待着，没人吼你；出工的时候，你愿意出力就出力，不愿意出力就少干点，没人监督你，反正到时候评工分，你少拿就是了。

至于我们自己，更不管这一套了。别人都不改造你，你还跟自己较什么劲？我们团体内部环境非常宽松，尊重和鼓励自主思考，别说读西方文学和思想理论读物了，就是公开收听“美国之音”一类的所谓“敌台”都不受干涉。年轻人喜欢思想交锋，谈着谈着就崩了，争得面红耳赤，拍炕桌摔门。邻居老乡以为是吵架，连忙跑过来劝阻，看看又不像，便站在旁边听。听了半天一句也不明白，打个哈欠回去睡觉。

部分男知青　1971 年 10 月

（左起：赵强、梅山、李小东、薛必群、戈毅、康继光）

这里自由得很，比别处的农村自在，比城里的工厂自在，比兵营更自在。

我的青春我做主。

（三）磨砺

前面说的是好，现在说说不好。

我们没少遭罪。

这儿的蚊子凶猛。靠近乌梁素海湿地，前世又是湖泊沼泽，受蚊子欺负是逃不掉的。自打入夏，蚊害便一天甚过一天。不管你是坐着、站着还是走着，甚至是跑着，哪怕手舞足蹈，一群蚊子都围着你打转，轮番发起冲击，最恐怖的时候黑压压一团紧追不舍，让人怀疑是不是世界末日来了。

刚下来的时候，面对蚊阵一筹莫展。这时候刘大爷胳膊上挎个箩筐出现了，一言不发，在每间屋子门前倒一堆麦壳，点燃，不大一会儿便白烟滚滚——这东西质地硬，不出火苗光冒烟——然后再盖上几苗刚从地里拔的苦豆棵子，一股苦涩味儿顿时弥漫周遭，蚊子狂舞着避开。做完这些，他提着箩筐站起身，念叨着这就好了这就好了，然后告诉你，场院上有的是麦壳，渠背上有的是苦豆，下回自己做。

那位因为“操地”跟知青呛呛的老乡路过，望着满院的白烟不住摇头。问他啥意思，他说，院子里能熏蚊子，路上、地里也能熏了？想想也是，不觉气馁。可他却偏不罢休，捉住知青手臂，撩起衣袖检视蚊子叮咬的包，大如蚕豆小如黄豆密密麻麻。冷笑一声：差远了。问他有没有同情心，他道同情顶啥用？叫狗的蚊子可劲儿咬，最多三个月，我管保你不刺痒了，也不起圪蛋了。废话，还用你保证？到时候天凉了，蚊子死光光。

还真不是废话，效果在来年。血液里有了抗体，蚊子就不那么可怕了。

尽管如此，蚊子叮一口还是跟针扎似的难受。割地的时候，潜伏在麦棵子中的蚊虫受到惊扰，展开报复性袭击，大家便痛骂蚊子。一个老乡接话，说有一年北边草原上闹蝗虫，上级派飞机撒药，蝗虫灭没灭不清楚，反正蚊子是少多了。于是大家一起伸长脖子，眼巴巴地仰望天空，亲人解放军的飞机怎么还不来啊。结果人们就扮日本鬼子，头上扣一顶单帽，帽檐儿后部塞一条毛巾，让它遮住后脖颈子——那是蚊子最爱叮咬的地方。走起路来毛巾呼扇呼扇的，手中紧握镰刀，活像电影里下乡扫荡的日本兵。这时是河套最热的季节，为了抵御蚊子，炎热都不顾了，可见这家伙有多讨厌。

说到热，今天想起来眼睛还有点睁不开，那是汗水蜇的。出汗太多，眉毛拦不住，汩汩流进眼里。刚开始还擦一把，之后便懒得擦了，时时刻刻都在流汗，哪里擦得过来，只能让太阳晒干。太阳顶在头上，感觉不是炙烤，是毒。杰克·伦敦有篇小说叫《毒日头》，他一定尝过那滋味。这时候不要说躲进树荫下，就是直起腰站一站，都觉得凉意阵阵，是莫大享受。望着明晃晃白光一片的日头，瞧它那副没心没肺无情无义的德行，恨不得一镰刀钩下来，砍个七零八落。现在明白后羿为什么一口气射落九个太阳了，这东西逼得人没活路。

蚊子、太阳尽管厉害，咬紧牙关还能硬扛过去，劳累就没法对付了。那种极致的折磨根本无法用语言表达，所有诸如筋骨散架之类的形容都属于皮毛。割麦叫抢收，必须在半个月之内全部放倒，否则会淋雨发芽，或者自动脱粒。劳动时间和劳动强度都是空前的。早晨天不亮就下地，也就凌晨 4 点多；中午稍作歇息便动弹，大约下午 2 点开始；晚上 8 点看不清了才收工，算一算，一天至少干 14 个小时。肉体的折磨不是只在白天，睡觉的时候全身依然疼痛难忍。

割地头两天，看吧，走路没一个正常的，不是腿带着人往前走，而是身子使劲儿前倾，腿拖在后头。这姿势叫“拉胯”，是割麦子造的型。干这种活计，必须采用马步，一腿在前，一腿在后，弯腰超过九十度，而且长时间保持同一状态，不用长，三个小时保准拉胯。熬过两天，习惯了，不再拉胯，但腰酸腿疼不可免除，这时的人已然麻木，觉得浑身哪儿都不对。

割地时最盼的是休息。人们不住地看队长，目光开始是祈求，慢慢演化为怨恨，心说你个没心肝儿的东西，张开那张狗嘴咋就那么难。终于队长张嘴了，“歇个一阵儿”几个字还没出口，人们便轰地躺倒在地，全然不顾刚割过的麦茬扎人。好一会儿后，才七扭八歪挣扎着坐起，摸出事先发的香烟和止痛片，点燃后将药片放在烟头上，手掌卷成筒状，口鼻对准了猛吸，至今我还记得那股微微的特殊酸味。

河套有言：男人怕割麦子，女人怕生孩子。生孩子如同死一遭，割麦子也是。亚当夏娃被逐出乐园，上帝诅咒道：你们的后代将永世遭受惩罚，男人劳作，整日汗流满面；女人生孩子，痛苦万分。

汗流满面的劳作我们经历过，而且承受了下来。

劳作并不全是痛苦，许多时候也伴随着恬静和愉悦。

陈必尹与李虹　1969 年 6 月

比如胡麻地里薅草。那草叫菟丝子，细细的弱弱的光光的一根，金黄色，丝一般温润柔顺，自己站不起，便缠绕在胡麻棵子上。胡麻刚刚开花，淡紫色，随风轻轻摇曳。金线般的菟丝子悄悄攀升，憋足了劲儿向胡麻花示爱，胡麻花理也不理，紫色的脸儿仰望天穹，一心等待星星出现。她看不上菟丝子，外表光鲜靓丽，金光灿灿，却打定了主意吃软饭。于是人来了，把这讨厌的东西从她身上摘除掉。

还有锄地，如果活儿不太累，天气又很好，收工回家的路上常常荡漾着歌声。先是“红莓花儿开”，那是女声，如同水波上飘过轻柔风。随后是男声，唱的是“太阳落在山的后面”，那是一首战士还乡的歌，远远望见屋顶升起的炊烟，脚步反而慢下来，似乎想把幸福到来的时刻拉长。

这时候你的心头会涌起感谢，感谢生活，也感谢劳动。

（四）自由与命运

自由好不好？当然好，人人都说好。就是那首诗说的“生命诚可贵，爱情价更高，若为自由故，二者皆可抛”。然而在哲学家看来却没这么简单，因为自由同时意味着责任。没人管你，没人替你拿主意，你必须自己选择一切，打理一切，搞定一切，肩负起自己的人生。你承受得起吗？你的青春你做主，好潇洒，你做得了主吗？

是人就要说话，所谓有话说有屁放。有两种言说，一种是自主言说，一种是遵命言说，前者是你自己的，后者是别人影响下的。哪种方式更容易？显然是后者，因为别人要你怎么说你就怎么说，鹦鹉都会，而前者则必须动脑子走心，必须负起责任。所以说自由是负担，而且是最沉重的那类负担，只有鸭蛋粗的担杖才挑得起，精致光滑的扁担都不成。

现在，自由摆在我们每一个人面前。年龄最大的 22 岁，叫李均田，大一女生；年龄最小的 16 岁，叫薛必群，初一男生。

我们望着自由发愣。

自由，人们常常脱口而出，然而想过没有，自由难道仅仅是它自身吗？绝对不是。它浮在一个东西上面，这个东西叫命。

命，人之根本；分大命、小命。

大命是时代性的，构成了个人自由的前提。我们作为40后、50后，绝无可能像父辈那样上前线打鬼子，也不可能跳出“上山下乡”的大潮而安静地坐在课桌前读书，这就是个人自由的大限。不要这个大限好不好，当然好，然而这如同拔着自己头发上天一样的愚不可及。

小命是个人性的，同样构成了自由的前提。我们每个人都有自己的人生走向，都有自己的生活经历，它是你自身的欲望、素质、观念、追求等内在力量与各种外在力量交互作用的结果。个人自由只有在小命的框架内才是现实有效的，小姐身子丫鬟命，天才斗不过天时，所有挣扎都是无用功，不过是命的证明，而它的悲剧色彩最浓重的一笔恰恰表现为这种抗争。

古人在命的前面加上天，称天命，即上天的赋予。中庸说：“天命之谓性。”你的命由上天安排。西方不讲天命，讲宿命。宿，停止之处，也就是居所；宿命就是将人的命圈起来，其实讲的还是生命走向的前定。现代人不喜欢说天命、宿命，代之以使命。使，尊奉，可见这个词表达的仍旧是按照安排去行动。即使加上诸如历史、时代、神圣等字眼，也丝毫改变不了命的性质。

那么个人的命是怎样的呢？没人告诉你，要由你自己确认。这既不是理性问题也不是感性问题，既不是经历问题也不是知识问题，既不是出身问题也不是教育问题……然而又是所有一切问题。总之，这种确认也许是逐渐明朗的，也许是蓦然醒悟的，也许是朦朦胧胧的，也许是潜意识的，它构成了自我精神的核心。现代人很自恋，张口自我闭口自我，然而意识不到自己的命，所有自我都是虚的空的，华而不实，看上去很美，其实一点价值都没有。

命的意识属于信仰。信仰就是用相信的态度和方式去想去做，常常通过意志表现出来。孔子说：“三军可夺帅也，匹夫不可夺志也。”（《论语·子罕》）

部分女知青　1970 年夏
（左起：付冬冬、李止、苏北雁、郭北临、李虹、谢安娘、李均田）

随着命的确认，人生道路也就铺展开来。中庸说："率性之谓道。"直率的即不自欺欺人的、不打折扣的、始终如一的遵照命去行动就叫作走自己的路。

自由就是这条道路上的自觉自主的行为。凡是这样去做了的人，就是把命运握在自己手里。正是在这样的活动中，个人实现出来，使姜克敏成为姜克敏，使刘五一成为刘五一，使薛必群成为薛必群。

（五）亲友印象

这里的亲友，意即亲人般的朋友，就是人们常说的不是亲人胜似亲人。我们一起插队的 27 个人，就是这样的兄弟姐妹。

1. 姜克敏

姜克敏跟我是北京农大附中同学，高我一级，1966 年"文革"开始那一年他高三，临近毕业考大学，我高二，即将升入高三。农大附中只设高中没有初中，全校师生也就400余人，差不多都脸熟，看着顺眼的便点个头，同时招呼："噢"，相当于今天的"哈罗"或"你好"。

我和他不"噢"。他是落后生，凡是好事，譬如军训、出操、京密引水渠劳动现场、从望儿山搬石头修建游泳池，都不怎么见他，不是逃避活动，而是不积极，显不出来，让人感到跟不上趟儿，有点与时代落落寡合；而我呢，绝对要求上进，对各种社会活动都积极参加，真心实意地去做，很是卖力。我是学生会军体部长，最见不得他那么大个子，哪个体育项目都不行，就知道双手插在裤兜里眨着一对小眼睛电线杆子似的杵在场边看比赛，连个喝彩都喊不到位。赶紧毕业走人吧！

不想，毕不了业了，我还得天天见他——"文革"来了，我跟他成了同一个群众组织的战友，关系迅速走近，感情迅速升温，竟成了莫逆之交，犹如亲人。

他一改往昔不入流形象，可谓一鸣惊人。他人并不懒，一点都不懒，勤快极了。

他有两勤。一是心勤。不是说他喜欢思考社会政治问题——这恰恰是他的弱项，先天就缺乏兴趣，随大流跟着走就是了——而是善解人意。你有什么烦恼，有什么希望，怎么个心理活动，他一目了然，但并不点破，只是默默去实行，而且毫不张扬，既急人所难，又给人保留了十足的面子。做到这一点不容易，这不仅必须心中有他人，还必须能够读懂他人，而要具备这种能力，缺乏社会阅历是根本办不到的。他在市井长大，这方面比大院里的孩子强太多。

一是腿勤。大院孩子往往思大于行，多夸夸其谈之辈，行动能力极差。他不，整日骑辆破自行车，风尘仆仆地奔波于各校之间和街头巷尾。海淀区成立联动，各校骨干齐聚北大附中，指点江山激扬文字之后，该干实事了，第一件就是印制红袖标。时值隆冬，北风呼啸，众人望望窗外剧烈摇动的大树，都说不知道什么地方接这活儿。姜克敏转身出屋，跑海淀镇转来转去，终于找到一家印制社，顺顺当当解决了问题。

正是他的勤快和草根，显示出极大优势。这么说吧，凡是大家嫌麻烦的，觉得跌份的，或者干不了的，就是他大显身手的地方，而且相当出彩。拾遗补缺，姜克敏在这个群体中迅速凸显出来。

他的迅猛崛起是从 1967 年下半年到 1968 年底，这一时段正是北京中学生跌出“文革”高潮进入逍遥期的日子。群众组织不再是第一位的，学校也不再是活动的主要场所，大家纷纷回到自己生长的大院。除了少数人沉湎于自发形成的沙龙高谈阔论外，大多数人以大院为单位开始疯玩儿。这玩儿不是过家家做游戏式的，而是具有互争高下，闯荡江湖的意味，沿袭北京市井老话叫“顽儿主”（应写作玩儿主，渐渐念成顽，显得更痞一些）。

随之而来的是一系列新词儿的流行。招摇过市叫“飘儿”，一个脚蹬大链套锰钢自行车不断按动车把上转铃身子左摇右晃的轻浮子形象。由此扩展，玩向社会的人便被称为“飘派”。追女孩不说追，说“拍”，那是手没轻没重地落在女生肩上的动作，散发出革命不是请客吃饭不是献殷勤的粗豪痞气；女孩也不叫女孩，叫“婆子”。钱叫“页子”（我始终琢磨不透为什么这么叫，后来无意中从书里找到蛛丝马迹。原来是从前清满人习惯上来的，他们的靴子里有个夹层，叫靴页子，银票就塞在那里），那时兴吃大户，见到有钱的主儿——当然是熟人，便上前“劈页子”，也叫“派款”，这是革命战争年代的术语，到老乡家吃饭叫“派饭”。对方不乐意，拒绝道“我页子不活”。好，不像“文革”初期说好得很，透着股幼稚的学生腔，要说“好的没治了”，这才符合有阅历的人说的话。好色，不这么表达，要把色念成 shai（三声），说“色的厉害”，也可以说“色的没治了”，但就是不能说好色。名气叫“份儿”，扬名立万叫“拔份儿”，那是告诉你，这名气可不是白给的，而是力压群雄从众多好汉中一跃而出，就像鲁智深倒拔垂杨柳，平地一声雷，响彻晴空。“拔”这个字实在传神，成吉思汗有个孙子名拔都，打得欧洲人鬼哭狼嚎，望风而逃。姜克敏就是这样的“大份儿”。

他这份儿有多大？这么说吧，电影《老炮儿》中的那位六爷在他跟前就是个小爬虫。六爷说破天也不过是胡同串子、小玩闹，份儿以一条或几条胡同的条为计量单位。姜克敏不同，是以片为单位。他这个片又绝非西单那一片，月坛那一片，而是北京那一片，故而人送“镇北京”。

他这份儿是怎么来的？不是像今天黑社会打打杀杀血拼出来的，而是凭着突出优点心勤腿勤获得的。这里的原因跟前面一样，人还是那拨人，并不因为离开学校回到大院而有任何改变，仍旧自信而无真实本领，张狂而无社会经验，尽管闯荡江湖，还是一帮雏儿，嫩得厉害。但情势似乎更复杂点，那时是运动，一致对外，现在是人在江湖，各不相让。中国人性喜山头主义，善于拉帮结派，“文革”变本加厉，一个大院就是一个山头，谁也不服谁，动不动就约架，以武力定上下。这种山头林立的格局，特别需要有人穿针引线，主持公道。这个角色大院子弟干不了，因为人在此山中，姜克敏不同，他出生于街巷，再加上勤快的突出优点和此前积累下来的人脉，顺理成章地成为调停者，由此建立起了份儿。他的这个份儿凭的是为大家办事为众人服务，有点“巧人是众人的奴”的意思，里面没有一点肮脏的东西，也从不靠欺男霸女来印证来立威。

当然，顽主并非大院一族，胡同市井也不安分，也出人才。但大院为王，他们人多心齐，出身优越，经济雄厚，装备精良，没人能跟他们争锋。“老炮儿”们再牛，在他们眼里也是下三烂，属于流氓地痞一类，说灭就灭。

他名气太大，名字周转速度太快，传来传去走了样，被简化为“姜克”。倒也好，容易叫，上口，还挺洋气。就连熟人也这么叫他。那些年提起这两个字，同一年龄段无人不知，有什么麻烦，找到姜克，基本解决了一半。

他那么愿意帮助人吗？是的，大份儿嘛，越帮人名气越大。宋江就是这样，要不怎么叫“及时雨”呢。这里想强调的是，他这个表现不是有意为之。做出来的勤快可以表现于一时，但绝不能坚持到永久。有人喜欢人前一套人后一套，领导来了，拼命干活，肚皮上都是汗珠子，领导一转身，立马躺倒，不想领导又回来了，抓了个现行。姜克敏不，他为众人办事不是做出来给人看的，不是拿来收买人心的，而是实打实，始终如一。

传统文化讲术与道，术，街巷小路，引申为技巧、手段；道，通衢大路，用以表示根本、原则。二者的关系是术末道本，术以道为依据。之所以有做出来的勤与自然而然的勤，有收买人心的服务与心甘情愿的服务，完全因为后面的“道”不同，之间的区别就在于是否具备“仁”，孟子叫“恻隐之心”“不忍人之心”，即现在说的同情心、怜悯心、爱心。

不多说，看看插队时他是怎么对待乡亲的就清楚了。

讲两件事。

一件事，说说他的干爹，当地叫干大。

1969 年底，他被抽到小东淖隶属的先进大队当司机，开轮式拖拉机铁牛 55，专事跑运输。当时实行的是三级所有的体制，生产队、大队、公社各是一级所有制单位。这辆拖拉机是大队与下属生产队共同出资购置的，除了挣些运输费外，就是给各个生产队拉煤，所以没黑没夜地整天在外面跑，再加上大队所在地离小东淖不下五六里地，便只能住在大队。

他光棍一条，住宿好解决，被安排进五保房。

农村有一个特殊群体，叫五保户，是指丧失或者不具备劳动能力而必须由集体解决生老病死问题的人家。五保是保吃、保穿、保医、保住、保葬（孤儿为保教育）。大队作为一级所有制单位，也有负担五保户的责任和义务。

先进大队接收了两个老汉，都是终身未婚的老光棍，拨出一间房给他俩居住。炕很大，便把姜克的铺盖放了进去。

这两个老汉，一个胖一个瘦，将近60岁。那时的人显老，放在今天像80开外的人。胖的人称大老汉，瘦的便叫二老汉。大老汉身体尚健朗，不甘心白吃饭，便接过保管一职，平时给大队干部做个饭什么的。遇上生产队干部来开会，他便坐在灶旁烧茶，仰着一张肉乎乎的脸笑眯眯地听大家发言。他知道这里没他什么事，从不插嘴，也不泄露机密。

人老了容易犯倔，大老汉不，随和得很，见姜克风里来雨里去，饥一口饱一口，实在可怜，便在生活上处处关照他。冬天早早便把姜克的被褥铺好，扫净，让热炕把被窝焐得暖暖的。灶台锅里热着饭菜，两个老汉吃什么，给姜克留的就是什么。赶上生产队干部上来开会，中午常常杀一只羊聚餐，掌勺的大老汉便私下盛一碗藏起来，留给姜克吃。姜克嘴上不说什么，心里着实感动，他本来就是性情中人，见老汉无儿无女，孤苦伶仃，便按当地习俗，认老汉为干爹。没有举行燃香磕头的仪式，也没有一本正经地坐下来商定，随随便便不知不觉地就这么叫了起来，自然得很。

放在现在，这样的事情几乎不可理解。如今也认干爹，对象不是高官就是富商，目的非常明确，就是背靠大树好乘凉。而这一对干父子呢，正好反过来，干爹是穷乡僻壤无依无靠目不识丁的孤老汉，干儿父母双全，本人青春正当年，来自文明都市，拥有当时人人羡慕的司机职业，前途无量。姜克图什么？什么也不图，双方对脾气，互相同情关照，就像交朋友一样，越走越近，便渐渐生出一份感情，因是两辈人，便认作父子。他们这一对干亲，感情纯粹得很，不掺一丝一毫杂质。

他这个干儿子做得地道。平日出车，到了哪个生产队，人家都好吃好喝招待，时鲜蔬菜瓜果不断，他心里有干爹，总要拿点合口的孝敬老汉。每次从北京回来，带的东西里总有一份是干爹的，不是稻香村的糕点就是上海的糖果，别说吃了，当地人听都没听说过。有这么一个干儿子，大老汉一步超越众人。

大老汉有个遗憾，就是这辈子没去过大城市，话里话外流露出要是能去包头转转就好了。那时闭塞，别说去大城市，就是到旗政府所在地走一遭都不容易，一辈子没见过火车的大有人在。乌拉特前旗周边，最大的城市是包头，再远不敢想，所以去包头便成了许多人的终生愿望。说者无心听者有意，姜克暗暗记在心头。

大老汉终于梦想成真了。他去的不是包头，而是北京！一个更远、更大、更繁华、更有名的被誉为中国心脏的世界级大都市。干儿子接他去的。那时姜克已经调回北京四年，如果加上在长胜公社的六年，应该是在大老汉流露这一愿望的十年之后。这么长时间里，不管发生了多少变化，姜克心中始终装着这个孤老头。

他在首都待了半个月，在姜克家吃住。那时住房拥挤，能腾出一个地方安置老人得克服不少困难。这半个月天天都像是做梦，上街、坐地铁、逛商店、游公园、下馆子……能去的地方差不多都去了。

这个老农民，这辈子在生命的最后阶段才活出彩来。

从北京回来不到一年，老人安然去世。

另一件事，说说一对小夫妻。

那是上世纪70年代末，姜克已经调回北京好几年了，在燕山区公安局工作。

一天突然接到乌拉特前旗长胜公社打来的长途电话，火急火燎。说一对社员夫妻，结婚不足三个月，火炉子走烟，严重煤气中毒，昏死过去，眼见就没命了，唯一的办法就是送往北京抢救，只有北京的医院才有高压氧舱，据说仅有两家医院拥有这种设备，其中一家即为燕山区的石化医院。他们人生地不熟，实在没辙了，突然想起姜克，请想想办法无论如何安排患者到石化医院就医。

两条人命啊！

紧跟着，小夫妻所属的新胜大队书记的电话也追过来，口吻已经是祈求了。

这还有什么可说的，立马行动。虽然他不认识这两个人，也不认识他们的父母亲戚或朋友，下乡时也不是一个大队的，但他俩是乡亲。

尽管姜克路子野，关系广朋友多，本人又在医院所在地的公安部门工作，但在医疗资源极其紧缺的年代，要安排一对普通农民夫妇住院治疗也是相当困难的。不知道他找了哪些人，也不知道用了什么办法，最后医院同意救治，但实在挤不出床位。

好事做到底，救人救上天。考虑到住旅馆要花钱，而且住宿同样紧张，又是垂危病人，人家更有理由拒绝，姜克便把患者安排在自己家里。人是他从北京站接回来的，共三口，两个患者加上充当陪护的老父亲。半路上姜克便体验到了事态的严峻性，患者大小便失禁，弄得车里又脏又臭。

这就是姜克，不要说素不相识了，就是亲人也未必能承受这样的风险和麻烦。

一对小夫妻终于抢救了过来。后来生儿育女，现在已经繁衍出几家人了。

问他这对夫妇叫什么名字？说不上来，只知道是王广和村的。

对外人尚且如此，就不要说身边的朋友了。如果说他对别人是恻隐之心，那么对自己人则充满了爱心。

我先他一年下乡，大家去北京站送我。发车铃敲响，他眼泪奔涌而出，强忍着不出声，但还是憋不住，断断续续地一声又一声从喉咙里冲出来，终于如同破堤的洪水倾泻，大放悲声，惊天动地，盖住了周围嗡嗡噪音。我头一次见男人这么哭，而且是身高体壮的粗汉。直到列车员再三提醒，他才抹着满脸泪水头也不回地走下车厢。他难过，似乎我去赴难，就此一去不返。

在他眼里，我这人太僵直，不会谋生，所以他总是担心我的生活。听说我效力的公司濒临破产，他急了，非要到办公室看看。观察了一气，临走时叮嘱我别慌，说饿不着你，天天吃烤鸭我供不起，家常便饭一日三餐保你不断顿。当然事不至此，但我相信，一旦陷入绝境，他比谁都急，定会四处奔波想办法，张罗大家一起援手。

农大附中同学为李小东送行　1967 年 12 月
（后排右三：姜克敏，右四：李小东）

这是对我。对别人也同样充满爱心。到他住的小区餐馆吃饭，他总是把自己庞大身躯搁在包间把门位置的座位上，别人是嘴忙，他是眼忙，发现菜不够，或者哪道菜受欢迎，立即吩咐服务员加菜，说是就近招呼，方便。那个位置最乱，上菜的通道，得不断侧身让位。一顿饭下来，大家酒足饭饱，他呢，估计就没怎么吃出滋味。对我们每个人来说，是自己吃好喝好，对他来说，是让大家吃好喝好。

那家餐馆有道主食炸油饼，人们起小爱吃。于四鹰撕下一块，自语道，油饼酱豆腐，最佳搭配。正好服务员上菜，我顺口问有酱豆腐吗？答没有。不大一会儿，姜克敏进来，把两瓶酱豆腐放在桌子上——不知道他什么时候出去到附近商店走了一趟。不要说吃不好了，就是美中不足，他心里都不踏实，认为是自己没有尽到地主之谊。这就是差别，我们只是动嘴，他是动手。

说件稍大点的事儿。李强当兵离开，人在北京，捎信儿回村托姜克敏迁户口。那时他在当地还没打开局面，办点事很难，跑断了腿，磨破了嘴，碰够了钉子，终于把户口转了出来。兴冲冲赶回北京报喜，不想李强已经去部队了。得知情况，李强非常自责，在日记中写道："姜克为了给我转户口，克服了很多困难，怀着胜利的喜悦回到北京却扑了空，我走了。啊，我亲爱的朋友，我们在一起度过了多少欢乐的时刻，也共同经历了多少苦难。不管怎样，在北京或遥远的内蒙古农村——小东淖，我们都在一起。现在我们分手了。请原谅我吧，朋友……姜克给予我的东西很多，我给予他的太少了。就在分手的时刻他还在为我奔波。今后，不知在何年何月我们才能再次相逢？那时，我一定加倍报答他的心意。"

他用报答吗？有报答当然好，没有也无所谓。但有一点可以肯定，他在为别人做事的时候，绝对没有投资心理。在他帮助过的人里面，有两位是以工农兵学员的身份上的大学，一位是我们之中一个人的妹妹，另一个更远，是朋友的邻居。吃过其中一位的一顿饭，中档，花了 15 块钱。再多就没有了。上大学在那个年月是知青最好的出路，决定一生命运的大事，在他那儿就这么无声无息地过去了。

然而好人终有好报。姜克敏最引以为豪的是受过周恩来总理的接见，总理指着跟前的他与周围人说话，被记者抓拍下来。那是 1966 年夏末在北京工人体育馆，国务院副秘书长周荣鑫安排的。他跟朋友去找周荣鑫的女儿，认识了周荣鑫，周荣鑫被他的热心所打动。周荣鑫此时担任总理与红卫兵之间的联络员，便把姜克敏介绍给总理。事后说起，他印象最深的不是总理的睿智、圆熟和风度，而是总理的爱心。日前一个女中学生不小心跌下看台，恰好被总理看见，立即安排救治，总理特地询问在场的负责人，这个女同学怎么样了，报告说没有危险，总理这才释然。

从以上种种事情中我看到了什么？心，一颗黄金般的心；说得理论一点，就是仁心。仁的根本内容是爱人，这个爱具有最广泛的意义，在孔子那里叫"泛爱众"，也就是善心善意地对待一切。中国人意识深处，仁爱是天命，即上天给人下达的命令，遵从仁爱就是坚守人的本性，仁爱具有“命”的意义。真正地从这一点出发，真诚地去实行，就是走在人的道路上，与大道合一。

按照传统学术说法，这就叫“立命”。立，建立，生命安置之所。朱熹解释道：“立命，谓全其天之所付，不以人为害之。”（《孟子集注卷十三》）立命，说的是完全遵照上天的托付，不因人的诸如欲望、生活遭际之类的任何因素损害它。

姜克敏不读书，搞不清这些，但他确实做到了“立命”，把自己安放在仁爱上面，从而建立起自我。在我们中间，乃至扩大到更广阔人群，这方面他最为突出。这也正是他的人生价值所在。跟这么一个人在一起，大家很愉快，也很庆幸；他这么做，自己也非常愉快，所谓的自觉自愿。从哲学上说，这种状态就是自由。反过来说，如果不让他去关爱别人帮助别人，他会感到非常别扭，坐立不安，很不自在。

他也有不平衡。那时我们还年轻，他从我家衣柜镜子前走过，突然站住，转身取来抹布擦拭，自嘲道：我就像镜子，人们天天照，就是没人擦。

跟他相处半个世纪，这是我从他嘴里听到过的最艺术的语言。

2. 刘五一

插队之前，我不认识刘五一。

她来了，很长时间里我也没什么印象。我眼中的她是个小孩，没多少话要说。当然她也不跟我搭腔，我感兴趣的她没兴趣，她关注的我不关注，缺乏共同语言。再加上我在南队她在北队，相距虽然不过一里地，但毕竟不在一块儿生活劳动，越发显得生疏。

有时候她来南队我去北队，照个面打个招呼，也就过去了，从未留意。意识中只是知道北队有两个女生，一个是刘五一，一个是彭莲娜，个子都很高，比我还高，相跟着进进出出。挺爱惜自个儿，长衣长裤，哪儿都裹得严严实实，头上总是包着围巾，以对抗原高的阳光和塞北的疾风。再多就不知道了。

两人中被大家关注多一点的倒是彭莲娜，一个静若秋水的女孩，好像从来就没听她主动说过话。她的相貌乃至气质有些像西哈努克亲王的夫人莫尼克公主。

渐渐地，刘五一进入大家视野。因为太“人精”。“人精”，也是“文革”期间的流行词儿，中性，无褒无贬。人在某个方面出类拔萃，发展到极致，即为精。刘五一精就精在我行我素——一个高扬着脸，目不旁视，发丝飘拂，迎着风顶着日头独自行走在路上的形象。

两年后她曾在大队医疗站当赤脚医生，一干就是几个月，愣是不知道哪位是大队书记陈仓——可能决定她命运的父母官。大队部没有几个人，抬头不见低头见，问何至于此，答没人告诉她。其实是她自己不问，谁是书记谁是会计跟她的业务和生活毫无关系。陈仓是个挺谦和的人，见到放羊老汉都要跳下自行车叨唠两句，肯定主动跟她打过招呼，而她也肯定见过，就是弄不清楚谁是谁。倒是陈仓对这个赤脚医生下属印象不错，跟我说是个好女子。

在我跟五一不多的来往中，有三次印象较深。下面就通过这三次交集看看刘五一的我行我素。

第一次单独相处是在1969年底，也是时间最长的一次，一顿饭的工夫。

大家纷纷返京过年，只留下我一个人看家。我在等姜克敏、李均田归来，把我换走。天很冷，夜很黑。我和好一块面，捅旺炉火，把小铁锅架在上面。

“咚咚咚”，传来敲门声。我搓掉手上的面，准备开门。“噔噔噔”，变成敲窗子。谁呀，这么急，一刻都等不了。望过去，微弱的灯光闪烁不定，玻璃上映出模糊影子。走近窗子，吓了一跳，一双眼睛上面顶着一团白发，一个激灵，不是聊斋中的事吧？壮胆拉开门，一个黑影夹带着一股冷风唰地闪进来，一言不发，径直走进里屋。煤油灯下仔细辨认，原来是刘五一！我惊讶地望着她，心说不是都走了吗？

她一把摘下帽子扔炕上，那是一顶雪白的兔皮帽，后来才知道是她自己缝制的，被我误认为白发。她告诉我，北队没人了，过南队看看，发现还有人在，太好了。说罢，眼睛盯住锅，问吃什么。我答面条。问面呢？我揭开盆。她探头打量一眼，满意地说够了。然后做出决定：吃刀削面。我咽口唾沫，小心回话，怕是太软。她伸过手，张开指头捏一下：不软。我意识中能够用刀削的面一定硬得跟石头差不离，这块面显然不够格。但听她那副不容置疑的口吻，以及下达了命令便须立即执行的架势，实在难以违背，想起“人精”这个词，只好就范。

这时水开了，哗啦啦扑腾着。我奉上菜刀，她看都不看，也不说话，变戏法似的不知从哪里摸出一把水果刀，抓起面团。我惊讶地望着她，菜刀恐怕都不成，这把轻飘飘的小刀能够胜任，开玩笑吧？别说，还真不是闹着玩儿。只见她左手持面，右手握刀，刷的推出，一条面跳起，啪的落进水中。神了，还真能削动。再看，刀光翻飞，长的、短的、宽的、细的、圆的、方的、三角的东西，一条跟着一条，一块跟着一块，纷纷飞入锅里，溅起点点水花。

就这样，我吃了一顿有生以来最奇特的刀削面。怎么奇特法儿？碗里绝无相近的两片面，大小不一，形状不一，粗细不一，当然味道还是一样的。显然她的技术极糙，肯定是刚上手。吃罢饭，她抓起帽子就走。算是接上了头。

怎么样，看出点端倪了吧。明明我是主她是客，理应客随主便，况且我们并不很熟，一般人放在这种场合绝不敢造次，得拿捏着；她倒好，不把自己个儿当外人，反客为主，进门就夺权。之后以领导的身份和气势下命令，彻底否定原有秩序，随意改变先前安排，强力推行自己意志。太自我了，太强悍了，不是“人精”是什么？

第二次相处是在 1970 年夏，时间不长不短，一次针灸治疗的时间。

一天早起，嘴突然张不开了。使劲，张开一点；再使劲，又张开一点；接着使劲，终于全部张开。可是，又合不上了，经过一轮使劲再使劲，嘴最后合上了。整个过程像机器上弦，一下一下地，而且耳朵里还伴随着咔嚓咔嚓的响声。就这样，我咔嚓咔嚓地凑合着吃了早饭，又咔嚓咔嚓地凑合着在地里干了一上午活。中午回来，实在受不了了。

我非常惊慌，不知道自己得了什么病。常听人说笑掉下巴，小说中还有摘掉或托上下巴的情节，我想一定是下巴出了问题，连接上下牙床的挂钩损坏了。

正急着，刘五一出现了，顾不上问她有什么事，立即诉说病情，还张嘴闭嘴地演示一番，让她听咔嚓咔嚓的声响。她面无表情，答曰听不见。我想这下得去医院了，不行就奔前旗。

她盯着我看了一阵儿，突然说我可以给你针灸。

我问：管用吗？

她肯定地回答：管用。

好，那就扎吧。我最怕麻烦，最好能就地解决。

她掏出一个皮夹子，噌噌揪出两根针，每根足有三寸长，不粗，在她指间颤巍巍地。

闭嘴！她喝道。我闭拢嘴，咬住牙关。放松！又一声断喝，我照办。针尖逼近，我胆怯了，她行吗？只听说过她会针灸，但没见过她给人扎针，也不知道效果怎么样？我本能地闪了一下。扎不扎？她厉声问。扎、扎，我点头，没有别的办法，只能让这人试，大不了去旗医院，本来也打算去的，就算给她做回试验品吧。

针扎进肉里，继续深入，还在深入。我紧张极了，全部心思都集中在小小针尖上，等待着剧痛的到来。豁出去了。啊，怎么转起来了，感觉一个东西在骨头缝里来回动。就要痛了，就要痛了，心里一个劲儿地念叨。时间一分一秒地过去，只是麻。不痛，一点儿都不痛，我终于意识到原来的担心是多余的，瞬间心情就放松了。嗖嗖，针拔出了。我赶紧活动嘴，张开，闭上；再张开，再闭上。不咔嚓了，也用不着一下一下地用力了，好了，全好了，我能正常吃饭正常说话了！

怎么样？这时刘五一才发话，睁着眼睛看着我。你行啊你，神了，没事了，我答。她低头收拾针，起身去厨房吃饭。

后来我才知道，我这病叫颞颌关节紊乱，她根本就没医过这类病，我是第一个病例，胆真壮呀，真敢干呀。后怕中不由得庆幸，庆幸中不由得佩服。医术是一个方面，那宠辱不惊的心态更与她的年龄和从医经历不相符。要是换了我，早就高兴得满面开花了，顺便再吹上一番。一个词又闪现出来："人精"。

第三次相处也是在1970年夏，给我针灸之后不久的一天。这次时间最短，但给我的震动最大。

中午收工回来，推开房门，一个人坐在炕沿上，面对空荡荡墙壁，一言不发，对周围的动静毫无反应。是刘五一，不知道什么时候来的。

我招呼一声，不搭腔，提高声音，还是不搭腔。而且连头都不扭过来，仿佛屋里只有她自己。不对劲儿，她这人是目中无人，但也不至于不理人哪。一定是出了什么事，大事，一下子把这姑娘击晕了。这么胆壮坚毅的人，什么事才能承受不住呢？亲人？医疗事故？她自身？匆匆扫一眼，哪儿都好好的，不像是自己……一定是医疗事故。多半是南队哪家有人患病，请她去扎针，把人给扎坏了。谁家呢？我脑子飞转，挨家捋过去，同时盘算能否摆平。

转了一圈，不得要领，心想还是应该先弄清楚，即使她忌讳，不愿意说这事儿，也得问。于是近前，问：你去谁家了？她缓缓转过脸。天爷，我惊呆了。那是一张惨白到极点的脸，说不上什么表情，紧张、释然、惊悸、松弛、疲惫等混为一体，更吓人的是额头上布满了细细的汗珠，不是几颗而是一层，密密麻麻地从这边一直排到那边，额头上的发丝湿淋淋，雨打了一般。我不由后退半步。

她抬起失神的眼睛望过来，半天，就这么看着，好像我是她刚才面前的墙壁。你，你这……是怎么了？好不容易我才问出这句话。她还是直勾勾地望着我，嘴唇终于动了，嘟囔了句什么。听不清，我又问了一遍。这回听清了：我还是晕血。

原来她晕血，一个严重晕血的人竟然一心想当外科医生，是不是很“人精”？

刘五一立志从医是“文革”中，16岁的她窝在家中无聊，便从父亲书架上抽了本《生理学》翻看。这本大学教材一上手便放不下，一点一点啃完，觉得人体很奇妙，医学很有趣，居然爱上了医科，做起了进入医学院深造的美梦，进而坚信早晚有一天大学会恢复招生。这在那个时期无疑是想入非非，而且还很反动。少女喜欢做梦，别人梦的是白马王子，她梦的是白衣学士，卓尔不群。一个初二文化程度的小女孩，又是在当时毁坏文化的氛围中，竟然迷恋上枯燥僻冷的《生理学》教科书，这本身就是一个不可理喻的奇迹，除了命，别的都不好解释。最令人佩服的是，从医志向一旦确立，人生目标一旦明确，就调动一切能量，抓住一切时机，破除一切阻力，义无反顾地奔向目的地。最后终于，终于

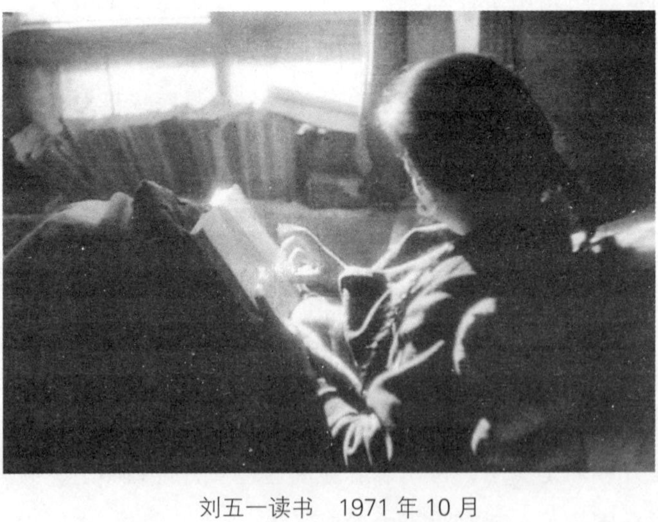

刘五一读书　1971年10月

坐在了医学院教室的课桌后面。

陈丹青有句话可以作为“命”的注解。他说：“‘天生’的意思，不是指所谓‘天才’，而是指他实在非要做这件事情，什么也拦他不住，于是一路做下来，成为他想要成为的那种人。”

用薛蛮子的话说：“刘五一，女汉子也。”“刘五一，过五关斩六将，关将军也。”这是拿她比关云长。关公神位上方，通常悬匾，上书“义薄云天”。关公是义的化身。义，天理之一理。义训宜，表示的是做适宜的事情。关云长所作所为，没有一件不是他应该做的。

用在刘五一身上也是如此。学医从医是她的命，为了实现这个志向和目标，她把一切都化作手段，从而为自己的行为提供合理的解释，也就是给自己的活动打上应该的印迹。戈毅说他特佩服刘五一，不管天多晚只要老乡一叫出诊，起身便走，如果遇到生孩子难产，当天都不回来。我夸她是劳模，她的回答非常坦白：“呵呵，啥劳模，一切都是为上医学院铺路。”

当然，这里也有美感。她最喜欢的事儿就是背着药箱满世界转悠。她说：“转着转着病人就吭吭叽叽出来找你了。”“因为喜欢就一点也不累不苦，高兴着呢，最喜欢有事没事走村串户，总有最先发现你的人大喊：‘刘医官来啦！’”

对于义，朱熹有个形象说法，将义与金木水火土五行中的金、元亨利贞四品中的利、春夏秋冬四季中的秋相对应。在他看来，义好像利刃（金），把人与不该做的事情一刀两断。义的这种收敛仅仅是对自己个人而言，对外界则不同，是放，是做好事，是施恩于人，也就是利万物，因此义对应元亨利贞四品中的利，有着秋天收获的品格。

为了达到目的而努力奋斗是极平常的事，不平常的是刘五一身上所迸发出的力度，她将生命和生活的所有因素统统调动起来，不屈不挠，奋争到底。

这种姿态古人叫“力命”。力，尽力。力命就是拼尽力量实现人生大目标。

这同时是一个自我建构过程。也就是依据学医从医的需要重塑自己的生命和生活，包括生理在内，晕血、晕针即属一例。大的不说，仅仅看看她的文字就清楚了，其中最能反映性格的是微信，三言两语一句，干净利落，鲜明犀利，简直就是一把手术刀。

她很少转发别人的微信，在不多的链接中，有一件图文作品，名“生命有多顽强”。那是一组险恶环境下根本不可能生存然而生命却蓬勃向上的真实记录。我想，她之所以喜欢这些生命，是从中看到了自己。

提起刘五一，我就想起那组图像中的一棵绿芽，她从柏油路面的缝隙中破土而出，挺身向上，迎接她的是满天满地的阳光，明丽无比。

3. 薛蛮子

蛮子是小名，大名必群，姓薛，人们如今习惯叫他薛蛮子，薛必群倒很少听到了。当年老乡不这么称呼，嫌长，喊他薛蛮，或者随知青，叫他蛮子。开始很不习惯，憋不住想笑，问原因，说不好听，古书里有的，金兀术就管岳飞叫南蛮子。

初见蛮子，不禁为他捏把汗。弱弱的，嫩嫩的，唇上连黑色的茸毛

右起：薛蛮子、陈必尹、黄哈尔、徐卓立　1969 年冬

都不见，越发显得白净。他跟在姐姐陈必尹身后，满不在乎，嬉皮笑脸中透出几分看破红尘的玩世不恭。胡同腔普通话，嗓音高细，表达生动，绘声绘色，说和笑不分家，说中夹笑，笑中带说，一件挺严肃的事儿，在他嘴里打个转儿立马便变得挺滑稽。再一问，1969 年冬季下乡这一年，他刚刚 16 周岁，还是个大男孩。这年龄这身子骨，下乡观光可以，要是落户当农民可实在有些残酷。

果不其然。挖土打堰子，他拉开架势，将铁锹规规矩矩立地上，抬起右脚端端正正踩住，一下一下使劲踏进土里，然后双手发力举起半锹土，重若泰山，运足了气铆足了劲儿，臂膀哆嗦着拼命往前一送——土倒是出去了，可后头紧随着人，由于用力过猛，脚底下又不稳，人也跟着出去了。见他那副跌跌撞撞踉踉跄跄的样子，队长叹了口气，将他划入弱劳力，编进半大小子组。

即便在这个群体，他也属于最弱的。那时实行民主评议工分，社员大会上会计念人名，大家七嘴八舌地议论，队长综合情况拿出意见。轮到半大小子们，青糜子、小猫、小兔等几个人评 6 分（满分 10 分，为一个工），接下来是蛮子，静场，没人说话，队长催了几遍，看看天色已晚，福生子不耐烦了，说 5 分半，众人吼一声：同意！这就是他的报酬。1969 年度每个工分值是 0.7 元，蛮子在地里忙活一个整天，挣 0.385 元。一年下来，除去口粮蔬菜煤炭等开销，超支 10.4 元，不光没挣到钱反倒欠生产队的，养活不了自己。

他根本就不是体力劳动的料。直到他离开小东淖那年，拿锹的姿势，虽然一本正经，严肃认真，但怎么看都不大对劲儿，那感觉就像让老农握笔。他是动作欠协调，我怀疑他在学校就没正规练过体育，实在想象不出他跑百米或者打篮球时是什么模样。

让这样的嫩雏干农活简直是对不住生我们养我们的土地。

然而他并不嫩也不雏。

那是冬春之交的一天，收工路上。夕阳西下，原野坦荡，远山如黛，树影若烟。身后传来低吟："平林漠漠烟如织，寒山一带伤心碧，暝色入高楼，有人楼上愁……"好句子，谁写的？回头望去，是蛮子，还在吟诵："玉阶空伫立，宿鸟归飞急。何处是归程？长亭更短亭。"我读过古诗词，自认为不少，但这首没接触过，深为所动，惊异竟有如此高妙意境，将惆怅表达得那样真切浑厚。我请他再读一遍，问作者。他说是李白，曲牌《菩萨蛮》，被奉为长短句的开山之作。李白居然会作词，猛地我有种恍然大悟的感觉，怪不得古代词曲那么好，起点如此之高，能不好吗？接着他又给我诵读了李白的另一首《忆秦娥》，同样的妙不可言，感人至深。问还有吗？答说不好，目前就这两首，还有人质疑是后人伪托。讲这些的时候，他非常认真，一改平日嬉笑嘲骂的神态。

我说：你小子行啊。

他笑道：蛋毬事。这是当地口头禅，表示没什么了不起，平常得很。随即又恢复了满不在乎的常态。

自此刮目相看，在他面前再也不敢满嘴跑舌头了，特别是涉及学问，生怕被暗中笑话，虽然学历上我比他高出 4 个年级，劳动上我挣 9.5 分他挣 5.5 分。

尽管他的工分是最低的，但年终结算的总工分并不垫底，男知青中他排倒数第三，后面两个都比他年长，日工分也高出 2 分以上。这说明了什么？说明他出工率高，别人歇工，他仍下地干活，以勤补弱。当时我很奇怪他为什么休息那样少，心想多半是父母停发工资，断了生活来源。后来才知道根本不是那么回事，他从家里得到的补贴在我们之中属于最多的，丝毫没有经济负担，他的高出工率全在于勤。

说他勤绝非虚言。其实出勤率只是一个方面，如果跟学习上的勤奋相比，反倒显得微不足道了，这也是为什么人们只看到他的勤学却忽略了他的勤劳的根本原因。

我跟他曾同居一室同睡一炕，铺盖挨着铺盖。两个印象最深，一个是夜读，一个是雨读。

那时，晚间没有娱乐手段，唯一的消遣就是聊天。一般是群聊，吃过晚饭，几个人凑一堆儿，躺炕上神侃，天南地北，古今中外。有时老乡也参与进来，聊点古记儿风土人情什么的。干一天农活，都挺累，聊着聊着眼皮就睁不开了。睡一觉醒来，煤油灯还亮着，揉揉眼，最先看到的是书页，然后是一张脸，没错，是蛮子。大家聊天的时候他就捧着本书，眼睛瞧字，手翻书页，耳朵支棱着，冷不丁插两句，时不时地假装天真，把话题再逗起来。我常常怀疑，他看进去了吗？那天我挑一个问题检测，他回答详尽，可见是看进去了。影响肯定有，嘈杂环境下与静谧条件下的效果肯定不一样，所以大家入睡后便是他的黄金时段。

我跟他之间放一张炕桌，上面立一盏煤油灯。油灯平时摆在中间，我们共用，现在移到靠他那侧。细高的玻璃罩子被熏黑了，乌突突的，烟筒似的飘出一缕青烟。油灯下是摊开的笔记本，上面躺着一支钢笔，好牌子，不是派克就是英雄，我使过，沉甸甸的，压手。我披上衣服咚咚跑屋外墙根尿尿，又咚咚跑回来。他瞟我一眼，继续做他的笔记。很快我入睡了，他什么时候躺下的，不知道。

他在小东淖呆了差不多三年，读了多少书做了多少笔记说不清，但可以算算消耗。照他这劲头，往少了说一个夜晚至少得用掉 2 两煤油，一年按 300 天计算，3 年就是 180 斤煤油，远远超过他的体重，得赶着毛驴车拉回来。后来我们说起煤油灯，他说那股气味至今记忆犹新，而我已经记不得了。

这里最怕下雨，土地泛碱。但也带来一桩好处，就是歇工，平时硬邦邦的土壤一遇上水，立即变得又稀又黏，根本无法下脚，只能窝在家里。

下雨的日子，人像阴暗的天气，懒散无力，连聊天的兴致都没有。抓一本书，翻翻，视力怎么也集中不起来，好不容易聚拢一处投到字上，也游移不定，看了半天不知道书里说些什么，扛着扛着，手一松便睡着了。瞌睡传染，一个接一个，不一会儿都躺倒了，呼呼入睡。屋里静得只听见苍蝇的嗡嗡声。

蛮子的黄金时段又来了。

他靠住被垛，半仰着，身下是一条厚厚的褥子。那条褥子其实是行军用的马褡子，白帆布面，两截，搭在马背上，一边一截。他伸直双腿，脚搁炕沿上。两只光脚丫交叠，不时交换上下位置。炕下的两只高筒靴也是军用品，一只站着一只躺着。均田大姐对这双鞋印象深刻，说上面打着五六个补丁。其实不是补丁，是鞋子本身的样式，主料为浅绿色帆布，上面缀着几块深色皮子，既结实又好看。马褡子和鞋都是纯粹的美式，是“二战”时美军用品，当年用来支援中国抗战，如今来到乡下。

薛蛮子　1971 年 10 月

多少年后，提到蛮子，面前便浮现出一个半仰身子手捧书本的形象，左脚跟搭在右脚背上，突然晃动两下——读到得意之处了。

这两个勤，体勤和脑勤，至今仍保留着。作为天使投资中国第一人，上午还在北京家里接待创业者（不是一拨，是几拨），下午便出现在杭州的会场上；前天还在瑞士进行商业谈判，今天便在成都茶馆与人小聚；就连飞机上也不消停，随便跟陌生人搭讪，聊着聊着便认为同道，跟着新交去考察。幸亏他是一老汉，要不非被拐走不可，那时他这个打拐名人只好寄希望于别人打拐搭救了。总之给人的感觉是几乎哪儿都能见到他咧着嘴满脸傻笑的尊容。以这把年纪尚体勤若此实属罕见。

脑勤就不用说了。他整天跟一帮小青年扎堆，意识一点都不落伍，无论是对思想观念的掌握还是对科学技术的了解，都走在众人之前。白发苍苍的，容易吗？信息爆炸时代，不要说停顿了，哪怕思考慢半拍都不行。说得感性一点，不妨看看他在网上的表现。我随意点开手机微信朋友圈，今天是 2016 年 6 月 20 日，薛蛮子在印尼，从凌晨 4 点半开始发第一条链接，到这天终了，总共转发 30 条，涉及投资、财经、历史、电商、网红等以及即时生活场景，这天是父亲节，他也不落下，撷取几篇讲父子关系。除了朋友圈外，还有其他微信群。别的群看不到，只说小东淖群。这天共有微信、链接 94 条，其中他发视频一条，发问三次。

这得过多少字？我也是读书人，自认为是快手，可谓一目十行，而且还能抓住其中要义；最骄人战绩是四个月编写四本书，近 90 万字。但我不敢跟蛮子比，怕累死。我可没那本事，面对这么多这么杂的文字，早他娘烦了。

知道老乡当年怎么说他吗：蛮子是好后生，屙屎都看书。我想他现在一定坐马桶都是个低头族。

近代社会主义思想创始人圣西门，贵族出身，头衔是伯爵，15 岁时的他生怕自己沉溺于享受，叮嘱仆人每天凌晨用这样的语言唤醒他：伯爵，起床吧，伟大的事业等待着您！——我是从蛮子那儿知道的。

勤字由堇字和力字组合而成。力是一种原始工具耒的象形，表示用力；堇指黏土，土质紧密而柔韧，引申为接连不断，合起来就是连续用力。这其实是从本性高度讲勤，不是一时一事，也不是某个方面，而是整体，从头到脚，从过去到现在再到将来，完全彻底。薛蛮子的勤就属于本性之勤，表现于各个方面、各个时段。做个假设，即使换一种活法，他也一样的勤快。

我跟他常常交换读书心得，聊不了几句分歧就出来了，有时甚至水火不相容。究其原因，是读书方式不同，我是接受的读，他是怀疑的读。说点具体的。

托翁《战争与和平》中有两个主要人物，安德莱和比埃尔，两位大贵族，一对好朋友。安德莱公爵为人正派，性格刚毅，才能出众，富于使命感，一心追求建功立业，是军政两届领袖的接班人。比埃尔伯爵刚好相反，为人散淡，性格平和，缺乏雄心壮志，一心追求自由，远离权力中心。用今天的话说，他们一位置身体制内，一位游离体制外。

我喜欢安德莱，蛮子喜欢比埃尔。在当时背景下，站在安德莱一边属于常态，所以无论如何我不能理解这位勤奋少年怎么竟如此消极，便一心要挽救他，严肃认真地讲解时兴的大道理。他烦了，突然坐正身体，高声道：我不希望听到不请自来的教训！

不妨做个假设。如果我们都做生产队领导，我一定全心全意遵循当时确立的农业发展方向，身先士卒，带领全村人走大寨之路，改天换地往死里干；他呢，表面上当然不会公然背道而驰，但一定大打折扣，暗中投机取巧或者打擦边球，怎么能把钱挣回来就怎么干。

这就是接受与怀疑的区别。我倾向于保守，他倾向于维新。这里不存在哪个好哪个不好的问题，二者同样有价值，继承和创造是人类生生不息的两翼，少了谁，哪怕失去平衡，都可能一头栽下来。

于是后来，我做了教师，循规蹈矩，原原本本地给学生传授知识；他做了投资商，风云际会，推动创造者开掘财富源泉。

蛮子喜欢比埃尔，还有一个原因，就是他身上的理性气质。安德莱一度因为无法摆脱战场上身受重创以及妻子难产死亡的双重悲剧，深陷消沉。比埃尔对他说，生命彼此相连，个人并非只为自己活着，而是同时也为他人活着。这个观念就是理性的结论。感性的狭小往往使人形成误解，以为个人生命仅仅属于自己，理性告诉我们，错了，你的生命也属于别人，因为个体不是孤立的，与亲人、朋友甚至萍水相逢的人联系在一起，所以你无权随意挥霍你的生活。

这其实就是与托尔斯泰同期的俄国文学家、思想家车尔尼雪夫斯基所倡导的合理的利己主义，即个人利益的满足以他人利益的实现为前提。这种理念的进一步明确，就是近现代以来方兴未艾的人文关怀。

这种人文关怀不同于中国传统“仁”的意识。仁爱主要是感情的，孟子所谓的“恻隐之心”“不忍人之心”，意即同情心。西方的人文关怀是认知的，理应如此，应该如此。

我常常深入村民，访贫问苦，培养阶级感情，渐渐做到与他们同呼吸共命运。他不，他是精英式的，绝不与群众混同。不是说他没爱心，他眼睛里也有村民，但注重的是问题，比如后来大家看到的“打拐”。他的关怀是普遍的，绝无什么阶级（族群）界限。我不同，正如仁爱要区分亲疏远近一样，我也一定会自觉或不自觉地加以区别对待。村里有个后生叫马升小，是地主马德祥的大儿子。蛮子跟他来往不少，用胶鞋从他那儿换些野鸭子什么的，我可做不到，这人好赌，常常遭到专政，我虽然不相信血统论，但总觉疑心是劣根性的表现。

不知道这种精英式的人文主义是否与他后来强调的“三流的事业一流的人才”的创业理念有关？是否与他倡导的“敢于与别人分享”有关？

分享其实就是合理的利己主义。创业者怎样才能出彩？薛蛮子曾以这句话告诫他们：“如果你没有分享的情怀、分享的胸怀，没有这种器量是不可能达到这种程度的……一定是把你资源、生命、股份、财富舍得分享出去才有机会，不给分享，自己死霸着绝对不行。”

不敢说蛮子的分享起始于小东淖，但可以断定，这里是他的分享意识走向自觉的地方。正是在与插队伙伴以及乡亲们日益深入的来往中，分享观念形成并最终确立，成为一种终身遵循的价值理念。从哲学上说，这样的意识属于自我意识。

物质匮乏年代，我们很穷，分享主要是精神层面的。蛮子来到小东淖，一次性带来两个书柜 300 余册书，都是精品。这些书不是他一个人读，而是提供给大家共同读。这批书的作用与意义，我在后面“知青那点事”里专门谈，这里提一下。

他与大家分享的不是书，而是以书为媒介造就一种学习氛围，从而在提高大家文化兴味的同时，通过交流而丰富自己。比如我，此前没有读过《战争与和平》，看过他带来的这部巨著后，知道有安德莱和比埃尔这两个人物，才能跟他就此进行讨论，交换心得。还有车尔尼雪夫斯基的《怎么办》，大家对那种夫妻各居一室的生活格局很向往，然而在当时的中国具有现实性吗？那时住房极其紧张，全家挤在一间楼房都是幸运的，还谈什么各居一室？蛮子就这么认为，说是空想。我觉得这是流于表面，应该注重其中的精神实质，也就是合理的利己主义，尽管得不到各居一室的条件，但总可以通过别的形式而达成。他想想，点头称是。

跟老乡也存在分享关系。蛮子语言天分高，模仿当地方言惟妙惟肖，又善于加工，极尽夸张之能事，什么“半好好”，什么“亲上个一口哇”。很快取得了村民信任，人家高兴，把他当自己一族看，他也很满足，虽然体力差点，工分上不去，但一点也不受忽略，无论是壮汉后生还是大姑娘小媳妇都喜欢跟他在一起，离老远就喊“蛮子——”。人们还喜欢给他讲一些传闻，回来分享给我们，够大家乐上一阵子。

Pose　1971 年 10 月
（从上至下：康继光、薛蛮子、刘五一、戈毅）

分享就是获得。这条定律特别明显地表现于知识本身。知识不同于物质，一个馒头分给别人半个，自己只剩下半个；一个观点说给别人听，这个观点还在你那里，一分一毫也不减损。何止不受损，反而会增加。你陈述观点的过程，实际上是再思考和再加工，会使你的认识更深入更丰满；别人的听，也不是机械地接收，而是加入自己理解，里面有他的经验和学识，交流反馈过来，比原先更厚重。可以说，知识的每一次分享都是一次增值。分享即获得乃是知识最突出的本性。

我说这些正是要说明蛮子分享意识的来源，这就是读书，是认知本身造就的性格。这并不意味着只要是知识分子，就一定具备分享意识，不一定，这要看知识在你生命中的位置。在蛮子那里，读书不是手段，而是目的。

他非常欣赏莱蒙托夫的诗《帆》，抄在笔记本的扉页上，常常高声诵读：

蔚蓝的海面雾霭茫茫，
孤独的帆儿闪着白光！……
它到遥远的异地寻找什么？
它把什么抛在了故乡？……
呼啸的海风翻卷着波浪，
桅樯弓着腰嘎吱作响……
唉！它不是在寻找幸福，
也不是逃避幸福。
下面涌动着清澈的碧流，
上头挥洒着金色的阳光……
不安分的帆儿却祈求风暴，
仿佛在风暴里才有安详。

蛮子就是这样，他读书不为了什么，就是读。正如航行是船帆的存在意义。多年之后，他作为面向创业者的投资人曾表达过这样一个意思：凡是为了赚钱去创业的人，最好去干别的，因为你一定不会有大成功。读书也是这样，为了某个目的去读，达不到大真大善大美。

用哲学语言表达，读书或者学习是薛蛮子的存在方式。中国学术中，读、学、思均属于智，智同知。中学不说存在方式，说命。说知是他的存在方式，换成中学术语就是，智是他的命，或者说，他的生命建立在认知上，生活的根子扎在认知上。在蛮子那里，智与生命等值，读书是生命行为，生命境界。

孔子说“知者乐水，仁者乐山；知者动，仁者静”（《论语·雍也》）。水给人以智慧之乐，山给人以仁爱之乐；智慧水一般流动，呈现动态，仁爱山一般屹立，呈现静态。据此朱熹说智具有水性。水性为动，不歇脚地往深里走，永无尽头。智者注定终生劳累，这也是为什么蛮子展现在我们面前的永远是一个忙忙叨叨无处不在的勤体形象，一个紧随时代发展抢占潮头的勤心形象。

蛮子不容易，非常不容易。要知道他插队的时候是刚刚16岁的少年，被年长一些的刘五一认定为贾宝玉。三年地地道道的农民生活，日出而作日入而收的高强度劳作就不用说了，还有摔断胳膊和突发急性肺炎的伤病折磨，甚至连理发、洗脸刷牙这些最起码的文明生活要求都省略了，与都市环境和曾经优越的家庭条件形成的如此巨大反差，并没有给他造成落难公子的心态。由于有智做生命底色，他没有怨天尤人，没有得过且过，没有消沉放纵，没有随波逐流，即使在伙伴们当兵走了，招工走了，推荐上大学走了的时候，他也没有悲观失望——这种情况最容易摧毁人的精神，造成被抛弃感，从而使人陷入一种接近恐惧的虚无——哪怕连一点小小的愤懑和妒忌都没有，总之没有丝毫熬日子混日子，而是极其负责极其认真地打理自己。

在他的意识里，从都市到农村，生活的本质并没有变，那就是读书学习，在北京的家里是学，在千里之外的小东淖也是学。正如他多少年之后说的，农村是他的社会大学。

知识就是力量。

小东淖的三年是他迅速成长的三年，是走向成人的三年。贾宝玉脱胎换骨。

儒家有个说法：乱世独善其身。也就是通过修养和学习来坚定自己的意志，完善自己的道德，充实自己的学识，积累自己的人脉，建构强大的自我，耐心地等待机会的到来。

部分知青　1971 年 10 月
［左起：薛蛮子、李小东、刘五一、郭北临、李止、赵强、康继光；
前排蹲者：戈毅，虎子（狗）］

孟子管这叫“俟命”。

俟，等待；命，命运。俟命，静候命运的安排。

这是坚守中的等待。孟子说：“君子行法，以俟命而已矣。”（《孟子·尽心下》）君子按照规则行事，不过是等待命运的安排罢了。

只有做好自己的事，当命运向你招手时，你才能符合要求，以过硬的自己而胜出。

西方也有类似的说法。房龙说：“凡是上帝触摸过的人，不管他遭遇到什么样的障碍和多么无礼的对待，仍能实现自己的梦想。”

逆风的方向，更容易飞翔。经过社会大学的修炼和积累，机会到来之时，他终于飞了起来。

一飞冲天，很高很远。

三、思乡

小东淖是我们的宿命，我们的今生今世。它跟定了你，这辈子，乃至下辈子、下下辈子——如果有的话，就甭想甩掉它。它深深融进你的身体，嵌入你的灵魂，转化成你生命的基因，呼唤你折磨你驱使你，让你辗转反侧永不安宁。

小东淖是我们的故土。我思念故乡的风故乡的云，故乡的飞禽走兽，故乡的人，那一对对明亮清澈的眼睛，那一缕缕飘拂的发丝，那荡漾着的宝石绿麦田，那白云下紫盈盈的胡麻花……

（一）风物

1. 风

（1）春风

春天的风起始于黄尘。彻天彻地的黄。尘埃停留在空中一动不动，伸手抓一把，张开，满掌的细细尘土。不用抽鼻子，到处弥漫着重重的土腥气。

朦胧中天喜哥叫我，骂道：狗的苏修太坏了。问因为啥。他说这帮东西在边界上放了一百架风车，把黄尘吹过来，破坏咱的春耕。见过风车，场院上就有一架，木头做的老古董，没有风的时候，对付着用它把麦壳吹掉。一百架风车哪能有这么大威力？他说，那就一千架。一千架也不行，他说那就一万架。

想起小时候上算术课，老师在黑板上画两条线，说是平行线，接着把它们延长，说再怎么画也不会相交。一个同学站起来问，画出了黑板呢？老师说也不会相交。问：画到学校外面呢？老师看了他一会儿，答不会相交。又问：画到全北京呢？老师烦了，盯着他。又问：画到全中国呢？他无论如何也不能理解这两条线怎么就不能碰面。老师绝望了，粉笔狠狠摔进盒子，怒喝道：捣什么乱，出去！这位天喜哥非常有想象力，也很幽默，让他种地，委屈他了。

村里有两群羊，一群属于集体，一群属于各家各户而集中放牧。每回羊群打屋旁过，挤成一团潮水般涌来，蹄声纷杂，黄尘滚滚，膻气逼人，便让人想起春天初始的风。

别小看这种风，包括小东淖在内的蒙古高原乃至更大的黄土高原，都是它亿万年不懈搬运的成果。

暮春时节的风则是另一种味道。一群人在路边打堰子，清一色男人。暖烘烘懒洋洋的风拂过来又拂过去，带着万物苏醒后释放渴求的暧昧气息。周档子说：这风撩人哩。周档子是光棍。大家直起脖子，一个婆姨骑着自行车驶来。车是二八加重型，男式，座位颇高，婆姨的脚勉强够到脚蹬子，两瓣屁股一下扭到这边，一下又扭到那边，动作很夸张。婆姨过去了，众人收回目光。不大一会儿，婆姨又回来了。马二哥双手拄在铁锹把上，朝女人喊话："一、一来一去的做甚？不怕零零件磨、磨坏了？"他结巴，可是喜欢说话，特别是跟女人。婆姨没听清，下车问说啥。马二哥重复一遍。婆姨回道："你懂得个甚，零件是越磨越好使哩。"言罢，骗腿上车扬长而去。

这是双关语，字字双关，是最高明的黄段子，世界级。

马二哥朝手心啐口唾沫，握住锹猛地插进土里，说："这老板子。"——后套管女人叫老板——没打一个字的结巴。

风这个词很暧昧，有撩拨、传递爱慕以及交配的含义，比如风马牛不相及，说的就是马和牛之间不管怎么着也起不了意，瞎忙活。暮春的风极富性感。

春天的风总是跟生发联系在一起。

（2）夏风

部分女知青　1972 年初夏
（左起：谢安娘、李止、李均田、郭北临）

小东淖的鸡会飞。无论公鸡母鸡都有这本事。

村子的制高点是场院上的麦垛。鸡列成一队站在上面，眼睛瞪得溜圆，翅膀紧贴身子，运足了气铆足了劲儿奋力一蹬，接着伸长脖子，张开双翅，一头扎出去。它们拼命扑打翅膀，越扇越猛，羽毛翻动，双足乱划，发出噼里啪啦的声响，震得草叶共鸣。然而不管如何努力，头扬起多高，飞翔轨迹始终是下行，最后接二连三地滑落到我们屋前。目测距离，足有 200 米。

这就是夏天的风，不管怎么使劲儿，就是刮不起来，让人干着急。

也有例外，就是暴风骤雨了。正锄着玉米，云翻滚着上来，玉米叶子哗啦啦响，没跑出几步，豆大的雨点追着砸下来。有点疼，再一看，满地白色的东西上蹿下跳，原来是冷蛋（冰雹）。这一切来得那么突然，令人猝不及防。

经常在村里转来转去的除了狗还有猪。这儿的猪很自在，从来不入圈舍，只是冬季才用绳子拴在院子里，为的是让它速肥，称“站猪”。一头白猪大模大样哼哼着从路上晃荡过来，冷不丁蹿出只黄狗，劈面拦住去路。见对方不逃，便汪汪一通乱叫。猪的小眼睛左右窥视，暗暗侦察一番，断定只有面前这一只狗。狗龇出白森森利齿，喉咙里发出低沉咆哮，身子后挫，准备进攻。

就在狗调整姿态的一刹那，平时笨不拉儿的猪闪电般冲上去。狗吓坏了，上来的家伙不光分量顶它两三个，气势更是恐怖，于是扭头便逃。然而晚了，转身时正好把软肋暴露出来，被那张在泥土中千锤百炼的坚硬猪嘴顶个正着，一连翻出去几个滚儿。这狗也真机灵，滚儿没打完便站了起来，脚还没站稳便一个蹦子跳开，四足刚刚点地，撒开腿便跑，顷刻无影无踪，连叫的工夫都省略了。猪也没有往前去，不慌不忙掉过头，哼哼着返回。一场急风暴雨式袭击的经典战例。

这就是夏天的风，要不等不来，要么一来就过头。

（3）秋风

非常奇怪，第一缕秋风不是随着节令来，而是跟着麦子走。只要最

左起：谢安娘与儿子小勇，李止，郭北临　1972 年秋

后一垄麦子放倒，风儿立马便起，年年如此，没有一回爽约。

壅塞的田地一下子空旷了，好像剃了个光头，看着有点不适应，但显得很利索，也很安静。那些被麦棵子遮蔽的小草终于熬出了头，重见天日。它们一定憋坏了，那样的孱弱苍白。这时候，你会发现小草的叶片开始微微颤动，那是它们在做深呼吸，而送来新鲜空气的正是秋风。风的脚步非常轻，无声无息似有似无，就像一只猫，脚掌的肥厚肉垫在地上微微触碰一下，立即高高弹起，倏地一下就不见了，使人疑心是精灵闪过。

这缕风虽然细如发丝，但你能够明显感觉到它。它跟夏天的风全然不同，夏天的风浑浊沉重，秋天的风干净轻灵。

风渐渐大起来，昼夜不息。不管是早还是晚，不管是强还是弱，永远是那样的从容不迫，像是一头老黄牛。

这儿的黄牛主要是拉车。地里的活儿也干一些，骡子和马做不动的营生比如耙地什么的，有时交给牛去做。对于牛的力气和脾性，你用不着去实验，看看牛车就明白了。车架子不算大，比三匹马拉的大胶车小一号，但所有部件一律粗木打就。牛的身量不好确定，长短胖瘦不一，于是车辕便做得格外长，反正牛有的是力气，根本不在乎多余的部分。特别是那两个轮子——好家伙，那也叫轮子，没有辐条，用两寸厚的木板拼接而成，而且是最结实也是最沉重的柏木板，上面的纹路虬然盘结，足足有两百岁。不由让人想，这牛肯定是前世跟人有仇，今生才遭此对待，似乎不把它的力气耗尽决不罢休，哪怕是做无用功。

然而牛一点儿也不介意。拉着装满土坯的车，你叫它走它就走，叫它停它就停；叫它往右拐它就往右拐，叫它往左转它就往左转。无论是走还是停，无论是拐还是转，它都不慌不忙，从容不迫，悠然自得。你着急也好不着急也罢，它就这样，非常自我。

魏晋南北朝，世风大变。轻车怒马弃之不用，牛车时髦起来，达官贵人、世家大族一律改乘牛车，要的就是那份慢，可以倚在车厢上看风景，同时表达漫不经心的散淡情怀。这趣味后来传到日本，添了些暧昧。《源氏物语》中的皇太子遗孀乘坐牛车出行，人隐在车厢深处暗影里，故意把袖口和裳裾微微露出，路人很容易看到，不由得身上发热。

秋天的风最自然质朴，那悠闲和高贵的气质是什么也比不上的。

（4）冬风

戈毅　1972 年初冬

生产队养着一群马。领头的是一匹大公马。这马雄壮威猛，有如神物。跟《三国演义》中描写的关二爷那匹赤兔马一个样："浑身上下，火炭般赤，无半根杂；从头至尾，长一丈；从蹄至项，高八尺；嘶喊咆哮，有腾空入海之状。"大公马当地叫儿马，专事配种，繁殖马或者骡子，它吃得好喝得足，每天豌豆鸡蛋侍候着，又不劳动，自然养得膀大腰圆，溜光水滑。

它每天的工作就是交配。群里有母马母驴十大几头，都是它的妻妾，见哪匹发情了它就上，不分场合地点，也不避人耳目，极其任性霸道。

如果群里没有发情的，它便闹情绪，在滩地上疯跑乱跳，那份狂野，人见人怕。只见一团烈火飞滚而来，如天降地喷，钢丝般柔韧的芨芨草，浑身布满钉子般锐角的骆驼刺，无不在它铁蹄下粉身碎骨。

终于它嗅到了特殊气息，那是另一个马群中的雌性正在发情。它不顾一切地狂奔过去，长鬃飘飘，四蹄如雷，势如闪电。突然去路受阻，一个黑影拦在面前，那是这个群体的儿马，岂容他人染指自己的妻妾，乱了自己的种？黑马同样的每天豌豆鸡蛋侍候着，同样的雄壮威猛，同样的霸道狂野。于是两匹烈马撕扯在一处，牙咬、头撞、身扛、尾巴抽，背过身去飞起后腿踢，人立起来面对面抬起前腿踢……只打得天昏地暗日月无光，非常的暴力。

这就是冬天的风，任性、霸道、狂野、暴力。整整一冬都是这样。坐在屋子里，门窗咔啦咔啦响，风在外面用力猛推，一下接一下。真担心它们吃不住劲儿，嘭的一声碎裂，憋足了劲儿的风像那匹大儿马似的一头撞进来。

冬天的风无情无义，横扫一切，它的别名叫酷烈。

2. 物

（1）烟

诗曰："大漠孤烟直，长河落日圆。"大漠、孤烟、长河、落日，构成了西疆辽远地域的独特景象，无比苍凉空寂，令人怆然涕下。

电视上见一位将军解释孤烟，说是烽火台升起的狼烟。差矣，狼烟是一连串下来，何来的孤？孤，单独，孤烟乃如天马行空独来独往。再说，孤烟也不是人为制造，而是自然形成。

我见过孤烟，两次。

一次在黄河边。那年开春，姜克敏、梅山、史世凌、周天安、康继光、李坚还有我出渠工，步行整整一天到达目的地。第二天提前收工去看黄河。上了大堤，烟雾笼罩，满目苍黄，不见大河。下堤前行，一步一咔嚓，那是泥沙上面那层碱壳被踩碎时爆发出的声音。周围死一般沉静，破裂声格外响亮。走了许久，仍旧是碱滩，没有一丝生命迹象。正疑惑间，烟雾中传来细细的水流声。紧走几步，一惊，河流劈面显现，令人措手不及。接着便大失所望，水流那样窄，看着也不深，与曾在郑州大铁桥上见过的黄河相去甚远，简直就是一道小河沟。我们判断这可能是分汊，主流应该还在前面，于是便卷起裤腿，提着鞋子哗啦啦地蹚了过去。

继续前行，不知走了多久，天色越来越暗，周围混沌一片，好像进入了宇宙初开的洪荒时期。我们退了回来。后来求证，那条河沟就是黄河，春季是枯水期，水量又被灌溉渠分走一部分，故而变成这副瘦弱模样。

我们爬上大堤，回望来路，奇迹出现了：黄尘中一道巨大的褐色烟柱拔地而起，盘旋而上，顶天立地。烟柱旁边是太阳，隐在黄尘后面，面色苍白，畏畏缩缩，可怜巴巴。

没有感受到黄河滔滔东去的雄浑，却收获了大漠孤烟怒冲霄汉的悲壮。

黄河畔　1969 年 5 月

（左起：梅山、周天安、李小东、史世凌、李强、康继光）

第二次是在村子里。那是初夏的一个上午，其时我们给自己盖房，我负责铲草坯。偶一回头，黄河方向灰色的天穹下树立起两根烟柱，相距不远，像是两条下垂的手臂。因为距离的缘故，颜色淡了许多，像是水粉画上洇出的痕迹，但仍然有一股屹立天地的气概。那两根烟柱就那样支撑着，许久许久，直到下午才渐渐隐去。

还有一种烟同样令人难忘。深秋，我走上村西灌溉渠上的木桥，全村尽收眼底。天阴着，水汽很重，虽已临近收工，光线暗淡，但地里干活的人依稀可辨。人们聚在一处，一道烟从中间一点一点地长高，然后斜斜向上攀爬，在水汽的阻压下，再也升不上去，便往横里走，形成长长的带子，伸出很远很远。烟是乳白色的，凝重而不散，像灰色布景上的油彩。

人们在地头烧蚕豆吃。肥硕的豆粒裹在绿色的豆荚中，经炭火熏烤，有腊肉风味。

（2）星辰

小东淖的星星多，满天星。

它们的出场却像是一场演出。剧场灯光渐暗，幕布徐徐拉开，舞台一点点变大。星星们聚集在后台，它们害羞得很，你推我让，谁也不肯第一个出场。终于站在最前面的那颗星星被挤了出来，踉跄几步才站稳。面对无数双眼睛它慌了神，犹豫片刻，打算返回。正当它移动脚步的时候，一颗星星站到身边，接着又一颗星星站到身边，随后许多星星出现了。顿时满台星光，熠熠生辉。

星星一年四季都好看，但数秋冬两季最清楚。那年生产队分配我看场，夜晚守卫晾晒的麦粒，这里麦子多，脱粒工序从秋天一直延续到年底。我仰卧在刚刚碾轧过的松软而芬芳的麦草堆上，整夜整夜地看星星。所有生命都安歇了，唯有满天星斗睁着眼。这时候我听见了寂静。它们也听见了，是的，寂静能够听到。星星朝我挤挤眼，告诉我别把这个秘密说出去。

我想接近它们，爬上高高的麦垛。四面八方都是星星，高的在头顶，低的在脚边，中间的在身旁，那么近那么近，可以看到它们一闪一闪地在呼吸。

那时没有钟表，夜晚估计时间参照的是星辰。那是一列三颗星，俗称三星，学名猎户星座。它是移动的，刚出来的时候在头顶，逐渐下降，最后沉入地平线。队干部开会，久议不决，一人探头望望窗外，说三星都落了，散吧。于是人们踏着星光往家去。

秦朝设置“三老”，掌管教化。汉袭秦制，“三老”从中央到县乡一插到底。“三老”不是三个人而是一个人，之所以称三，借用的就是三星。三星分别代表直、刚、柔，是道德象征，希望以此教育官员和民众。民间却有自己的理解，将三星化身为福禄寿。

（3）月亮

写月亮，现代作家谁也写不过张爱玲。读一句诗，“就想到我们家楼板上的蓝色的月光，那静静的杀机。”走过去关门，“阳台上看见毛毛的黄月亮。”（《私语》）

她真是敏感，细致到了极点，眼中的月亮竟是五颜六色，红的，蓝的，绿的，还有半黑半白的——那是乌云中的月亮。用得最多的是黄月亮，分微黄、金黄、赤金、琥珀。而月亮原本的白色却用得不多，即使有也是青霜般的荒寒，让人汗毛凛凛。

小东淖的月亮不是这个样子。即便是细细一钩峨眉月，淡得几乎找不见，也绝不拒人千里之外。

那年麦收后，我见到了有生以来最大最美最安静的月亮。

一挂三套车停在地里，辕马站着发呆，两匹拉偏套的马低头找吃的，鼻孔喷出的气把麦茬间的蚂蚁赶得跑来跑去。车把式全家喜站在车上码垛，我和福生挑麦个子。麦子割倒后要扎成一捆，平放在地上，一行一行的，这东西就叫麦个子；麦收后必须把它们运到场院上码成垛，等地里的活儿都干完后，再用马拉的石碌碡碾轧脱粒。我现在干的是把麦个子装上车。我手持一把两齿钢叉，对准麦个子扎下去，然后忽地一下挑起，在空中划出一道弧线，就像京剧里的高宠挑滑车，很有些气概。不过不是立马甩到一边，而是成垂直方向高高举过头顶，快步走向大车，这时候才发力朝前送出，麦个子稳稳当当落在车上。

刚开始，三个人还有说有笑，后来累了，不再言语，各自闷头干活。天色渐暗，四周寂静无声。我挑完一行，转身面南开始另一行，挑起麦个子走了两步，突然觉得不对劲儿，眼前白白亮亮的，定睛一瞧，竟然走进了月亮里——不知道什么时候月亮在背后升了起来。它不像太阳，露脸便是光芒万丈，刚出来的月亮感觉不到光，悄然无息。它傍着南沙梁，太阳的余晖将沙丘染成赤金，边上歪着一棵柳树，三两根枝叶印在上面，越发衬托出月亮的白净素雅。它那么圆那么大，不要说我能走进去，就是三套车也能走进去。它羊脂玉般润泽，又纱一般轻柔，全然没有高悬夜空时的清冷。

我呆住了，高举着麦个子一动不动，生怕脚步惊扰了它，更怕移出它的边界。慢慢地月亮升上树顶，离我渐远，又等了一阵，我才走向马车。

全家喜嘟囔一句：咋，中邪啦。我说：是，中邪了！

（4）云

写云，现代作家中萧红最为著名。她命苦，终生漂泊，又赶上战乱，所以对变化无常的云格外上心。云是变体，从来就没有定型过，但一般人是动中取静，所谓“闲爱孤云静爱僧”。她不，把云的变化写得轰轰烈烈。刚开始是马的形状，散架了；出来条狗，后头跟着几只小狗，一会儿又没了；换了个大狮子，转眼就消失了；又跳出一只猴子，一晃也不见了；再下去，什么都找不到了，云散了。

萧红最喜欢火烧云，它辉煌灿烂，把一切都涂上金色，而她自己则是穷命，总是饥肠辘辘。她的火烧云气势极大，从西边一直烧到东边，整个天都像是着了火。一切都变了，白的变成红的，红的变成黄的，黑的变成紫的。老汉养的两只小白猪变成了小金猪，自己的白胡子变成了金胡子。这变，足以让穷人高兴好一阵子。

这似乎是不祥之兆。“夕阳无限好，只是近黄昏。”金碧辉煌后面紧跟着黑暗，当然要有一点过渡。天光渐收，蛋青色中只有天边尚存一线微红，遥远而凄冷。萧红命弱，只活了 31 年。

火烧云多出现在夏天，是夏季傍晚的云。

小东淖也有火烧云，虽不铺天盖地，但也占据一方西天。村西的边界是一道灌溉渠，全村浇地的水都取自它。水是黄河水，经过数不清的大渠中渠小渠引到这条渠里，泥沙俱降，年年都要清理。挖出的土便堆在渠背上，久而久之，这道渠的渠底已经跟村里的屋顶一般高了，渠背则超出屋顶一丈多。站在屋前往西看，望不了多远目光便被渠背拦下来。晚霞中，渠背黑黝黝的，而顶端则亮得耀眼，上面是透明的草棵子，点点金色漏过来，一直落到人的脸上。

那草就是熏蚊子的苦豆。茎叶颜色不正，绿而发白，味苦；根部生瘤如豆，故称苦豆。据说可医治发热上火，没试过。这东西命贱，牛羊不吃，故而生长极其茂盛。六七月份开白花，颜色亦不正，白而发绿。届时绿不是绿，白不是白，杂芜混乱，渠背上便很少见到人了，越发显得荒凉。

小东淖的云也变化着。那是大朵大朵的白云，闲适得很，从头顶高高排下去，一路排到乌拉山。乌拉山在村子正东，大几十里开外。赶上大晴天，可以望见乌拉山上巨大的褶皱，眼睛好的，甚至可以看见筋骨般裸露的山岩，但更多的时候是笼罩在轻雾中的紫色峰峦。

北面也有山，叫德令山，永远是剪影，雾一般淡淡的蓝色。

深秋时节多雨，山便看不到了，满天的阴云。云不成形，与铅色的天穹混成一团，分不出是云还是天。它运行极快，像是看不见的手在前边拽着，后边推着，两边拥着，一个劲儿地往前跑。仿佛不间断的循环镜头：来了，过去了；又来了，又过去了。盯着云看，你会觉得整个世界都在飞速旋转。

云天的下面是林地。树叶差不多落尽了，剩下的几片蜷缩在枝丫后头瑟瑟发抖。地上铺满了叶子，黄的、绿的、褐的、黑的。叶子浸泡在泥水里，慢慢腐朽，潮湿阴冷的空气中弥漫着苦涩而又微甜的气息。

一颗水珠坠在脸上，冰冷，是冻雨。

（5）雪

一年中最先见到的白是寒霜。

早晨推开门，清冷的空气扑面拥来。揉揉眼，地上敷着白，薄薄的一层，可以隐约看到下面黑色的地皮。虽然薄，但很有些分量，小一点的风都无力将它扫去。这就是霜了。

霜的颗粒很结实，在斜斜的阳光下闪闪发亮。这时你会发现地上有两行竹字形脚印，一个一个地印出来。顺着脚印寻去，一只花公鸡有节奏地一下一下转动着脖子，圆眼睛骨碌骨碌四下张望。见你看它，便放下缩进肚皮羽毛里的那只脚，踱着步子慢慢去了，行为艺术家似的继续在霜地上固执地印制自己的足迹。

吱扭一声，邻家的门开了，老婆婆一盆水扇形泼出，地上立即升起一团白雾。雾散去，现出一个黑色大扇面。花公鸡忙不迭地跑过来，什么也没找到，连自己的足迹都不见。

过不多久便有雪花飘落。沾在脸上，痒痒的。

本以为小东淖的雪会很大，就像东北的雪，山上、屋上、地上、冰上覆盖着厚厚一层，那样的白，白得发蓝，一直到春天才渐渐消失。然而不是，这里降水少，就是憋一个冬季，也攒不成一场像样的雪。

然而终究是北方，雪还是要来的。

我见过的最大那场雪是在夜晚。

那天很平常，跟无数个冬夜一样半阴半晴，星星东边几颗西边几颗，稀稀落落，无精打采。

一阵歌声飘出窗子，在沉寂的夜空中浮动。

昼短夜长，我们常常聚在一起唱歌。唱的最多的是俄罗斯民歌，那歌词和旋律有一种独特的辽阔和忧郁，像河水上弥漫的轻雾，像原野上洒落的细雨，像湖面上涌动的波浪，像树林间飘荡的微风。我们唱了一首又一首。炉火正旺，水开了，壶盖啪啪作响，壶嘴喷出长长的蒸汽。

最后我们选定了一首，反复歌唱。其中两句是“西伯利亚白茫茫，无边又无际”。一遍又一遍，不知唱了多少遍。我们呼唤雪，盼着它漫天飞舞，铺满大地。

歌声停了，格外安静。静得出奇。

推开门，满目皆白。愣怔半天，才意识到下雪了。惊喜间伸出手，什么也没有，雪花呢？抬头望天，蓝黑色的穹顶满是星星，精神抖擞地放出光彩。星空下是一座座房子，屋顶覆盖着厚厚的雪，烟筒飘出白色的烟。烟很淡，像是雾，但衬着蓝黑的底色异常清晰。

太神奇了，就在我们忘情歌唱的时候，一场雪，一场大雪，来了又走了。它来，是为了听我们的歌；它走，是随歌而去——那消失在茫茫太空中的声波。

置身于童话般的世界，我什么都相信。我看见了一个巫婆从烟筒里蹿出，骑着长把扫帚飞速绕来绕去，她不住拍打衣服上的火苗，火星溅到天幕上，变成了星星。老太太的尖鼻子上沾着烟灰，脸上也有一块，我正想告诉她，她做了个鬼脸，倏地便不见了。

一场神奇的雪。1970 年 12 月的一个夜晚降临小东淖，无声无息。

（二）人物

1. 小猫

小猫不是猫，是人，名字叫小猫，当然是小名。大名忘了，也许从来就没有问过，因为他是个半大小子，那年还不满 14 岁，这个年龄一般是用不着大名的。他父亲姓张，50 年代从河北移民上来。当时一起的有四户，那三户陆续迁回去，只有他家留下来。老张是细木匠，这种手艺生产队用不上，他又不愿意干农活，好在村子离公社不远，那儿聚集着公家单位，木工活不少，他便去打工，在各单位间转来转去。他当然有大名，但很少使用，都叫他张木匠。

张木匠叫住我，喜滋滋掏出一件东西，摊开手掌，上面平躺着一包烟，红牡丹。高档烟，电光纸包装闪闪发亮。在我注视下，他伸出小拇指，用指甲盖小心翼翼挑开蓝色封签，又小心翼翼挑开白色锡纸，然后轻轻抽出一根烟递给我，接着又轻轻抽出一根烟叼嘴上，随后仔细按严锡纸，装回衣兜。点燃，深深吸一口，闭上眼，许久才吐出。赞道：就是地道，要不咋就专供大干部呢。接着絮叨起烟的来历。

公社有个姓方的书记，结合进革委会当副主任，排名最后。老资格，行政 17 级，而主任鲁书记才 19 级。方书记文化不高，挺实在，叫张木匠做两个镜框。这儿的人喜欢收集相片，一张一张排在镜框里，挂在墙上。即便再穷，墙上也不能光秃秃。镜框不大，尺许。里面的相片可是五花八门，亲人照是必需的，其次是朋友，再其次是熟人，再……就说不清了。问他，疑惑半天，最后也不能确定是谁。镜框做好后，方书记买了两包牡丹烟，红、蓝包装各一，送给张木匠，而他自己平时只抽大前门。张木匠最后总结道："瞧瞧人家这水平，到底是老干部，当个县长都富余。"

张木匠的院子紧挨我们，在西侧。我们的房子把边，东侧是村路，横穿过去是农田，所以张家是我们最近的邻居。张木匠喜欢过来串门，他家的孩子更喜欢。

"叔，叔，"小猫追着我。我停住脚。他问："鼻涕是不是用过的脑子？"我有点蒙，正琢磨着如何解释。他告诉我，是青糜子说的。青糜子是我们房后郝马儿的小儿子，跟小猫同属半大小子，时常远远站在一边望过来，目光迷离，一只鼻孔下冒着大白泡。类似的问题还有："头皮是不是头顶上的汗变的？"后来哲学课上，老师喜欢说劳动人民是天生的唯物主义者，我便想起他们。是啊，脑子思考过后，那东西去哪儿了呢？就像删掉手机和电脑里的文件，总得有个去处不是？

不知道谁带去一个放大镜，村里人很好奇，拿起来贴在眼睛上，对着人对着物一个劲儿地看。正看不过瘾，又反过来看，嘴里叫道：大了大了……小了小了。小猫非常严肃地告诉我："牛的眼睛是放大镜，狗的眼睛是缩小镜。"我问何以见得？答："牛怕人，狗不怕人。"我想了想，明白了，牛眼看人高，狗眼看人低。哲学上这叫主体性，我们总是透过有色眼镜看问题，世界被观念过滤了，所谓纯客观是不存在的，所以才有公说公有理，婆说婆有理。

2. 尕人子

这个字和音不是本地的，出自甘肃，也就是人们说的河西。尕，音嘎，小的意思。他娘喊他尕娃，本地不习惯这种叫法，便改做尕人子，也有叫尕小子的。他娘是 60 年代初河东大饥时，村里光棍拿麦子换回来的四个女人中的一个，尕人子是她带过来的。虽说是继子，但家里待他很好。他这个尕字真叫对了，由于营养不良亏了身子，比同龄人矮一截，肩膀窄而薄，跟青糜子站一处足足小了一号。

尕人子也管我叫叔，不同的是喊成“馊”——他舌头底下那根筋没长好，说话不利索。后来我才知道，那叫舌系带。他曾张大嘴巴，舌头用力翘起，顶住上牙膛，伸出中指，指着舌头根“啊啊”地让我看。我歪着脑袋瞧半天，也看不出什么名堂。今天他又“馊、馊”地叫住我，满脸喜兴，说：“夜来我大带上我去公社卫生燕（院），寻天井（津）大夫检查。人家说了，我这病能鸡（治）好。”我为他高兴。他告诉我，这手术本地做不了，得去天津。

尕人子的继父是羊倌，他做帮手，公分很低。为了攒钱去天津，他要求下大田，于是便跟小猫等半大小子编成一组。他毕竟人小力亏，人家评 6 工分，他只能挣到 5.5 工分，比放羊多 0.5 工分。

很长时间不听他念叨去天津做手术的事了，便问他。他光笑不开腔，一边的青糜子替他回答，说人家改主意了，先娶媳妇。我看他，他点头，伸出一个指头，说一口袋麦子能换回一个女人。这儿的口袋是用山羊毛捻成的线编织的，大号的盛麦 180 斤，中号 150 斤，小号 120 斤。他挣的工分除去口粮蔬菜钱，余下的都交给父亲攒起来，差不多够买一袋麦子了。

几天后，小猫颇为神秘地告诉我，孬人子挨骂了。我问是谁。回答是苏北雁。北雁是知青中最漂亮的姑娘，据说全旗评第一。孬人子逢人就说，要用麦子换北雁给他当老婆。不知怎么让北雁知道了，招手叫他。他屁颠屁颠地跑过去，笑嘻嘻地站住。北雁柳眉倒竖，杏眼圆睁，盯住他足有一分钟，然后迸出四个字："去你妈的！"

孬人子　1970 年 6 月

我问孬人子咋说。小猫答，啥也没说，一个劲儿地嘿嘿傻笑。

半大小子玩心重，孬人子也不例外。秋天瓜熟，青糜子邀请知青戈毅一起去邻村偷瓜，入伙的还有小猫的同母异父哥哥小兔。半路上招兵买马，正好碰上孬人子，便吸收为喽喽。转了两个村子，终于得手，摘了一毛口袋西瓜，便命孬人子背着。一伙人兴高采烈往回走，过渠时个个一跃而去，忽听背后扑通一声，一阵惊叫。忙回头，孬人子不见了，战利品也没了——这个喽喽掉进了渠里。他体弱力亏，又身驮重物，哪里跃得起来？幸亏渠里水不多，否则真要出人命。戈毅援手，将他拉了上来。再清点口袋，能吃的瓜不及三分之一。青糜子撂下一句"毬也挛不成"，孬人子就此定了性，再也没人带他玩儿了。

孬人子的出勤率全村最高，不光养活了自己，还攒下一笔钱。半大小子里数他最阔，虽然他大出差不多两岁。

3. 王宽

王宽前面提到过，就是那位教育知青的老保管。

他没入上党当然不是因为忘记带手戳，那么严肃的事儿，岂可以一枚名章定命运？背后另有隐情。老汉曾是风云人物，土地改革时期的农会主席，当时是一切权力归农会，他取代地主保长成了村里最大的官就决定更改村名。

后套称村庄为圪蛋，其实应写作圪堆，意即人口集聚之地。他取来圪蛋二字，将自己的名字放在前面，叫王宽圪蛋。乡长知道后大怒，说毛主席那么大功劳，都没有把国家改成毛泽东圪蛋，你个小小王宽有啥贡献，胆敢给小东淖改名！便撤了他的职，当然也就不可能发展他入党。

知青来的那年，他五十大几，精瘦，高大的身腰挺得笔直，气势威猛，脚步沉稳，夹着一股风。当他迎面过来时，你会觉得脚下的地都在颤悠，先自气馁几分。不知为什么，他总是气哼哼的，整天一副苦大仇深的样子。夏天，老汉头扎白毛巾，穿件腋下开气儿的无袖白布小褂，下身是黑布免裆裤，系一根红布腰带，脚蹬方口黑布鞋，沉着脸蹬蹬地走过。女知青郭北临捧着碗站在院子里吃饭，筷子举在半空，看呆了，脱口赞道：“嘿，整个一太平军！”换成今天的话就是酷毙了。

王宽　1968 年 10 月

他虽然不是党员，但根子硬，雇农成分，比贫农还红。成分就是通行证，所以他当上了保管，为集体看守财产，一长串大钥匙整天挂在腰上哗啦啦响。他这保管有年头了，书记和队长走马灯似的换，唯独保管始终是他。他是铁帽子保管。

老汉的活动场所是两个，一个是库房，最经常的营生是坐在门口缝补毛口袋；一个是场院，傍晚时分前去盖章。这颗章可比手戳大得多，半尺见方，木制，也不是印在纸上，是盖在粮堆上。粮食辗罢，尚需晾晒，收工前便堆在一处，使其自然形成圆锥形，方便第二天摊开，为防止偷盗，便用大木章在上面压上几个印。粮堆绝对不能动，一碰印记便散了。木章上的纹路我曾仔细看过，是个繁体“趙”字。不解，人们告诉我，那是王宽当年雇主的姓。原来这枚大印是土改时共产来的。

王宽不是一般的雇工，是长工头，也就是领班。想必赵地主对他不错，而他为人又讲忠义，所以始终对旧主怀抱感恩之心。赵地主去世早，留下一个孤儿，叫明小子，小白脸，细皮嫩肉的，一看就是个少爷坯子。此人有些孤僻，一副落落寡合的样子。这样的性格再加上这样的出身，要想在村子里站住脚实在不易。然而他却活得很好，早早便娶上媳妇，比那些同龄贫下中农强得多。之所以如此就在于有王宽一类人照应他。明小子单身时，常被王宽叫去吃饭，大模大样坐炕头上，好像那是他家。

明小子媳妇叫翠女子，同村张海云的长女。此人下中农成分，为人极精明，又有点文化，不惹人，别人也不惹他。他跟王宽一样，也得到过赵地主照应，对恩主念念不忘，最后以女报恩。如果张海云不抢先，王宽也一定会这样做。

当时流行的口号是，亲不亲阶级分。而王宽和张海云则是亲不亲恩上分。在阶级斗争为纲的年代，这得多大的勇气。按照当时观念，可以说他们政治上糊涂，却不能不佩服他们的为人，所以对他们丧失立场的行为，没有人去纠缠。

王宽对知青有恩。1971 年，李止担任妇女队长，站在社房屋顶喊村民出工。烈日当头，加上长期过度劳累，突然晕倒，半边脸戳破，鲜血淋漓。老汉正在下面库房拾掇东西，听声音不对，立即出来查看，发现后攀上房，把李止背了下来。那么大岁数，又是登高，实在不容易。

为表示谢忱，知青把自己微信小东淖群改为王宽圪蛋群，从 2016 年 3 月 15 日下午至 17 日正午，总共两天，发布微信近百条。

老人家可以安息了。

4. 马德祥

马德祥是官名，人们叫他马地主。

1950 年划分农村阶级成分，南小东淖确定两户地主，一户姓赵，王宽的老东家；一户姓马。马家有三个儿子，大儿子就是马德祥，已满 18 岁，便被划为地主，成为贫下中农阵营的对立面——地富反坏右队伍中的一分子。

他这个地主有点冤。两条。一条，他本来是革命队伍成员，当时正在县里当战士，专职“射手”。这是解放军的叫法，老百姓称刽子手，就是枪毙犯人。他心理素质好，开枪时手不抖，死在他枪口下的恶霸地主想必很有几个。另一条，他不是老地主亲生儿子，是从别人家抱来的。这在后套非常普遍，所谓“经由”。这个词很文雅，表示过渡、中介。

这后一条大为可疑。老地主没见过，他下面的两个弟弟就在我们村，弟兄三个身量一样，高而匀称，面貌更像，一律的长方脸、小眯眼。这个地方搭伙计成风，女方生下娃，养着养着断定是情人的种，便交男方抱回。如果男方是光棍，为了留个后，女方也主动为他生个孩子，晚年好有个照应。这种事儿当然不好点破，对外便说孩子是“经由”来的。

70 年代初，政府重申给出路政策，解除那些表现好的地富反坏右分子的成分，俗称摘帽，这其中自然包括马地主。他的态度耐人寻味，一方面主动争取，好好表现，另一方面又好像不大迫切，私下里错误不断。

他人很精明，在村里算个人物。场院上码麦垛，别人干，准漏雨，他干，没有一颗麦粒生芽。其他高难度技术活，像规划土地、打渠口、修理拖拉机之类也都离不开他。谁家盖房，经常可以看见他平伸胳膊，竖起拇指，眯着眼睛瞄来瞄去。问干吗呢，回答是测量，据说用的是战场上炮手的法子。他这个地主平时不受歧视，活得挺好。

只有两个场合他才想起自己是地主。一个是评工分。照理说他应该拿最高分，可必须体现阶级斗争，便降一等，或者减 1 工分，或者减 0.5 工分。他呢，看不出一点委屈，觉得理所当然，地主嘛，哪能跟贫下中农站齐？

再一个场合是斗争会。村里只有他这一个地主，运动一来，他就是活靶子。主持人一拍桌子：把地主马德祥带上来！两个半大小子便推推搡搡地押着他走进会场。大人不愿意干这种事，乡里乡亲的，抬头不见低头见，半大小子生冷，玩心重，所以由他们专职押送。马地主低头站在前面，社员三面围坐。先是交代罪状，由自己坦白，尽是些陈芝麻烂谷子的事儿，大家早就听腻了。接着是群众揭发，由大家说，也是鸡毛蒜皮的事，每揭出一件，人们便笑成一团，直到主持人厉声提醒，众人才恢复严肃。最后是喊口号，勒令马德祥老实点。

他确实不老实。有个小偷小摸的毛病。他住在南沙梁，那地方僻静，于是月黑风高之际，他便出现在邻村，摸进地里掰几个玉米棒子什么的，有次竟然扛回家一棵树。第二天人家顺着树枝划下的痕迹寻上门，让他扛着赃物各村游街，到了小东淖地界才被拦下救出。

马德祥还腐蚀知青。几个知青跟他在地里干活，闷得慌，便叫他唱酸曲。他不唱，史世凌喝道：唱，不唱斗你！他这个人好出风头，其实特别想唱。小眼睛夸张地左右窥视一番，装作害怕的样子，说到时候你们可别说我教坏。得到保证后，一边慢悠悠铲土，一边唱："二月二来龙抬头，你看人家有老婆的抖不抖，白天吃饭有人吼，夜晚睡觉搂着个绵肉肉……"

什么什么，搂着什么？没听清，命他重复一遍。他说了。几个知青笑得前仰后合，绵肉肉，哈哈。

再看他，眼里含着一泡泪水，动感情了。他当过光棍。被部队除名后回到村里，老婆死了，独自带着儿子过了好几年，直到从河西领回个女人。四个河西女里，数他的媳妇最中看，细腰丰胸，眉目开朗。不知当初怎么搞的，花魁竟让他这个地主分子独占了去。

以阶级斗争为纲的年代，地主有特殊利用价值。设立这么一个对立面，有利于通过共同敌对目标整合阶级队伍，加强团结。可马德祥这个地主怎么看怎么像个笑话。

他本来挺本分，戴上地主帽子后才染上偷摸毛病。人们整天嘈嘈着地主敌视新社会，破坏集体生产，这对他实际上形成了心理暗示，引导着他往这方面发展，杀人放火他不敢，那就偷吧。是地主这个“名”把他塑造成地主的。

马德祥的地主帽子一直戴到最后，直到政府下发文件把地主富农改为社员，他那顶地主帽子才在“一风吹”中摘掉了。

这时候是 1979 年。马德祥头上顶着地主帽子生活了将近 30 个年头。

马德祥不容易。

5. 周档子

我们在小东淖那几年，村里光棍好几条，数周档子最有名。主要是他年纪大，三十好几了，再加上耳聋，人又穷，要想娶上媳妇是难上加难。女人们道：说个悄悄话都听不见，谁跟他？

其实这里的根本原因是穷。娶媳妇就像今天的买房，是一生中最大工程，必须全家男女老少齐上阵，没个十年八年是凑不齐这笔钱的。档子父母双亡，孤身一人走西口上来投奔舅舅刘黄毛。不是亲舅，但也不太远，这种关系最为尴尬，属于可管可不管之间。所谓管，也不是大包大揽给他成家，即便亲舅舅也没这个义务，而是一旁张罗张罗。由于可管可不管，刘黄毛两口子也就不上心了。

没几年档子便成了问题人物。人们坐一块堆儿说话，只要他在场，没几句就扯到找对象上，这个说东那个道西，分析来分析去，没一条可行，越说档子越没信心，众人也就纷纷摇头，结果弄得他日益萎靡。平时低垂着脑袋一言不发，有人跟他说话，不管听清没听清，一律仰起脸傻笑，满面的褶子顿时撑开，露出下面肉白的底色，活像个花面狸。只有干活的时候，他才来些精神。档子会点木匠手艺，打个棺材修个牛车什么的都找他。他脚踏木料，双手持锛，一下一下砍去，木屑四溅，锛子上下翻飞，非常利落。

档子没房，曾经跟我住过一段。炉子半夜灭了，脸盆的水结成冰。档子把黑油油的被头裹了裹，告诉我明年打算盖房，一定买只铁炉子，早晨伸出胳膊扯把麦草点燃，轰的一声烟筒就烧红了，趁热赶紧穿衣服。说着闭上眼睛，无限享受的样子。我不仅黯然，他的最大理想竟然是一只铸铁炉子！

眼见他这个光棍是要做到底了，不想突然出现了转机。

一户走西口上来的人家通过关系找到小东淖请求落户。队部办公室里，父亲介绍情况，笨嘴拙舌讲不清楚，女儿进屋帮着说。他们全家六口，父亲和母亲四十多岁，大女儿十九岁，剩下两个是吃闲饭的娃娃。这条件也太差了，生产队长一笔账就打了回去：六张嘴，一年的口粮是2400斤，父亲勉强算一个整劳力，母女凑合着算两个半劳力，打下的粮顶不上吃下的粮，这不是让全村人养活他们吗？

姑娘望着政治队长，泪光涟涟，如果他再否决，路就堵死了。“文革”前期党组织瘫痪，农村基层不设书记，但总要有一个相当于这个职能的岗位，于是便出现了政治队长一职。政治队长似乎不知道怎么说才好，随口问道：你上过学？初中二年级，姑娘回答。原来是回乡知青，政治队长的心悠了一下，他也是知青。门口几个看热闹的老婆婆也在议论姑娘，其中一句话清清楚楚传进他耳朵里：“不知寻下婆家没有。”他想到了档子。

这时候他才细细打量姑娘。五官还算端正，细眉细眼，只是牙齿太难看，上面分布着几块大大小小的黄斑。他稍微松了口气。如果是个像村里二翠子那样漂亮的女子，他这个决心恐怕就难下了。于是他让这家人回去听信儿。

他把自己的想法跟队干部说了：留下这家人，条件是姑娘嫁给档子。

二翠子　1968 年 10 月

大家沉默一阵儿，刘黄毛首先表示赞同。他一向附和这位知青出身的政治队长，更何况档子是他外甥。其他人也认为这样最好。生产队长说：你当家，听你的。政治队长算的是人情账，中国人心灵深处，人情就是天理，生产队长的经济账怎么也敌不过人情账。

信儿传了过去。姑娘找到政治队长，说同意这个条件，但要求换一个人，除了周档子谁都可以，两人相差十来岁哩，又是个半聋子。回答是不行，如果换一个人，村民不会接受你们一家。姑娘哭了，说你咋那么残酷。这句话让队长动摇了，但随即狠下心来。他说的是实情，档子是硬道理，没有比这个老光棍更有说服力的了。

姑娘哭着走了。他抬手给了自己一个嘴巴，半边脸木了半天，脑袋嗡嗡响。

有办法吗？没有。虽然残酷，但救的是两家人。还有一点让他多少宽心的是，姑娘性格刚烈又有主意，“文革”中闹派性那阵儿，她腰里经常别着两颗手榴弹。这样的女性婚后绝不会逆来顺受，会把自己的生活安排得妥当一些。

第二天那家人捎过话，同意把女儿嫁给档子，免除彩礼。就这样，档子有了老婆。他这个老婆是天上掉下来的。

政治队长问姑娘有什么要求。踌躇好一阵儿，姑娘说想要一件的确良衬衣，就是你们知青穿的那种。他沉默了一分钟，她也是知青。他给她买了两件衬衣，一红一绿。只是不见她穿，不知是没机会还是舍不得。也许是给妹妹留着，妹妹的命一准儿比她好。

档子盖了新房。我去转了一圈，特别注意炕沿前面，那里砌起一个高台，上面稳稳当当站着一只大肚铸铁炉子，白铁皮烟筒闪闪发亮。

6. 全家喜

全家喜算是小名，他姓樊，大名樊家喜。他 20 岁露头，跟知青走得很近，最爱听他们谈天说地的侃大山，对政治传闻有着异乎寻常的兴趣。同时也不甘心只当听众，时不时地说句隐语，让知青去体会。这些隐语都有些年头了，不知揉进了多少人的智慧。他掌握的隐语格外多，在这上头有天分，下功夫。这些隐语没一句不跟性搭界，比如“借借笔，记记账”之类。每当这时候，他便面含微笑，色眯眯地望着对方。这些城里娃娃甚也省不得（不明白），看他们那副一本正经、懵懵懂懂的样子，真是莫大享受。

一般人对知青放不开，总觉着不是一类人，当然交流起来也就难免隔着一层。全家喜不，天生就是个平等派，你长着鼻孔出气我也长着鼻孔出气，凭啥在你面前畏首畏尾？不要说知青，就是跟大领导混上几天，也敢出个隐语耍笑一番。他就这副性子。

这跟他在村里的地位多多少少有点关系。与老王宽一样，他也是铁帽子——铁帽子车倌。他哥就是赶大车的，迁走后由他接班。我们没来之前他就是车倌，离开后他也是车倌，此后很长时间他还是车倌，直到集体经济散伙，他才放下赶车的大鞭子。车倌算是高等社员，这是由车马的价值决定的。一辆胶皮轮子大车，加上三匹好骡马，至少值三四千块钱，这在当时绝对是一笔大数目。小东淖有两挂大胶车，宝贝得不得了，除了夏收拉麦个子外，主要是跑运输，给厂矿企业拉个矿石什么的，村民吃的盐和烧的煤也都指靠它。

黄哈尔的弟弟黄江南到小东淖探亲，带了台照相机。村民集聚在社房前合影，大家都空着手，唯独全家喜手持大鞭子，鞭杆高高挑起，像是汉官出使西域的符节，庄严肃穆。他那根鞭子看得很紧，轻易不让人动。什么好东西呢？三根细竹子拧成一股做鞭杆，上面拴一根驴皮编成的绳子做鞭梢，一股马汗味儿。

赶车人走长路，与牲口为伴，没个说话人，闷了就吼两嗓子。全家喜特别爱说话，格外臊得慌，所以老听他唱。赶上刮东风，不管是东南风还是东北风，如果大路上送来断断续续的歌声，一准是大胶车回来了——大路在村子东边，胶车沿着路进村。风儿顽皮，把歌声撕碎了，随手一丢，这一句，那半句，再远远抛一声进你耳朵里。

他嗓子不怎么样，但会唱，高一声低一声地也还动听，有余音袅袅的效果。最爱唱的两句是：南来的大雁北去的风，信天游唱给毛主席听。特殊年代的特殊歌曲，但确实好听，旷远中带出一份伤感。没事的时候，喜欢搬张凳子坐在门口，大腿上支一把胡琴。不是内地常见的二胡，是四根弦，叫四胡，身架也大上一号。声音也大，给人以轰鸣之感，散发着塞外特有的粗犷和苍凉。

有点艺术气质的人都追求美色，全家喜当然也不例外。如果说在大多数人那里还要遮遮掩掩或者找个冠冕堂皇的理由的话，在他则是赤裸裸的毫无掩饰。

那天赶车路过知青门前，他突然拉闸，喊了声“吁——”，马站住了。他眼睛一个劲儿地朝院子里看，我当发生了什么事，顺着他目光望去，原来是付冬冬在晾衣服。不知动了什么念头，她换上了裙子。当地女人不怕暴露上身，夏天穿小褂，整条胳膊露在外面，结了婚的婆姨经

谢安娘　1970 年 6 月

常当众奶孩子，衣襟掀起老高。可就是从来不露下半身，不管多热的天，也不管干活多么不方便，永远是一条盖住脚面的长裤。知青的裙子刚过膝盖，一阵风吹过，露出半截小腿。

就是这半截小腿，让全家喜走不动路了。他将马鞭放在一边，卷了根烟，目不转睛地瞧着，眼神着实有些下流。我伸出手在他眼前晃晃，他脑袋朝两边躲了躲，仍旧目不转睛。然而好景不长，晾罢衣服，冬冬便提着脸盆回屋了。

全家喜舍不得走，瞭了又瞭。又等了一气，见人确实不会再出来了，才收回目光，轻摇鞭杆，慢慢去了。临走望我一眼，满脸的遗憾。

全家喜刚结婚那阵儿，出车去北部山区拉矿石。磨磨蹭蹭地不想走，在另一个车倌白英的催促下终于上了路。晚上打尖住店，他非要回家，怎么也拦不住，只好随他。这情种解下驾辕的骡子，翻身跃上，绝尘而去。白英望着远去的背影，鼻子哼一声道：没出息，一天也离不开女人。

全家喜，性情中人。

7. 赵虎旦

赵虎旦　1968 年 10 月

知青在的那几年，政治队长是赵虎旦，他在这个位置上坐了三年。

人们叫他虎旦子，方脸，瘦削，面色苍白，只一对眼睛跟他名字搭配，闪闪发光，虎虎有生气。他走路没声音，几个人蹲地上聊天，猛地发现多一个人，一扭脸原来是政治队长，不知道他什么时候加入进来的，而且还接茬说了两句话，然而却没人注意到。

他在任上干了两件事。

一件是倾全村之力，买了一台 12

马力型手扶拖拉机。他亲自率领二十多个精壮汉子进乌拉山给国营林场打工，钻深山老林清理枯木，苦干一个月，挣了3000块钱。然后亲自揣着这笔钱进城，开回了这台新鲜器物。其时只见老大双手扶把，目视前方，满脸笑容，信心百倍，“突突突”地进了村，一直驰到库房前才站住。那年月手扶拖拉机是稀罕物，村民没有见过，孩子喊大人叫，人们将虎旦子和拖拉机围了个严严实实。一个男人迟疑地探出手想摸摸机器，立即被他止住。接着宣布：“手艺人的家什大姑娘的奶子，最是金贵，不能随便打动。这台拖拉机花了2600块钱，是集体最值钱的财产，从今往后除去司机任谁也不敢打动。”他招呼几个男人把机器推进库房，锁好。隔日领着十几个人干了一天，盖了间机库。

买拖拉机本来是为了跑运输挣钱，一趟下来大失所望。吨位太小，刨去油钱、工钱和各种费用，不赔不赚，要是算上折旧，那就亏了。跑运输不行就干农活。给拖拉机挂上犁，一步也走不动，地里的土黏性太大，根本无法操作。试来试去，只在一项营生上有些优越性，就是打场。于是这件全队最金贵的物件便成了碾麦子的专门工具，把骡马替换下来，车后挂俩石头碌碡在场面上飞快转圈，转得司机头晕目眩，初时每隔10分钟就得换一次班。

另一件事是种水稻。那年春天雨水大，盐碱泛起，小麦出苗不好，再加上壮劳力都被抽到山里打工，管理受到影响，麦子长势极差，夏粮歉收已成定局。咋好？只有一条路可走，就是从秋粮上找补回来。于是赵虎旦盯上了种稻。但有一桩，当地禁止种植水稻，原因很简单，这里水位高，种稻会导致水位进一步上升，加重土地盐碱化。所以必须悄悄地干。

虎旦子相中了东沙梁北头的滩地，那里挺僻静，没人去；同时远离耕地，不会对农田造成直接损害。他率领全村精壮劳力进了滩，人手不够，又把半大小子也都调来，苦干半个月，开荒200余亩。同时修筑一道水渠，开闸放水。

趁着灌水的空当，他像《创业史》中的梁生宝一样亲自跑到60里地外的黄河边换稻种，以二对一的比例用小麦换回1000多斤稻种。放下稻种回家，糟了，过不去了。新开的渠道不结实，四处跑水，他家房子在东沙梁畔，大水把那里变成了一座孤岛，进出必须把鞋背肩上，蹚过没膝的黄汤。

种稻　1970年6月

稻种撒进地里，后来施过一次尿素，便算齐活，不再过问。十月底，人们提着镰刀来到稻田。西风呼呼地吹着，铅色的云压得很低，地里黄绿白相间，黄的是稻子，绿的是苇子，白的是芦花。瞭一眼，绿的白的倒比黄的多。稻子比膝盖高不了多少，一寸来长的穗子瑟瑟发抖，倒是苇子显得格外壮实，发出哗哗的声响。人们蹲在堰子上发呆，心也瑟瑟的，怎么也不敢相信，这就是他们大干苦干种下的希望。

由于下种晚，管理又跟不上，稻子没有熟好。当地叫“二流子”，说是稻子，颗粒跟小米差不多，只是颜色不同，呈白色，吃起来当然也不如成熟的米那么香。正应了欧洲那句格言：播下的是龙种收获的是跳蚤。不过再怎么着也是大米，蒸饭熬粥也还入口。

年终一算账，粮食总产量只有9万多斤，除去交公粮留种子什么的，每个社员的口粮毛重只有200多斤，一个工分只值一角九分钱，两口子死受一年，挣的钱不够全家买口粮。这在饭食无忧的后套米粮仓简直是笑话。没办法，只好申请吃返销粮。粮食来了，是白不呲咧的红薯干，上面分布着点点霉斑，根本无法下咽。小东淖人哪遭过这罪？

赵虎旦挨家挨户地道歉，征求意见，一双大眼睛坦诚地望着对方。人们不敢看他——这哪里是眼睛，分明是黑洞，里面除了忧郁什么也没有。他被勉去了政治队长职务，整党中又被挂起半年，检查多少遍才勉强过关。

虎旦子小学文化程度，年轻时好学上进，热心社会活动，当过团支部书记。后来长期担任生产队会计，算盘打得好。他是将才而非帅才，缺乏当一把手的素质和能力。他做事总有点不靠谱，比如养一群鸡，病恹恹的不爱吃食，他不是想办法给鸡治病，而是跑市场上买回两只鸭，结果鸡死了，鸭也没长好，他压根就没养过鸭子，只是觉得这东西好养。

至于那块稻田，第二年便撂荒了，寸草不生，长满了碱棵子。深秋一片紫红，入冬化为褐色，很深沉的样子。

8. 狄天喜

狄天喜，小东淖老户，成分偏高，富裕中农。平时人们叫他天喜子，天读二声，发音田喜子。知青叫他天喜哥，年长十二三岁。

见着他，你就会想起土地。身架不甚高大，却黄土高原般厚实，肩厚、胸厚，无一处不厚；肌肉结实、骨节结实，无一处不结实。他不像王宽那样张扬，迈开步子咚咚响，也不像赵虎旦那样内敛，走起路来悄无声息，而是介于两者之间，不紧不慢，一步一个脚印。

狄天喜　1970年夏

天喜子长期担任二把手，主持生产。他是典型的富裕中农，视土地为生命，视劳动为本分。他对农业熟得不能再熟了，对农活精得不能再精了。都说割麦子是大苦，在他那里却看不出一丁点不适。他双腿交替迈出，左手随之前推，右手持刀探前，然后回搂，唰的一声，一尺多宽的麦棵子便握在手里。手、腰、腿、眼一连串动作一气呵成，天衣无缝，就连麦子割倒的声音都那么清脆、干净，不带丝毫杂质。看他割地，你会认为那是无比美好享受，恨不得立马拿起镰刀跟在后面，唯恐错过快乐的机会。

他是行家里手，却不显山不露水，从他嘴里说出的意见，自然平实，让你觉得本来就应该这么做，除此之外没有别的选择。赵虎旦跟他搭档，一大失误就是没有发挥他的优势，仅仅当作一个大领工来使用，没有不吃亏的。后来接任政治队长的知青就清醒得多，生产上的事一股脑儿交给天喜哥打理。而狄天喜也从不自作主张，凡是大一点的事总是先知会一声，然后再组织实施。

麦收前，公社开会要求推迟两天开镰，说这样可以成熟得更好，增加产量，有个好听的专称：向时间要粮。知青政治队长认为有道理，决定执行。两人转着看庄稼，天喜子摘一穗麦，说从现在起十五天后麦粒将自然脱落，现在动手会损失点，但如果十五天割不完，损失更大。一句话点醒政治队长，决定第二天开镰。

他也有脾气，而且挺大。眼瞅着麦子快割完了，人们有些松懈。这时候一团乌云压上来，有人嘈嘈要来雨了，他毫无反应。风扫了过来，带着雨腥气，有人大声说要来雨了，他权当没听见。雨点噼里啪啦落下来，大家一起喊下雨了，他终于直起腰说话了：哪来的雨，接着干！这是麦收特殊时期，没人敢违抗命令，只好站在雨地里。过了不到一分钟，他突然大叫，你们都是唐货（傻瓜），连雨都不知道避啦？这时候大家才纷纷跑出雨地。他老婆金花被淋得小褂贴着肉，骂道：这个死泥头！老婆“嫁汉”，丈夫就叫泥头。金花这是连自己一块儿骂。

人群中有一个女人，生得甚是富态，脸上多肉，身上也多肉，白白胖胖的，显然不常干农活，麦收是全村倾巢出动，她不好窝在家里，也提着把镰刀加入进来。别人割一垄，她割半垄，那肥腰怎么也弯不下去。

休息的时候，她不好意思坐下，仍旧一刀一刀地割。这时就见麦垄那头出现一个人，刷刷的割过来——是天喜子。在人们的注目下，这一男一女越来越近。碰头的时候，女的直起腰，捶两下，一屁股坐地上，男的抱起一个麦个子放她跟前，让她坐上去。有人低头笑——这婆姨是天喜子青年时的恋人，后来男的娶了别的女人，女的嫁了别的男人。都是些陈年旧事了。

狄天喜有三个儿子一个女儿。女儿最小，也最受宠。一次干活休息，我去他家喝水。他掀起躺柜盖子，摸索半天，拿出一个纸包，抖点粉末在碗里，用水冲了，喂女儿喝。二儿子叫二大头，虎头虎脑，眼睛紧紧盯着妹妹的嘴。那张小嘴每喝进一口，他的喉咙就蠕动一下。妹妹终于喝完了，天喜子把碗递过去，二大头一把抢到手里举到嘴边，伸出舌头溜溜地舔起来——原来是糖水，许久才恋恋不舍地放下碗。

后套是富饶之地，狄天喜又长期担任生产队长，工分比一般人要高，生活却如此艰辛，真让人心情沉重。我起身离去。

二大头　1970 年夏

这位舔碗的二大头，在李止转到村里小学当老师的那年，成了李止的学生。他学习用功，勤快厚道，很招人喜爱。李止当妇女队长的时候，天喜子是生产队长，两人工作配合很好，李止与天喜子媳妇金花又是好朋友，所以二大头一直管李止叫大姨，即使做了学生也未改口。二大头后来考上中专，毕业后在巴盟农机系统工作，最近以科级干部退休，据说是小东淖出来的最大的官（不算知青）。

写这篇东西的时候天喜哥还健在，是村里高寿老人之一。四五十岁时听力渐失，知青已回城工作，两次把他接到北京医治耳朵，维持了一段时间后终于失聪。最近突然听说他不好，大家想办法给他买药，几天后便传来他去世的消息，姜克敏代表我们所有知青前去吊唁烧纸。天喜哥劳动了一辈子，终年 80 周岁，虚岁 81。

有人回忆起当年一段旧事。玉米初熟，几个嘴馋的知青晚上掰了几个棒子。早晨天喜哥来了，边放下肩上的锄头边说地里丢了玉米，现场留下的脚印是塑料凉鞋的底子，他笑了，说咱这地方也就知青穿这鞋。他厚道，点明并不点破，提醒你好自为之。

悼念他的微信中，说得最多的就是这一条：勤劳淳朴。

天喜哥，一个普普通通勤勤恳恳默默无闻的老农民，正是无数个天喜哥支撑起中国的天地。

9. 陈仓

当年小东淖出来的最大的官是大队书记，姓陈，叫陈仓。

其实后面还带个小字。这是当地习惯，家里生了孩子，起名字时要表现出性别特征，女娃加女字，男娃加小字。比如周毛女，张福小。陈仓叫陈仓小。进入干部队伍，再这么叫就不合适了，干部毕竟跟群众不一样，有自己的一套讲究，所以便自动去掉小字。

陈仓　1960 年

陈仓是在家门口做官，小东淖南北两个生产队属于他当书记的这个大队管辖。这个官儿有多大？说个概念你就清楚了。大队下面有 9 个自然村，也就是 9 个生产队，连耕地、林地、荒地、宅基地都算上，方圆将近 50 多华里，3000 多口人。这规模相当于商周时期的一个诸侯国。

管辖这么大的地方，他却不属于国家职工编制，而是农村基层干部，跟生产队的队长一样吃工分。收入多少不固定，要看下面各生产队的工分值，9 个队平均一下，乘以中上等劳力的工分数额，就是他的年收入。没多少，差不多 300 元，比上不足比下有余。所以他像社员一样养了头母驴，发情的时候牵着去找村里的大儿马配种。这驴也真争气，给他下了头骡子，两年后卖给供销社，挣了500块钱。据说这头骡子被部队相中，选去拉炮车。

因为这事儿，群众议论不小。他家住在南沙梁，跟马地主为邻，按照村里规划，是应该向北边集中的，他没挪窝。舆论说他贪图南沙梁那一片地方大，养驴养羊方便。那时候经常收集下面意见，反映上去时，他轻蔑地“ci—ta”一声，说“毬”！

陈仓长相挺凶，颌骨发达，下巴上布满坚硬的胡子茬，再加上肤色较深，越发衬得脸色铁青。特别是那一双眼窝，里面滚动的眼球竟然是麻黄色的。仅凭这一点就可以断定，他身上掺杂着突厥血。他有个女儿，黄眼珠，黄头发，皮肤白里透红，十足的楼兰美女。

陈外女　1969年10月

别看这一片数他官大，相貌又凶，却相当和气，脸上经常挂着笑。他总是骑一辆红旗牌二八自行车，见着认识人，甭管是谁，即便是放羊老汉，也远远跳下来，招呼一声，再聊上几句。有一回我从房角拐出，正遇上他骑车驰来，本来已经过去了，竟忙不迭地跳下车，踉跄好几步才站稳。

他车把上永远挂一只鼓鼓囊囊的黑色人造革提包，如果以为装的是文件什么的就错了，里面没有一张纸，全是绵羊毛。他没上过一天学，后来进的是扫盲班，接着又念夜校，能凑合着读点报纸上的小文章。这本事也不常用，就没见他读过书。

开会的时候常常见他拉开提包，扯出一团羊毛，撕巴撕巴就捻起了毛线。捻线很简单，两寸长木块钉一根铁钉做纺锤，用手将羊毛捻出一截线，把线绕到钉子上，一手握羊毛团，一手转动木块同时捻线，线便越拉越长，看看一团毛快用完了，接着再揉进一团。捻出的线交给婆姨，用来织毛衣毛裤。陈仓的毛线捻得格外好，匀净结实，说是机器纺的都有人信。他的会多，三干会、四干会、公社开会、大队开会，时不时还下去召集生产队开会，一年 365 天至少有 200 天在会场，所以生产量相当惊人，估计全家老少毛衣毛裤所用的毛线都出自他手。

陈仓做官有个特点，就是不恋官。当时下面有人收集他的材料，他说：打倒就打倒，怕个毬！不让干咱就回家喂毛驴，咋一年不弄个 500 块钱，不比现在收入多？正是这个心态，他不吹牛，不找靠山，不拉帮结伙；从而也就最大程度上避免了做官的风险，反倒成全了他的铁帽子，“文革”前是大队书记，“文革”中是大队革委会主任，“文革”结束后仍是大队书记。官儿没升，但也没丢。

知青周天安通过关系弄来轮式拖拉机指标，陈仓大喜，从各小队集资 2 万元，由姜克敏陪同，进北京买铁牛。那时最大面值是十元，陈仓把一捆捆钞票随意装进一条毛口袋，扔到火车座位下面，自己安然入睡，那份大气令姜克敏惊叹不已。到了北京，知青家人自然要招待这位父母官。刘历远的哥哥出面，几个知青陪伴一起逛颐和园。哥哥提议划船，特别申明价钱合理，几毛钱就可以在皇家园林水面享受一小时。陈仓大惑不解，哪有卖力气受苦还得花钱的道理？便回道：咱不能干花钱揽营生的事。如果以真善美来衡量，陈仓的眼中只有善，也就是有用性，其他一概是扯淡。

回到小东淖，陈仓跟我交流谈体会，最深的感触是两条。一条是周天安家的地板比咱的炕桌还亮还干净；一条是火车一头入（读三声）进地里。他指的是地铁，其时地铁刚刚开通，人人觉得新鲜，他来自边地，更认为不可思议。

还有一事足以反映他的意识。他有三男一女。大儿子名先保，二儿子名二愣，排第三的是姑娘叫外女子，最后的是儿子名四拿。这名字起得大有学问。小鬼拿着铁链子到他家锁人，陈仓双手呈上户口，小鬼审阅。第一名先保，哦，这是人家重点，得确保，放过。眼睛移到第二名，二愣，生瓜蛋子，浑不吝，惹不起，放过。往下看，外女子，外人的，不是他家的，放过。再往下看，四拿，狗的，早让人拿走了。小鬼没辙，只好打道回府。

陈仓儿女心重，但讲原则。几个孩子到了岁数便去生产队劳动挣工分。大儿子先保，是我见到的第一个小东淖人。那是我们三人离开土默淖的时候，他赶着一辆毛驴车来接人。寒冬腊月，一身短打扮，最奇的是膝盖以下打着绑腿，冻得直抽鼻涕。他一言不发，眼睛警惕地打量四周。事后才知道，小东淖人听说了土默淖知青的事，担心他们难为我们三人，便做了预案。那时动不动就武斗，先保刚从学校回乡，知道凶险，便轻装上阵，只要对方动手，他拔脚就逃。先跑到临近的小东淖北队求救，他父亲是大队的头，人家不能不给面子，可以动员一部分青壮先到，接着跑回小东淖南队叫人，两个队对付一个队，不信抢不出我们三个人。

先保在生产队干了一年多，被陈仓安排到大队开拖拉机，小东淖有了铁牛 55，把他调回来当司机跑运输。他很能吃苦，曾经连续工作 14 个小时，累得话都说不出来。二愣下地更早，当时还是个半大小子。外女子也一样，十四五岁就开始参加劳动给自己挣嫁妆，一个美丽勤劳谦和的好姑娘。

陈仓对知青很好，上面下来招生和招工指标，他首先考虑知青。其实先保也符合招生条件，他卡着没让去。说先紧着城里下来的学生娃吧，咱家小子已经开上拖拉机了，还要咋样？

仅小东淖北京知青，以工农兵学员身份上大学的就有七个，都是经他推荐的。他没有收过一分钱一份礼，是个清官。

10. 福生子

福生子姓王，叫王福生。那年 21 岁。中等个，身材匀称，面如满月，方鼻阔口；眼形也不错，细长如丹凤，只是眼珠总在鼻梁两边打转，有些对眼。细细观察，走路姿势也不对，左脚步子小，右脚步子大，走起来稍稍有些颠，原来两条腿不一般长。他力气极大，是全村能把铁砧子提上炕的那两个半人中的一个。他说话声音很细，属于男人女声，据说这样的人往往有超人的禀赋。

后排左一为王福生　1968 年 10 月

福生子父亲给我们做过一年饭，老实得几近木讷，连句完整的话都说不全。倒不是说福生子能言会道，这上面倒也一般，而是见多识广，善于分析，想人所不想，言人所不言。

他问："为甚有东瓜（冬瓜）、南瓜、西瓜，偏偏不见北瓜？"大家都是吃货，光吃不想，无人能答。"因为——"人人都竖了耳朵，"刘全把北瓜进给了阎王爷。"福生子给出答案。刘全是唐朝人物，北瓜被他当作贡品献到了阴曹地府，从此人间就绝了北瓜。这是从历史角度认识问题。

上级布置备战，一时人心惶惶，纷纷交流对策，唯独他坐一边悠闲地抽烟，满脸的嘲讽。问他咋打算，他说没打算，平常做甚现在还做甚。问为啥这么说，回答是打仗要讲天文地理，你们也不思谋思谋咱后套的地理，一地的黏泥，“苏修”是机械化，到时候寸步难行，所以你们是瞎操心瞎忙活。这是从科学角度认识问题。

福生子就这样潜移默化地掌握了小东淖一部分话语权。加上他敢说敢当，时常在社员大会上仗义执言，自然便成为意见领袖。如果人们表示怀疑，而那人说，我这话是从福生子嘴里听到的，人们便会立即停止摇头。

由于地位特殊，村里有什么好事往往先考虑他。赵虎旦买回手扶拖拉机，最兴奋的是后生们。他们一出生便注定终身与土坷垃打交道，现在一个改变命运的机会突然降临，就是当拖拉机司机。虽然仍旧是农民，但营生是新的，用不着见天介在地里死受，地位自然高人一等。虎旦子把这个营生给了福生子。落选者大为不满，因为这个决定明显不公正。福生子对眼，两腿还不一边儿长，视物操作都不方便。但意见归意见，福生子还是当上了司机，一个不出村子范围的手扶拖拉机司机。

然而他的生活总是不如意，所以说话常常夹枪带棒。他这个人很怪，喜欢众星捧月的地位，却坚决不当干部；有一把子力气，但干活时总是无精打采，典型的出工不出力。不夸张地说，就没见他正经做过活。用他自己的话说，叫不想发力。为什么不想发力？因为这营生不值得发力，他根本看不起农活。

他是同龄人中去世最早的一个，五十多岁就走了。他的眼睛越来越糟，知青凑了笔钱给他治病，医生说治不好了，终于失明。包产到户后，由于丧失了劳动能力，生活水平越来越不如人，以至于绝望，便投缳自尽了。

陈必尹始终记得福生子来北京时的情景。从陈家出来，陈必尹要送他去公交车站，他说不用，自己能寻见，便拖着脚去了——比从前跛了许多，那一颠一颠的背影在苍茫暮色中显得那样的孤寂和无奈。

其实身体原因只是一个方面，而且是次要方面，我甚至认为这只是一个理由，是他结束自己人生的一个借口。他是农民——这从他的见识即可认定，尽管超出众人，但仍属农民意识——但他一辈子看不起农民，绝不甘心像农民那样度过一生。别看他没有多少文化，却是不折不扣的精神贵族。他不像全家喜，没有任何奢望，只是一心一意过日子，所以很知足很快乐。福生子却没有这样的福分，他的心始终飘在半空，不知道自己的生活究竟在哪里。由于时代的局限和他本人的条件，他根本不可能做另一种人，过另一种生活——我曾经想过，如果他生在乱世，或许是另一种命运，说不定就是李自成、张献忠那样的人——当社会变了，农民可以自由支配自己的时候，他也老了，病了。他恨，看不起自个儿，因为至今仍是一个农民，所以对自己下了手。

福生子是个人物，一生活得很拧巴，可惜了的。

11. 贵女子

贵女子姓樊，全家喜的亲侄女，福生子的媳妇。

她是二婚。

头婚远嫁外村，也就两年多吧，离了，没有孩子，一个人干净利索地回到了小东淖。这里没有她的家，她父亲已经迁居别处。她住在叔叔全家喜家，奶奶还在。没几天就搬进福生子家，开始她的第二次婚姻生活。

她离婚回来都是因为福生子。

两人青梅竹马。这是浪漫说辞，其实当年的农村哪有如此风景？虽然土炕泥地，无论男娃女娃一律的脏兮兮，但意境是一样的。进入青春期，两人感情产生质变，从玩伴发展到情侣，成为天作地和的一双，结婚成家只是时间问题。不光他们自己，就是村里人也都这么认为。不想樊家竟然不同意，来个棒打鸳鸯，担心日久生事，先下手为强，迅速把女儿嫁了出去。

福生子如五雷轰顶。这件事说不得，说起就喝酒，一瓶白酒顷刻底儿朝天。

不知道当初两人是怎么说的。反正福生子没处对象，家里也没有托人说媒，似乎也没有人上门说亲。贵女子呢，因为人在外村，具体情况不明了，但仅从她不要孩子这一点，即可知道她的态度。由此推测，两人肯定有约。

是不是挺像小说？确实，这在当时的后套农村着实少见。

中间贵女子回过一趟小东淖，名义上是看望奶奶，实际上是奔着福生子来的。当时通讯手段极其落后，没有电话更没有手机，人们之间的联系除了写信和传话没有他途。两人之间不能写信，因为信件由邮递员统一送交村里队部，很容易落到夫家手里。托人捎话也不可行，别的事儿好办，私情如何传递？所以贵女子一定要想方设法回村一趟，探明福生子态度。

那天是知青下来头一年的深秋，月黑风高。两人相会的地点就在知青那里。屋子里只有他们两人，黑着灯。

这不是情人幽会，而是生死冤家的命运交集。

一年后贵女子离了婚。这婚离得相当大气，女方归还了彩礼。这笔钱当然是福生子拿。贵女子没有钱，她的劳动所得不归她个人，属于婆家收入，所以情人替她赎身。

贵女子嫁回来后，下地干过几天农活，便不怎么露面了。去她家串门，永远见她坐在炕上，就着油灯的微弱光亮做针线。见来了客人，笑着招呼一声，便忙着下地烧茶。灶火通明，烈焰熊熊，将她染成金色，半透明的发丝在耳畔飘逸抖动。

贵女子比村里二翠子那茬姑娘大两岁，一样的美丽，只是味道不一样，很有几分野气。眉毛细长，斜斜插入鬓角，眼珠活泛，闪闪发光，鼻梁高高的，嘴巴厚厚的。肤色凝重，身架结实，哪儿都显得鼓鼓囊囊，似乎有无穷的活力在里面奔突、冲撞。

贵女子手巧，重情重义。我离开小东淖的时候，她做了两双鞋叫我带上。我穿着它走进校园。同学们瞧着新鲜，乡土样式，却带松紧口。她把知青穿坏的鞋都收拢起来，剪下鞋面的松紧口，留下塑料底儿，用到自己做的鞋上。真是有心人。

贵女子，敢爱敢恨，人若其名，小东淖最高贵的女性。

贵女子，你还好吗？

12. 周二娥

周二娥这三个字传达的信息非常明确，此人姓周，行二，女性。都叫她二娥，以至于几年下来许多知青都不知道她姓什么。如果是一般往来倒也罢了，问题是她跟知青的关系非同寻常，可以说是大家的本地妹妹。

1967 年隆冬，郭北临等三个知青来到小东淖的时候，二娥也就十三四岁，还是个半大女子，谁也没把她当回事。跟知青平起平坐的是她姐姐琪女子，一个有着唐朝风韵的姑娘，十里八乡有名的美人。有其姐必有其妹，姐姐漂亮妹妹也不会差到哪儿去。其实二娥丝毫不输于琪女子，特别是那一双眼睛，典型的毛花眼，大胆、沉静而善良。只不过小姑娘还没发育好，不如姐姐那么丰腴动人就是了。

二娥跟知青有一种天然的亲近感。最初是新奇，那些似乎生活在另一个世界中的城里人如今可以零距离接触了，脸对脸地看看他们怎么吃饭，怎么穿衣，怎么洗漱；耳对嘴地听听他们说些什么，吵些什么，唱些什么。她跟别人不一样，那些人喜欢发表评论，对知青的生活和用品指指点点，或大声交换意见或争论不休，她从不贸然介入，只是默默地看默默地听，脸上挂着笑，理解多于好奇，还有深切的同情。三个知青自己做饭，还喂了一口猪，收工回来连气都顾不上喘一口，立即投入家务，所谓放下铁铲拿起锅铲。二娥想，这过的叫什么日子，我们再苦回到家吃的也是妈妈做的现成饭，太可怜啦，于是便主动帮知青做点事。

特别是北临与哈尔，女孩胆弱，她晚上就跟她们伙住，睡在两个大姐姐中间。虱子咬得人睡不成觉，三人便围着煤油灯坐成一圈，脱下内衣咔嘣咔嘣地挤虱子。

照说二娥最不可能走近知青，因为她是村里书本知识最欠缺的女子，仅仅上过一年多点的识字班。老师是本村女青年，借一间民房，垒几个土台子当课桌板凳，便开班授课。这年二娥已经十二岁。此前她是个小帮工，先是跟刘黄毛放羊；后来跟父亲放马，马群里有几个毛驴，那是她的活儿；再后来是跟全仁子喂老母猪，磨豆腐打下手。稍大一些便协助母亲做家务，主要职责是带妹妹弟弟。知青来的那年，她已经下大田了，挣工分补贴家用。然而就是这么一个半文盲，成了知青的铁杆粉丝、终身死党。

是知青让她睁开了眼睛，味道古怪诱人的鱼皮花生、指针滴滴答答转动的手表、能说会唱的半导体收音机……在她面前呈现出一个全新世界，她向往得不行。于是知青下来的第二个年头，1968 年的十一，郭北临领着二娥去了北京。

从荒僻的边地农村一头扎进首都，这中间的差距用天壤之别来形容都不够，那种颠覆性的震动感就不必说了，这里只讲一件能够反映二娥性格的小事。北临的妹妹给了她一根香蕉，她拿在手里，不慌不忙，像是把玩。见她不动，便喊她吃，她笑了笑。家人突然醒悟过来，这姑娘别说吃香蕉了，恐怕听都没听说过，让她怎么吃？其中一人拿起一根香蕉，慢慢剥掉皮，一小口一小口地咬进嘴里。这时才见二娥开始行动，非常的自然、大气。多么聪明而自尊的姑娘！

北京之行从根本上改变了二娥的思想意识，她跳出了农村女孩子世代遵循的人生命运窠臼，决心走另一条道路，简单地说就是加入城里人的行列。15 岁的二娥妹妹的这个追求，在城乡二元体制绝对分割的年代无疑是异数，几乎可望而不可即，可归入梦想一类。

右二：周二娥，右三：周琪女　1969 年 5 月

但二娥不这么认为，她生于乡土长于乡土，天生便具备实干品格，开始一步一个脚印地实现她的人生设计。她成功了。回望她的人生巨变历程，可以看到两个贯彻始终的关键要素，一个叫资源变优势，一个叫逆境变转机。

先看资源变优势。

人来到世界上，上天赋予的第一资源就是身体，其中最重要的是性别。二娥作为健康美丽的女性，对生命的交付有着更多的选择。这个资源她运用得非常好，因为紧扣明确而远大的目标。18 岁那年，她嫁给了内蒙古生产建设兵团二师十四团的乔和平。乔家是本地农户，被并入兵团体制，乔和平也就成为职工，转为城镇户口，拿工资。他的工作与二娥父亲周三羊一样，司职牧马，俗称马倌，孙悟空被哄到天上做官干的就是这营生。二娥是个对自己极为负责的女孩子，这一步迈得大胆而小心。郭北临不放心，两人坐上长途车跑到乔和平连队所在地苏独仑公社，连人带环境考察一番。于是二娥离开了小东淖来到十四团，虽然还是乡村，但身份已是兵团家属了。

是得还是失？就生活条件而言，肯定是失。乔家人口多，二娥作为媳妇，要给全家做饭；作为嫂子，要照顾小叔子小姑子；有了自己的孩子，还要养育后代。而且吃的是商品粮，定量每月仅仅 27 斤，细粮只占百分之三十，其他都是玉米面和高粱米什么的。吃白面长大的她哪受过这苦，妈妈心痛，每次来看闺女，都要背半袋子白面。然而就目标而言，则是得。这时的二娥已经转为非农业户籍，算是城镇人了，朝过上城里人的生活迈出了转折性的一步。

这一步虽然很大，但仍然是资源性的，只是获得了新条件，尚未形成优势。这时候二娥的善打硬仗的品质便发挥作用了。生孩子后的第二年（到兵团的第三个年头）她开始下地干活，连队专门给家属划出一片农田，称家属地，专门由她们耕种。二娥打小劳动，长成大女子后已经是村里的劳模，经常出席大队和公社的先进分子讲用会。这个先进她带到了兵团，家属地中的农活就没有她不会的，耕地耙地种地都由她操作，没多久就因表现出色被委任为家属排长，成为连队中层干部，建立起了自己的明显优势。不久兵团扩招，二娥理所当然地转为职工，口粮提高到每月 45 斤，报酬由记工分变成拿工资，每月 36 块钱，后长一级，每月 42 元。这一年是 1975 年，二娥 21 岁。

其后的生活便这样一路走下来，不断重复着资源变优势的轮回。这同时也是优势变资源，优势的建立即是新资源的形成，开启生活的又一阶段，由此人生也就呈现出一个连续上升的势态。

再看逆境变转机。

人生本质上是逆境，所谓逆水行舟，古人早就讲过，一生中十有八九是不如意。所以区别不在于逆境与否，而在于对待逆境的态度以及应对逆境的能力。二娥每走一步，都要面对阻力，也都遭遇挫折，但她都闯了过来，变逆境为转机，成功转型，变换角色，使自己的人生更上一层楼。这就是本事。

作为人妻，自然要夫唱妇随。乔和平从兵团被招到乌拉特前旗防疫站工作，后充实基层下到长胜公社防疫站，二娥也就离开兵团回到公社当临时工；之后乔和平被调到新安镇工作，二娥也跟了过去，以兵团职工的身份在供销社当售货员，一干就是三年。效益不好，供销社转制，二娥下岗。然而同时机会也出现了，供销社的食堂决定承包给个人。二娥在长胜公社当临时工时做过饭，此前还跟人合伙轧过挂面，对饮食行业不陌生，便接手供销社食堂，做起了饭馆老板娘。这一年她 39 岁。这里面的酸甜苦辣多多，略过不谈，只说结果。干得相当不错，6 年后乔和平调回乌拉特前旗工作，在旗所在地的乌拉山镇安家落户。这时的二娥已经攒下十几万块钱，那可是上世纪 90 年代哦。她用这笔钱给大儿子买了套楼房做婚房。

从这时起，二娥的生活算是安定下来，彻底脱离了乡镇，以城里人的身份过着城市人的生活。像所有的奶奶一样，每天忙家务，照看孙子，不是接送幼儿园就是在诸如英语等各种特长班之间奔波。眼看着二儿子也该成家了，还没房呢。二娥披挂上阵，重拾经营，开了间棋牌室，当地叫麻将馆。几年下来又攒了十几万，交齐首付，拿到房子，又靠着麻将馆的收入还清了房贷。

总结二娥，两个字：励志。小东淖时期，她是励志妹；兵团时期，她是励志嫂；新安镇时期，她是励志娘；乌拉山镇时期，她是励志奶。

二娥是小东淖的一面旗帜，为所有人，不光是村民后代，也包括知青后代，树立了一种精神。人，一定要有抱负，这个目标完全可以定得高一些，不怕好高骛远，甚至看起来不切实际，但只要你肯干，踏踏实实一点一滴地去做，就会赢得人生，即使没能恰好达到目标，也会争取到较好的结果。

上世纪六七十年代，中国城乡由于二元体制呈现出绝对隔离的格局，知青这个庞大群体的出现架起一道接通城乡的桥梁，二娥妹妹就是从这座桥梁上放眼眺望自己的前路。

周二娥，特殊岁月中的一个特殊人物，小东淖独一份。

（三）习俗

1. 衣

上世纪 60 年代前后，农村男性知识青年普遍留中分头，头顶中间偏左开缝，头发一分为二，朝两边梳，出门前蘸水抹一抹，以保持发型，讲究点的抹头油，太阳照射下锃亮。人们嘲笑说，苍蝇落上都会闪了腿。70 年代后，中分头渐渐不流行了，改一边倒，头顶不开缝，头发一律朝右边梳。这是下乡知青带来的，他们在城里就留这种发型。当时也有平头，但不是主流。至于背头，从前有，“文革”中破“四旧”给破掉了，因为它看上去有点流里流气，被列为革命对象。

上衣用平纹或斜纹的蓝布缝制，领子上有铁丝做的风纪扣，正规场合须扣紧，下面一溜五个扣子。一共四个兜，胸部两个，腰部两侧各一个。其样式的原型是军装，当时全国人民都学解放军，服装自然也不例外。而军装的原型则是中山装。孙中山先生发起推翻清朝封建统治的民族独立运动，创造出一种既区别于满式服饰又不同于西装、同时又具有现代色彩的服装，称中山装。但军装将其简化了，变明兜为暗兜，剪裁也粗糙一些，所以叫简易中山式。除这种蓝制服外，也有黑色上衣，用的是条绒（灯芯绒）布，三个兜，腰部两个，胸部一个，开在左侧。

裤子多为黑色，系布制腰带。脚穿黑布鞋，方口，鞋底很厚，用麻绳纳实，为了耐用，甚至钉上自行车废旧轮胎。平时光脚，出门办事才穿袜子。袜子分布制和线制两种，布袜子是家里自己缝的，线袜子是从供销社买的。能穿上线袜的人，经济条件一定不错。

妇女中，最注意穿戴的是大女子，也就是女青年。时兴上短下长。上衣又窄又短，感觉刚过腰便猛地打住，裤子很长，直直地垂下来，遮住脚面。即使是军装式衣裤，也是这个比例。干活的时候不能过于弯腰，否则会暴露后腰上的一圈肉。喜欢穿红色线袜，着方口黑色布鞋。发式两种，一种是两条短辫，刚刚及肩，梳一条大辫子的极少，几乎没见过。一种是披发，更短，仅仅齐耳，可以看见耳垂。这两种发式纯粹是从劳动出发，为的是干活儿方便，易于打理。

内衣同样又窄又短，紧紧绷在身上，显得格外丰满。不用胸罩，准确地说，知青下来之前，当地就不知道有这么一种用品。见知青戴这东西，女人们很是好奇。麻烦不说，夏天还热，不是找罪受吗？知青告诉她们，这物件可以保护乳房。甚？女人们笑成一团，奶子还用保护？真稀罕。

小东淖第一个用胸罩的当地人是周二娥。那时她还是个半大女子，跟知青走得近，又随郭北临去了趟北京，便接受了新鲜事物。不想动了众怒，最生气的竟然是成年男子。不知道为什么首当其冲的是他们，吊

右起：周二娥、郭北临　1969 年 10 月

诡之极，不可理解。他们认为，农村女子就是农村女子，学什么城里人？把胸罩讥为子弹带，说二娥整天背着子弹带转悠。这是从电影里看到的镜头，首长的警卫员胸前通常佩戴一排装子弹夹的皮匣，两根皮带吊在肩头。用子弹带比喻胸罩，别说，还真的挺传神。

这都是四十多年前的往事了，二娥已经成了老奶奶，现在大约没有女子不用这东西。

2. 饮食

面条是小东淖最平常的饭食。后套是中国的粮仓，农作物以小麦为主。与中原地区不同，这里的麦子是春小麦，阳历 3 月初播种，4 月出苗，7 月中旬成熟。由于生长期短，磨出的面粉韧性不够，擀不成长面条。主妇做面，先用手将面团压扁，拿擀面杖将四周碾薄，卷在杖上，然后在案板上向前推擀，至案板边沿拉回，再向前推擀。一下一下地反复推拉，直到擀薄。看看差不多了，拿起菜刀沿擀面杖划过，面皮一分为二。随手取过一半，切土豆丝般一刀刀下去，顷刻面皮就切成条，接着再切另一半。面条长 3 寸左右，不求细，过细没嚼头。面切下了，锅中的水也烧开了。要注意的是，面条切好后不要抖动，否则容易粘连。

谢安娘（右）与大队妇联主任赵玉莲

外地人不懂，生怕粘在一块儿，一边撒干面粉一边抖动，结果煮出来的面条黏糊糊的，因为面粉全化在了水里。除了面条，还有面片，做面片的面皮要稍厚一些，不用划那一刀，将面皮摊开即可。

水烧开后，舀出几勺倒进大瓷盆里，盆中已经放好了拌面的材料。这时候再下面。如果做的是面片，便扯下一大块，一手托住，另一只手揪扯，随揪随下锅。等面条浮上来，取筷子拨弄两下，面条就散开了。面片不用拨弄，因为是一片一片地落在锅里，水始终处于沸腾状。煮一会儿后，用笊篱捞起，放入瓷盆，拌匀，舀到碗里，就可以吃了。这样做出的面，面是面，水是水，干净利落，润滑爽口。

拌面的材料一般是胡麻油呛葱花盐，好一点的是肉酱，其实是猪油，肉很少，里面有韭菜段。讲究的用肉丁和土豆丁一块儿炖的菜，叫臊子，拿它拌的面就叫臊子面。短面条（或揪面片）、猪肉丁、土豆丁三样东西合一块儿，绝配，百吃不厌。

面食除了面条还有饺子、馒头、饼等。饺子、馒头很平常，值得一说的是饼。

饼分两类，一为蒸一为烙。

先说蒸饼。蒸，隔水以汽加热。后套的蒸饼不是用笼屉做，而是直接入锅。具体做法是，将土豆、腌白菜、猪肉一起下锅炖，然后将加了苏打的面团擀薄，倒少许胡麻油，撒一点盐，卷起，切成段，用手压扁，一个个放在菜的上面，盖严，大火炊之。差不多半个小时即可起锅，菜食一锅端，菜叫猪肉烩菜，饼叫蒸饼。之所以叫饼，主要是形为饼状，之所以叫蒸，面与水不直接接触，中间隔着菜。也有将面团直接贴在锅沿上的，口里叫贴饼子，这样做出的蒸饼更具饼的特点，但地方性便不那么突出了。

接着说烙饼。烙饼品种极丰富，什么锅盔、焙子、酥饼、发面饼、家常饼等不一而足，这里只说家常饼。家常饼用的面团不发酵，分两种，一种加油一种不加油。不加油的叫白皮饼，两面均呈白色，很薄，翻个个儿就熟，散发着浓郁的面香，入口微甜，很有嚼头。加油的叫油烙饼，配以后套产的胡麻油。讲究的里外都抹油。面团擀薄，撒盐，倒油，再撒上一层干面粉，免得油流得哪儿都是。卷起，切段，将两端面皮捏紧，拧一下，里面的层次会更加丰富，擀成饼状。锅里倒油，烧热，将饼放进锅里，加盖，翻两个个儿即可。趁热吃，倍儿香。如果胡麻油不富裕，里面的油就免了，只能在锅里放油，也很好吃，油香浓郁。

烙饼好吃，固然跟面有关，但起决定性作用的是胡麻油，那股清香气独一无二。烙饼比面条高级，但做起来费事，所以在面食中只能排在第三位，前两位分别是面条、馒头（含花卷）。

比馒头更经常吃的是焖饭。原料不是稻米是糜米。糜子属于古人说的黍，黍被誉为五谷之首。人们常常把糜子与谷子相混淆，以为糜米就是小米。其实不然，贺敬之诗《回延安》中唱道："东山的糜子西山的谷。"小米古称稷或粟，俗称谷子。糜米的形状、颜色、味道跟小米很像，确实容易搞混，其实还是可以区分的，糜米比小米稍大，口感更绵软。后套水大，更适于种糜子，所以糜子便成为仅次于麦子的主粮。论种植面积，小麦第一，玉米第二，因为玉米产量高，种的自然也就多，但口感味道略逊一筹，入食便不如糜米。那时烧的是麦草，就是现在说的柴锅焖饭，锅盖一掀，米香满室，菜极简单，一碟切成丝的酸蔓菁。一口饭一筷子蔓菁丝，嘎嘣脆，米饭的甜与腌菜的酸倒也搭配。西北喜酸，后套有一种酸粥，就是糜米发酵后熬制的，其地位有点像北京的豆汁，当地人离不开，外地人敬而远之。

主食中最上档次的是油炸糕。原料是黄米。黄米与糜米一起称为黍。其实黍最初指的是黄米。黄米不仅可做主食，尚可制酒，中原及北方的米酒，还有古代的酒，都是用它加工成的，所以非常受重视，将黍列为五谷之首便毫不奇怪了。贺敬之诗《回延安》中就有这两样东西："米酒油馍木炭火，团团围定炕头坐。"油馍就是油炸糕。

油炸糕的制作程序复杂，技术含量高。先将米泡过，晾干，碾成粉，过筛，然后上锅蒸。蒸的不是面团，是干粉，撒一层蒸一层，层层加码，掌握不好，不是不熟就是结成疙瘩。起锅，便获得蒸糕，可以直接入口，黏性极大，虽然好吃，但黏口，牙齿活动颇费力，装有义齿的最好别吃，非把假牙粘下来不可。若进一步加工成油炸糕，需要手上抹油，把蒸糕揪成剂子，捏扁，下油锅炸，捞出，即为油炸糕。若能包进豆馅更好。后套的红豆很特别，扁圆，色浅，叫红扁豆，不像红小豆那么沙。

油炸糕很诱人，也很金贵，平时难得一见，仅在婚宴上可觅。于群英深为油炸糕所扰，馋得厉害，暗中发誓一旦见到绝不放过。还真让他逮到了机会，村里终于有人结婚了。他叫上刘历远，两人直奔婚宴。随礼嘛，选的是被称为红宝书的《毛主席语录》本。太珍贵了，舍不得读，如今送给新郎新娘学习，愿他们结为人生路上革命伴侣，如果能生出几个革命事业接班人更好。到了现场，两人双手捧出红宝书，赠给一对新人。主家恭恭敬敬让到炕上，随即奉上白酒。婚宴是先喝酒再吃饭，油炸糕后出场。那时瓶装白酒很贵重，农民婚礼用的多是散装薯干酒，倒在白色粗瓷大碗里，质劣、劲大、上头。两个馋小子为表诚意，接过一饮而尽。很快酒力发作，顿时头晕眼花，背靠新人被垛昏昏入睡。不知睡去多久，待睁开眼皮，婚宴早已散去，油炸糕呢，连味儿都没闻着——到手的机会丢了，煮熟的鸭子飞了。

油炸糕不光好吃，还耐饿。民谚云：三十里的莜面，四十里的糕，十里的荞面饿断腰。

还有一种糕，也是黄米做的，不用油也无需碾成粉，浸泡后直接上锅蒸，晾凉即可食用，叫凉糕。讲究的加豆馅、红枣什么的，吃的时候蘸白糖。农民那时穷，买不起糖，好在产糖菜，俗称糖蔓菁，用它熬制糖稀，褐色，甜而微苦。

凉糕类似北京的年糕，但不是春节食品，而是端午节专用，属于粽子的替代品。1970 年端午，王大爷做了整整一笼屉带豆馅的凉糕，连屉带糕放在厨房水缸上，左等右等也不见我们收工回来，便回家了。猪鸡闻到香味，一起来吃大户。猪的力气大，一头撞开厨房门，鸡抢先飞起，落到笼屉上，正要开吃，我们回来了，猪鸡纷纷逃窜。望着凉糕上凌乱的鸡爪子印迹，粉红色豆馅疑似鸡屎，哪还敢吃，再馋也得忍着。期盼已久的一餐美食就这样糟践了。

最后说说饮。

国人习惯喝茶，中国地界大，虽然都是茶，但各有各的喜好，于是便发展出名目繁多的茶种。后套汉民随蒙古族风俗，喝砖茶。砖茶，顾名思义，外表像砖头，是茶叶发酵经挤压成型的。虽出自南方，但制作有北地边民的粗犷豪迈范儿，不取嫩芽，一律采用大叶片，连着叶柄和细枝。压得非常密实，四四方方，坚硬如石，真能当砖头使。手指是掰不动的，也摔不碎，得提一把菜刀，分量轻了还不行，必须那种刀背厚重的家什，刀刃锋利与否无所谓，只要分量够重就成，然后把茶砖立起，用力猛劈。一刀不行，再来一刀，不劈个几刀，甭想得到足够的茶叶。在后套，要想喝上茶，得先出一把子力气。

得到了茶叶，不是用开水冲泡，而是放进锅里煮，所以不能叫“沏”而叫“熬”。刚到小东淖，全家喜几个年轻人来串门，我们以茶招待。茶是我从家里带的龙井，舍不得喝，聊得火热，拿出助兴。没有玻璃杯，便以粗瓷大碗代之，一人沏一碗。全家喜端起喝一口，摇摇头，瞥见地上有只三足小铁锅，便提起架在炉子上。问他做甚？答熬茶。说着便把大家面前碗中的茶水一股脑儿倒进锅中返工。煮了一会儿，将茶水舀到碗里，喝一口，又摇摇头，说是忘了搁盐，找到盐罐，抓一把盐挨个撒碗里。

我喝过一次正宗的熬茶。那是隆冬的一天，忘了什么事，跟公社书记鲁荣在外村一个老乡家。我们盘腿坐炕上，鲁荣摸出一个纸包，交给主妇，说给咱熬锅茶。主妇刷锅，生火烧水，然后打开纸包，把黑黢黢的茶叶抖落进锅里。水滚了，主妇拿马勺舀一勺茶水，高高扬起，然后倒回锅中，反复多次，撒过盐，稍煮片刻，起锅。

大家停止说话，端碗喝茶，一片吸溜声。进入口中的似乎不是水，而是胶质物，在口舌间回旋滞留，缓缓滑落下去，苦中带甜，咸中含香。正是这次喝茶，让我领略了什么叫甘醇。

鲁荣抬起头，对我说：比你们的小叶茶好。我点头称是。真心话。

纸包中的茶叶用了一半，剩下的留给了这家人，算是顶柴火费吧。那年月生活艰辛，农民很少能喝上茶，平日喝的都是白开水，叫“滚水”。我们去村里乡亲家，主妇也拉风箱烧水招待，端上来的就是滚水。

砖茶在品种上有黑砖、青砖之分；重量上有大、小之别。包装粗简，黄褐色草纸，上面印字。大块黑砖一元钱左右，小块青砖不到两角。

多少年后，这类茶时兴起来，到处推介，价格炒得老高。我挺好奇，一看，不就是当年的砖茶吗？那时还真没人拿它当宝贝。

3. 吸烟

小东淖男人爱吸烟，几乎人人吸，有的从八九岁起就是烟民。女人也吸，烟龄要短得多，一般到 30 岁以后才抽几口。也有不吸的，极少。似乎吸烟不是一种嗜好，而是人生的一项权利和乐趣，不吸亏得慌。

烟分两大类。

一类是卷烟，又叫香烟，国家烟厂生产的。老百姓平日舍不得抽，只有逢年过节或者求人办事，才咬牙买上一盒。再一种情况是喜丧场合用，谁家结婚和出殡，摆上几盒卷烟。来宾都很节制，知道这东西金贵，抽一根也就行了，很少有连着吸的。上世纪 70 年代初，最流行的是内蒙古卷烟厂出品的“太阳”牌香烟，0.21 元一盒。还有“火车”牌，农民叫“跑得快”。最便宜的是白皮“经济”牌，0.09 元一盒，根本没法抽，尽是烟梗子，点着了便噼里啪啦乱响，前头炸开花。公社干部偶尔花 0.37 元买一包“大前门”享受享受，有时候几个人凑钱打平伙（AA 制）。还有“牡丹”牌，0.51 元一盒，那是给高级干部预备的，至于“大中华”“熊猫”，听说过，没见过。

还有一种情况下村民也能抽上卷烟，那就是割麦子期间。因为这营生太苦重，开镰前生产队给每个下地劳力发几包卷烟和一些止疼片，男女老少一律对待。

另一类是旱烟，也就是农民自己从自留地里收获的烟叶。从使用方式上，又可以分出两种。

一种叫纸烟，就是用纸卷成的烟。纸张一律来自旧书、旧报、旧日历，裁成二指宽、中指长的条子，放在衣兜里。用的时候斜着对折，撒上烟叶，顶端捏出一个揪揪，手心里一转，烟叶就被包了进去，然后伸出舌头舔一下，粘牢，一支烟就做成了。其形状一头粗一头细，故称“大炮”。吸的时候，撕去揪揪，细的一头放嘴里，点燃粗的一头。

当地有个坏习惯，“大炮”卷罢并不急着粘，气定神闲地坐在那里，嘴巴嚅动一气，然后把小拇指伸进嘴里，用黑乎乎的指甲刮下牙垢，细细地将纸缝粘上，似乎以此来丰富吸烟的乐趣。一次梅山对我说，狄三老汉文明。狄三是天喜子的三叔，最精明的人。干活休息，他卷了一支烟，没有用舌头舔纸缝，更没有刮牙垢，很客气地递给梅山。如果他用自己的唾液或牙垢加工，梅山怎么办？这真是难题，不接吧看不起人，接吧实在恶心，所以梅山感激不尽。

戈毅吸“大炮”卷　1971 年 10 月

另一种使用专门工具，即烟袋锅和羊棒。烟袋锅一般都是老汉使，青壮年很少用，长不盈尺，烟锅和烟嘴是白铜的，平时就插在外面的布腰带上。烟杆间吊着烟荷包，就是装烟叶的布口袋，走起路来晃晃荡荡。于是烟袋便有了美学意义，人们得到了什么好东西先想着装饰它。狄三老汉的烟杆上就坠着一个赵刀币。我问哪儿来的？他说耕地时捡的。后来读史，其中记载赵武灵王胡服骑射，反过来率军驱胡，占领了河套一带。这枚刀币想必是当年行军时掉落的。见我感兴趣，老汉解下送给我，我哪能要？

羊棒男女老少皆宜，家家都有，属于必需品。它其实是烟袋锅的变种，或者叫地方化，用羊腿骨代替烟杆，用子弹壳做烟锅，嵌在羊腿骨顶端的侧面。由于烟锅小，吸一口，烟叶就烧完了，所以叫“一口香”。抽这种烟，一定要点燃煤油灯，因为必须不断地对火。烟灰不能磕，只能吹，一鼓腮，噗的一声，烟灰飞出老远，落在炕外的泥地上。油灯用圆形的墨水瓶制成，瓶盖是块铁皮，灯捻是两根线捻的，灯火只有黄豆粒大，真正的一豆灯光。这也是晚间照明的用具。

也有使烟斗的，那是知识青年，讨一把旱烟叶摁里头，模仿斯大林，将烟斗紧紧握在拇指和食指之间，踱着步子，假模假式的，吸一口，咳嗽半天。也不想想，那么大的斗子，那么冲的叶子，满满一口，谁受得了！

梅山吸香烟　1971 年 10 月

男知青抽烟的居多。两种情况，一种是本不吸烟，到农村后在烟民的包围中渐渐陷落；一种是做逍遥派的时候学会了吸烟，下乡后变本加厉。知青极少用烟袋，刚开始吸香烟，受老乡影响，加之经济原因，纸烟的比重日益加大，这时香烟便成了奢侈品。

一次梅山拿出两支烟，特地提醒我看牌子，没错，大中华。他说，这么好的东西得躺着享受，于是我俩倒在炕上，像抽大烟似的吞云吐雾。味道说不上有多好，主要是那种感觉令人飘飘然。

4. 住

上世纪六七十年代，当地农村建筑不用砖，用的是土坯。

土坯分两种。一种是水坯，也叫泥坯。将泥土打碎，最好过筛，兑水和成湿泥，醒透，双手捧起用力摔打，放入木框中，抹平，然后提起木框，晾干，一块平整坚固的水坯就做好了。

另一种叫草坯，寻一块草地，草根越发达越好，用河套、宁夏一带特有的西锹将泥土切割出来，就是上好的建筑材料。西锹有点像梁山好汉鲁智深的禅杖，锹面没有弧度，是纯平的，最适于黏土地带作业。铲草坯时，左边纵切一锹，半尺许；向右横移一尺，再纵切一锹；然后锹头移后横切，将左右两道切痕连起来，向前一翻，伸脚踩住，提起铁锹嚓嚓几下切断草根，一块草坯就出来了。小东淖的草坯质量非常高，整体性特别好，草根细密，土壤颗粒黏合度强，最难得的是不见一颗石头，连芝麻大小的石粒也没有。

由于制造工艺不同，水坯的生产叫打坯（脱坯），草坯的生产叫踩坯。

草坯是盖房子的主要原料，用来垒筑墙体，一块块直接码起来就成，用不着黏合。起墙后，里外要抹一层泥。这种泥除了土和水，还要加入麦花子（碾过的麦秆）和麦壳。屋顶也不用瓦，架一根横梁，搭上

土房子　1969 年 5 月
（左起：谢安娘、李止、苏北雁、李虹）

十几根椽子，上铺红柳条编的笆子，再厚厚覆盖一层麦花子，最后再同样厚厚覆盖一层泥，便可以交活了。住在这样的屋子里，冬暖夏凉，环保绿色，省工省料，安全可靠，自由自在。

后套农村民居坐北朝南，遵循两室一厅格局。房门开在厅。所谓厅，其实是比较宽敞的过道，在东墙和西墙分别开门，通向东西两间内室。

厅兼做厨房，垒建灶台，上面安放铸铁大锅。灶台紧靠西墙，烟道连通西室炕道。灶台的东侧立着风箱，烧火时右手拉风箱，左手往灶口里填送燃料。燃料主要是麦草、玉米芯和煤炭，不管烧什么都需要风箱鼓风。

风箱用木板打制，长方形，中空，横向安装一块木板，周围粘满鸡毛，做活塞用。拉风箱实际上推拉的就是这块活塞。箱体正面开设一个小孔，上面装有一个木制部件，称“舌头”。拉的时候舌头闭上，推的时候舌头张开，通过它的调整，活塞才能把空气送进灶膛。正是这个小小物件的一张一合，伴随着推拉动作发出咔哒咔哒的声响，节奏鲜明，像是唱歌。风箱这东西很平常，却启发了中国第一哲人老子，他以风箱来解释天地万物的产生和运行。风箱中空，为虚，风或者说气流亦为虚，鼓吹起来的火焰仍为虚，正是依靠这些虚无之物，人们才能做饭、冶炼、打铁，结论是无中生有，虚无第一性。这种虚无本体论极大影响着中国人的思维，否定、怀疑、含糊、重生、低调、循道、无为、自然而然等均是它的派生物。

东西两室，西室为上。不知这里的原因是什么？估计依据的是左上右下原则，进入门厅，面北，左手方向为西。父母居西室，子女住东屋。

房屋内最明显的是炕，占去近三分之二面积。依窗而建，两端抵墙，朝北的一面临空，供人上下。来了客人，主人不是让座，而是请上炕。人们平时盘腿坐在炕上，男人对着油灯吸烟，女人做针线，学生娃娃伏在炕桌上写作业，外面有什么动静，稍一抬头便望出窗外，一目了然。到了饭点，一家人围着炕桌团团坐，稀里呼噜地喝粥吃面。

炕为土质，草坯垒炕墙，水坯铺炕面。炕最要紧的是炕道，也就是走烟的地方。炕以火为偏旁，称火炕，借火取暖是炕的根本特征。然而炕并不直接过火，利用的是燃料的余热，这个余热就是烟。火干吗去了？烧饭。燃料从灶口填进去，在灶膛里燃烧，形成火和烟，火由锅用，烟由炕用。灶台与炕相通，炕道实际上是锅灶的大烟筒。

所以判断炕好不好，根本标准是炕道，它不光决定取暖，同时还决定做饭——烟走得慢，从灶口溢出，屋里待不住人；烟走得快，炕不热，人冻得受不了。由于炕道无比重要，造炕便叫盘炕。盘，回绕。炕道弯弯曲曲，很讲究，为的就是顺当而充分地利用烟气。盘炕高手的地位一点不亚于建筑师。

虽然这么说，但炕的外表也不能忽略。首先要平整光滑，不能一抖铺盖便尘土飞扬。怎样给炕美容？关键一个字：细。

炕墙和炕面做好后，需要抹一层掺杂了麦花子和麦壳的黄泥，文章就做在这里。泥土须过筛，越细越好。麦花子铡碎，铡刀担当不了，让媳妇拿剪刀剪，然后跟麦壳一块过筛，也是越细越好。有人灵机一动，盯上了马粪，骡马的肠胃比剪刀还厉害，把草铡得更细，就这样也得过筛。也有用煮面的汤和泥的，为的是增加黏性。按这种路数做出的营生，溜光水滑，但还做不到光亮如镜。要达到这一步，就得求助胡麻油了。在泥将干未干之际，倒一些胡麻油，然后拿玻璃酒瓶子来回滚蹭。能不能获得理想效果，就看你下的功夫如何了。功夫到家的，炕沿表面呈褐色，如同水磨石。

这还没完。更讲究的人家还要在炕沿镶一条方木，最好是榆木的，

土炕　1972 年 6 月

（左起：李止、李均田、郭北临）

纹理漂亮。如果是闪发着幽幽微光的浅褐色老榆木，这户人在此安家一定有年头了。

也有沿炕三面墙刷漆画画的，多为花鸟，叫墙围子；不高，也就一尺半左右，既为了美观也为了卫生。上世纪六七十年代很少见，被当作“四旧”给破掉了。

那年月农家的财产微乎其微，盘个炕如此耗神费力，值。这么做的人家说明日子过得顺当，对生活有信心。

西屋除了炕，还有一只柜子。很重，实木打造。跟城里的立柜不同，平放，宽度大于高度，故称躺柜。因涂刷红漆，又叫红躺柜。柜子往往透露出人的性格和生活光景。蒙尘的柜子说明这家人有些邋遢，如果能划拉出道道，日子过得一定不舒心，怕是在混日子。相反，柜面擦得铮亮，连边角都干干净净，主人在村里的地位肯定不低。如果柜子上摆一溜空酒瓶，分别灌满红的蓝的水，大约就是艺术之家了。

躺柜最适合藏人，常常是情人避难之所。“文革”时经常查夜，将情人堵在屋里。人们进屋后也不点破，调皮的故意在躺柜上拍两下，然后走人。这两下在他人是逗乐，里面的人可惨了，差点吓尿。

深秋，一天凉似一天。大铁锅便被搬进西屋灶台，为的是增强取暖。冬天也是人身上虱子最多的季节。于是人们添几把柴，把锅烧红，趁温度升高的瞬间，脱得光光的逮虱子。这时候的人极狠，见到虱子，两只大拇指甲盖面对面地使劲一挤，啪的一声脆响，鬼东西顿时血肉横飞。衣服缝里的虱子和虮子（虱子蛋）密密麻麻，根本挤不过来，便放进嘴里用牙咬，同样的脆响，一连串，嘎嘣嘎嘣的。对这类吸血鬼还用客气了？最难办的是皮袄上的虱子，隐藏在羊毛深处，看不见捉不着。不怕，有办法。这时人们移到铁锅旁，双手摊开皮袄，毛朝下，不一会儿便有动静了，噼里啪啦一阵响，虱子经受不住烘烤，纷纷掉进烧红的铁锅，灰飞烟灭。

传说有这样一个人，性子极烈。这年不知怎么搞的，身上虱子特别多。今天捉了，第二天又出来，三番五次地折腾他。实在烦了，一发狠——你猜怎么着？拿根粗麻绳扔过房梁，上吊了。临死前说了一句：爷叫你咬！不知是真是假。如果是真的，不知是应该夸他呢还是应该骂他。

5. 行

车是最主要的代步工具。上世纪六七十年代，后套农村的车主要有三大类：畜力车、机动车和人力车。

畜力车就是大牲畜拉的车，分二板子车、小胶车和大胶车。二板子车全木制，车厢车轮都是木头打造的，用牛拉，也只有牛才拉得动。小胶车和大胶车属于同种类型，都采用两个胶皮轮子，这是它们与二板子车的最大区别。

小胶车和大胶车的不同之处只在于体积大小。小胶车负重通常在300公斤左右，套一头驴或者一匹马即可，跑起来颠颠的。大胶车的载重可以达到2000公斤，要用三匹骡马，就是那首著名的俄罗斯民歌中唱的三套车。一般由骡子驾辕，两匹马拉边套。配置专门驾车人，叫车

小胶车　1971年10月

倌，口里叫车把式，东北叫车老板。大胶车的优势是快速和稳当。如果用人来打比方的话，二板子车给人的感觉像是呼哧带喘的老人，不堪重负；小胶车好比是青春少年，透着欢快劲儿；大胶车就是成熟的汉子，大步流星，四平八稳。

大胶车　1968 年 10 月
（持鞭者是车倌白英）

铁牛 55　1971 年 10 月

机动车指轮式拖拉机。生产队和大队没有汽车，那时实行计划经济，汽车属于最紧张物资，根本不可能把指标配给基层，所以农民盯着的是拖拉机。最受欢迎的是天津拖拉机厂生产的 55 马力机型，叫铁牛 55，载重 4 吨，可以装 8 吨，而且速度很快。生产队要是拥有这样一台车，种植业只要保持正常，一个壮劳力干一天所挣的工分即可达到至少一元钱，不光吃穿不愁，还能攒下钱。再一种机型是手扶拖拉机，有多种型号，以 12 马力型最为常见。

畜力车和机动车这两类交通工具既可用于生产也可用于生活。

农民虽然坐不上汽车，但喜欢揶揄司机。那时的司机绝对是美差肥差，跟医生、人事干部并列。有这样一个流传甚广的故事。说的是一个司机出车，顺便捎上情人以及情人的母亲。走到半路，司机突然动情，说汽车出了毛病，便下去修车。随后叫情人下来帮忙，又担心母亲起疑，便让老人坐在驾驶位上，双手紧握方向盘，叮嘱道，一刻也不能松手，否则车一动我跟你女儿就没命了。老人照办，司机与情人钻到车底下成其好事。老人非常紧张，一会儿就坚持不下去了，叫道：完了没有？底下答，正要劲儿呢，再坚持一下，马上就完。

人力车指的是自行车。那年月家里有辆自行车比今天拥有汽车还气派，如今家用汽车很普遍，而当年自行车却很稀罕，一个小村子不超过三五辆。

农民最喜欢的是男式二八型加重自行车。所谓加重，是车架特别是后座的支架比较粗大，负重超强。我们下乡时带了几辆自行车，二六女式、二六男式、二八男式都有，别说带人了，就是单人骑，走在乡间坑坑洼洼的土路上，用不着怎么折腾，颠簸个七八趟，便哗啦乱响，几近散架。加重自行车就不同了，格外皮实，如同愣头愣脑的坦克，什么复杂的路况也能对付，而且还不误了载人驮物。

除了干部，而且是大队一级的主官，拥有自行车的人家一般不是自己买的，而是要的。男人娶媳妇要花钱，其中一个大项就是女方家庭以

知青的自行车　1969 年 5 月

彩礼的名义索要自行车。首选是“红旗”牌。这个牌子的车非常紧俏，关系不硬是买不出来的。求其次，“白山”牌。一红一白，挺有意思。

车只是出行工具的一种，更常用更方便的是牲畜，马、骡、驴。牛也可以骑，那是牧童，骑着玩儿；也有代步的，那是奇人，比方智者老子，胯下青牛，优哉游哉，普通百姓没那份闲心。

那是初到小东淖的一天，雪后，道路泥泞。我站在村口，只见一骑远远而来，背后铅云低垂。转眼便至眼前，势如疾风，状若行龙。没见过这么好的马，通体赤色，光彩耀人，脖颈上的长鬃激越飞荡，举手投足一招一式都透着霸气。再看马上的人，也好。骑手身材颀长，唇上两撇黑黢黢小胡子，整个人稳稳当当地就像长在马背上似的。身后是个女人，同样的颀长，丰胸细腰，双手紧紧抱住男人的腰。只一瞬间，人马就过去了，好似卷过一阵旋风。我脑子里猛地现出一幅图景，那是小说中的形象，侠盗跨马飞奔，田野山峦急促后退，他的身后同样坐着一位女子，也是双手抱着他的腰，长发飘飘，如同风中的云。

事后打听，才知道马上的男人是地主马德祥，女人是他从河西娶回的媳妇。媳妇身子不适，他带着去看医生，路不好走，便向生产队借马代步，恰好大儿马闲着，他便骑了去。

骑马好，骑驴也不错。给我印象最深的也发生在村口。那天我一出门，就见刘黄毛的老妻立在路中央。我们叫她刘大娘，村人叫她刘老婆儿。婆念 por（二声），听着像刘老派儿。她身材高大，圆脸，眉目分明；那时五十岁露头，但皮肤不失细腻，仍旧白里透红，就连脸上褶皱也清清爽爽。看得出来，年轻时一定是位迷倒四方的美人。我想跟她打招呼，但她对我这个出现在跟前的人视而不见。她的目光凝视前方，那般专注，那般深情，那般依依不舍。我从未见过这么干净的眼睛，除了纯情不见纤毫杂念。

顺着目光望过，一骑绝尘而去。是一个男人的背影，花白头发，黑衣，结实的肩背。不高，因为他跨在驴背上。那是一头走驴，通体乌黑，身短腿长，两只大耳朵支棱着，四只蹄子哒哒地敲击地面，踏实又灵巧，步子不大，但频率极高，所以速度很快，转眼便去远了。再看刘老婆儿，依旧目不转睛，眼里潮潮的。

刘黄毛也是走西口上来的。不过不是一步到位，而是先到准格尔旗落脚，之后再到乌拉特前旗。两地隔着黄河，准格尔旗在大河之南，乌拉特前旗在大河之北。估计男人来自准格尔旗，否则用不着使用那么出色的脚力，即便是好走驴，这段路程也得用去两个整天。不知道他是什么人，兄弟还是情人？这一去不知何日才能相见，也许再无机会了。

驴我没有骑过，倒是时不时地以马代步，包括前面说过的那匹红鬃烈马。说来惭愧，骑在上面胆战心惊，走几步便叫停，爬下来牵着马走，感觉不是人骑马而是马骑人。

印象最深的一次是 1968 年春去大队开会，那时我勉强能攀上马背，饲养员老陈给我一匹菊花青马。我骑马上路，先西行到九队（三财主圪蛋），然后向北，奔大队部所在地的南黑泥池村。到了九队，这马开始犯坏，专捡墙根溜，挤我的腿。蹭了几次墙，我吓坏了，心想再这么下去，腿非断了不可。于是我便自己摔了下去。上学时我体育很好，担任学生会军体部长，是1965北京春节环城赛第101名，故而协调性不错，在地上打了两个滚儿，爬了起来，居然哪儿都没伤着。

然而我却差点吓尿，不是因为自己，而是因为马，这个阴谋家跑了。那可是集体财产啊，无论如何不能损失。想到这儿，我拔开双腿，跟在后面狂追。当时我身穿老羊皮军大衣，太沉，便脱下来抱在怀里。我跑得再快，也跑不过四条腿的马，结果距离越拉越大。我绝望了，想起草原英雄小姐妹龙梅玉荣。得，豁出去了，我扔掉大衣，加快速度，还是追不上。跑了一气，进了一个村子，接近了饲养棚，猛地看见饲养员老陈，心想他怎么跑这儿来了，莫非得到了什么信儿？再一看，周围怎么那样熟悉……狗的，闹了半天，竟然回到了小东淖。老马识途，这畜生自己回来了。早知如此，我追个什么劲儿！

6. 婚嫁

婚姻是人类头等大事，上世纪六七十年代后套的婚俗可分为两大阶段，一是彩礼，一是婚礼。

先看彩礼。

中国传统婚姻遵循的是“媒妁之言，父母之命”，以体现社会与家庭的权威，至于当事人的感受，基本上是忽略不计的。近代提倡婚姻自主和自由，经1949年后的大力宣传和推广，当事人的权利获得加强，但在农村特别是在边远地区，传统势力仍旧很大。“文革”破“四旧”，把媒婆破掉了，但婚事仍须有人说合，即便是自由对上的象，也要走一个形式。至于父母之命，则永远是不可动摇的，除了孝道之外，还有许多利益上和人际关系上的考虑。

婚事决定后，男方要下聘礼，也叫彩礼。这是一笔巨大开销，远远超过婚礼。当时的彩礼主要是两项：一是给女方家庭的，通常是一辆“红旗”牌加重自行车；一是给女方本人的，一般是衣服。这衣服有个不成文的规矩，叫“七身半”。“七身”是七套四季衣裤；“半”

是一件栽绒领子、白羊羔皮里子、黑色斜纹布面子的短大衣。这说的是基数，当然还可以增加，但绝不能低于这个标准。

彩礼包括哪些东西，由两个家庭协商。但人们不这么说，而是说“要”，因为起决定作用的是女方家庭。女方提出清单，男方考虑，可以讨价还价。所以有人据此称之为买卖婚姻。其实没那么简单。这里的根本原因是男性本位的社会结构。常言“嫁出去的女儿泼出去的水”，女儿虽然生在自己家，一旦结婚，便为人妇，属于夫家，而女人终归要出嫁的，所以一见媳妇生的是女儿，长辈往往来一句“赔钱货”。可不是，从小养到大，末了却成了他家人，抚养费不是白投了吗，不是赔钱是什么？所以向男方讨些补偿完全合情合理，别说要一辆自行车了，就是要汽车也不过分。

也许是这辆自行车里包含的内容太过沉重，人们不说辆而说挂，一挂自行车，如同称鞭炮为一挂鞭炮，挂表示多。男方把这挂车送来，女方家人也不一定骑，因为自己家里也有儿子，也要送别人家彩礼。由此便形成一种循环，就像现在中秋节的月饼游行一样，你送我一盒，我回你一盒，掂量掂量，价值差不多，无所谓赔还是赚，要的不过是个礼儿罢了。

由于上述原因，尽管当时宣传攻势颇猛，也想了不少办法，彩礼就是屡禁不止，民风顽固啊。

再看婚礼。

婚礼作为仪式则标志着婚姻的最终完成，为历朝历代所重视。时代不同，婚礼自然也就不同。当时的婚礼比较简单，主要有以下几个步骤。

一是昭示。婚礼在夫家举行，来宾聚在院子里，看热闹的站在墙外，一对新人从新房里走出来，跟大家见面。新娘一般都是外村人，用当时的话说，这是她的头一次亮相（京剧术语，因样板戏而流行），今天叫“处女秀”。

接着是感恩。先向贴在外墙上（窗子与门之间）的毛主席像三鞠躬。

然后向父母三鞠躬。接着是互相鞠躬，一般鞠一次就可以了，要是有人起哄，再鞠几个也无妨。那时不兴磕头，更不兴拜天地。

然后是证婚。采取领导讲话的方式。面子大的，请个公社干部、大队干部；生产队书记或队长也可以；实在不行，这项工作就由威信高的人完成。开头照例引用毛泽东词："四海翻腾云水怒，五洲震荡风雷激。"听这诗句，心中顿生万丈豪情，两个无名小卒的结合竟能震惊世界，有核聚变般的威力。

最后是娱乐。不是唱歌，不是奏乐，也不是演戏，这些都革除了，而是戏耍新人。手段简单而粗野，几个后生一拥而上，用事先预备好的拇指粗的麻绳将一对男女捆起来，或者面对面，或者背对背。新娘最怕听到司仪宣布娱乐这一项，话音未落，拔腿就往屋里逃。哪里逃得了？早被后生们按住了。

到了这儿，婚礼就算完成了。

但还有两项活动必不可少。

一项是宴请来宾。大家分散到左邻右舍，坐到热炕上喝酒吃饭。主食是油炸糕，还有馒头和花卷。副食是猪肉、腌白菜、土豆一块儿炖的菜，叫猪肉烩菜。有酒，是白酒。那时村里不喝啤酒，说是马尿，更不喝葡萄酒，被认定为甜水水。

参加者须送上礼金。分亲戚和朋友两类。亲戚中以舅舅为标杆，他的礼金数目是上限，参照这个标准，以关系远近依次递减。舅舅出的越多，亲戚交的也就越多。舅舅的礼金一般在15元左右，再多，亲戚就要骂了，低于这个数目，新郎一家吃亏。

河套俗话："香不过猪肉，亲不过姑舅。"舅舅不点头，外甥相中的姑娘不作数。舅舅的这个地位是母系氏族遗风，那时是只知其母，不知其父，舅舅与母亲同属一个氏族，代行父亲权利。朋友的礼金随意，多为一元钱，私交深的可以多给，但不会过超5元。

再一项是听房。

听房作为一种习俗，不是河套独有的，而是遍及全国。张爱玲说过："婚姻与死亡更是公众的事。闹房的甚至有藏在床底下的。"（《洋人看京戏及其他》）这说的是江南。的确，中国没有绝对的个人私事。在河套，听房是衡量人际关系的尺度。听房的人越多，说明关心你的人越多，你的人缘越好；如果没人听房，你就该搬家走人了。

小东淖听房的阵势相当吓人，窗根下蹲伏着的不是几个人，而是十大几个人。再远就听不见了，迟到的人便攀上屋顶，倒挂金钟，耳朵贴在窗户上部。这种立体式听房，足以捕捉屋里任何动静——那时窗子上装的不是玻璃，糊着一层纸——不止说话，也包括动作，只要是声音，便绝不让它跑掉，从而成为谈资，足够人们乐呵好几天。

7. 民生和走西口

自有文字记载，中国便以农业为立国之本，华夏族的农业文明长达一万年以上。我们自称炎黄子孙，作为炎黄二帝两大族系中的炎帝族，即以擅长种植而强盛一时，炎帝族又称神农氏，这个名号很好地表明了这一点。黄帝族比较落后，后来学习农业，《史记》说他"艺五种"（《五帝本纪》）。艺，耕种；五种，黍、稷、稻、麦、菽，意思是掌握了种植技术。由此黄帝族迅速强大，兼并了炎帝族，统一天下。

春秋和战国时期，群雄并起，最后统一于秦。秦本是周朝的一个边陲小国，没人把它放在眼里，后来迅雷般席卷天下，横扫诸国，靠的是"农战"方略。这个发展战略是法家巨子商鞅确立的，他这样说：从前强盛的王者没有一个不是依靠农耕和兵战起家的，所以治理国家的第一要务就是让尽量多的人务农，如果不重视农耕，在与其他国家的竞争中就没有可以依持的东西，定然落败（《商君书·农战第三》）。为了确保农业的主体地位，法家集大成者韩非主张抑制商业和手工业，其中一个主要措施就是贬斥工商业者的名声，降低其社会地位（《韩非子·五蠹》）。重农思想一直延续下来，为历朝历代所遵循。

新中国成立后，新政权面临着恢复和发展生产以及打破外部封锁等一系列问题，农业仍旧被置于重要地位。农业是国民经济的基础、手中有粮心中不慌、深挖洞广积粮等口号都是重农的表述。老王宽常常用来教育知青的“三年学成个买卖人，一辈子学不成个庄户人”那句民谚，准确而生动地反映了当时的政治形势和社会心理。

农业不光决定国家前途，而且事关民众命运，是重大民生问题。

下面就通过与后套有着千丝万缕关系的走西口，看看农业在国家政治以及社会生活中的地位和作用。

走西口再加上闯关东，掀起了中国北方近现代两个最大移民潮。后者闯的是山海关，从关内到关外，一路往北；前者走的是张家口、杀虎口（今山西省右玉县西北），从口内到口外，一路向西。

一般以为，走西口只是一种民间自发行为，其实没这么简单，它有着深刻的社会历史背景和政治经济根源，可以从官和民这两个方面看。

在官的方面是政治军事需要。

清人入主中原，始终觉着背后有双眼睛虎视眈眈。这双眼睛不是别的，正是其盟友及藩属蒙古权贵。清朝统治者太懂得他的这位盟友了，他们共同来自北地，对富庶的中土抱有同样野心。怎样避免这背后的致命一击？最好的办法是不让对手做大做强，于是一道红线沿长城画了出来。从地理上说，长城本是经济分界线，北面是畜牧业，南面是种植业。现在这条线又多了一层意义，即隔离和封锁——运用行政的、经济的、军事的手段将蒙古族与汉族、口外与内地相隔绝，将潜在敌手牢牢锁定在高原牧场上，让他没人没技术，有矿炼不出铁，就是炼出了铁也铸不成刀箭，令其永远停滞在落后的游牧生活状态。朝廷最担心的就是人员交流，当时掌管民族事务的理藩院曾出台这样一条法规，只要蒙方私自招揽汉民越过这条界线到草原开荒种地，不管是谁，都得受罚。

清代统治者的担心还真不多余，朝廷数次大规模西北用兵，起因就是蒙古权贵。这几仗打得分外艰苦，而且很费时间，打成了持久战、消耗战。原因很简单，战线过长。作战比的是实力和智谋，而西北战场拼的却是粮食，只要清军粮秣充足，击垮敌手就有把握。然而要保证士兵吃上饭着实不易，西北贫瘠，粮食要从内地调运，每送到前线一斤粮，成本要三四十斤，之间的差额都被运输队人吃马嚼消费掉了。于是便出现了这样的奇观，每支军队后面都跟随着人数过倍的后勤运输人员，浩浩荡荡，一眼望不到头。

降低运粮成本，一个小小的财务问题竟然成了决定胜负的首要问题，而其中的关键谁都看得出来，那就是缩短战线。怎样才能把运粮起点往前推？人们的目光落在了红线以外广袤的牧场上：就地开荒种粮！开荒大军沿黄河往西平推，进入河套平原，这才有了今天的河套粮仓。这一措施对战线的推移有多大意义？看看地图就明白了，一步跃进上千里！

仗打赢了，皇上又犯愁了。如今农耕与放牧犬牙交错，还怎么隔离蒙汉？不能再这样下去了，于是乾隆帝重拾清初封禁政策，发布禁垦令：蒙地不许再开垦一亩土地，不许再增加一户移民。话说得够狠，翻译成今天流行语就是“零容忍”。

禁令好使吗？不好使。因为牧民要吃粮，贵族要花钱，而解决钱粮的最便利办法就是开垦土地。

面对这一实际需要，朝廷开了一个小口子，允许蒙古王公拿出少量土地招募汉民前往耕种，人数限定 800。具体由户部操作，每年分发 800 张票证，规定只有持票者才能进入内蒙古打工。这些人不得定居，雅号“雁行客”，他们是客，大雁般春去秋回。《河套民歌》中的“我把我的小青马马多喂上些儿料，三天的路程呀亲亲两天里呀到”，唱的就是他们回家时的心情。

800 个庄稼汉能解决蒙民吃粮问题吗？开玩笑。朝廷说，不是还有贸易吗，不够吃尽可以换去。这就牵涉到关口。关口，长城上的贸易通道和交易市场，清代开设 18 个关 14 个口，如山海关、偏关、嘉峪关，如张家口、古北口、杀虎口。长城以内叫关内、口内，以外叫关外、口外。这些关口既驻军又收税。走贸易渠道换来的粮食成本低不了，物流费用加上抽税，快赶上运到前线的军粮了。高粮价极大刺激着蒙古王公们开地种粮的积极性，这里的利润太大了，杀头都值当。就这样，利益驱动使大片牧场变成了农田，不光王公们招募汉民，贵族也加入进来，就连拥有小片土地的旗丁（士兵）也当起了地主。人们的胃口越来越大，种地的收入已经不能满足日益高涨的生活需要了，于是王公贵族们开始卖地，一次性赚个痛快。

由此催生了一个行业——地商，蒙古族老乡送号“黍人”。黍即黄米，黏性很大，不亚于南方的糯米。说的是这号人，他们黏两头，一头是蒙古族土地拥有者，从他们手中拿到土地承租权；一头是口内农户，把土地转租给他们。这伙二地主发了，手中攒了大笔银子，最后索性把蒙古人名下的地买下来，当真正的地主。

封禁政策就这样被阳奉阴违化解掉了。

动静闹这么大，朝廷就坐视不管吗？其实这地卖的有问题，因为法理上皇帝才是土地所有者，所谓“普天之下莫非王土”，所以当初清人入关跑马圈地一副理直气壮的样子。王公贵族名下的土地并不是他的，他只拥有使用权，如今倒好，他没跟主人请示就把人家的地租出去了，卖掉了，而钱自己花了。然而朝廷实在无力顾及，此时的大清朝已经沦落，主要对手不再是蒙古权贵，而是内地的“乱民”，白莲教、太平军、义和团什么的，更麻烦的是列强的炮舰正隆隆驶来。

到了光绪朝，国政艰难，财税枯竭。有人建议开放禁令，振兴蒙疆，开辟财源。朝廷接受了这一建议，实行“移民实边”新政。于是大规模的人口迁徙开始了。

这就是“走西口”的政治背景。

在民的方面是穷困。

河套一带，陕北人和晋西北人的后代居多，而其中又以陕西府谷县和山西河曲县两地的人最为常见。这两个县虽然分属两省，但只隔着道黄河，实则可视为一地。这个地区自古便是苦寒之地，生存极为艰难。从清中期起，便逐渐形成了打工潮和移民潮，所谓的“走西口”。

狭义的西口指杀虎口，位于山西省右玉县西北部。走西口就是出杀虎口，到蒙古地区的城镇和乡村谋生，其中后套以其独特的水利优势和一马平川的广阔土地成为理想目的地。从府谷和河曲前往河套，不走杀虎口，直接向北即可。在这个方向上，西口指的就是后套。具体路线有两条，一条是走水路，乘船溯黄河而上，到包头附近下船，进入河套；一条是走旱路，渡过黄河（府谷人不用渡河），穿过内蒙古鄂尔多斯高原，越过明长城，途经准格尔旗、达拉特旗、杭锦旗，再次渡黄河，就到了后套。

走西口有两种方式，一是打工，男人外出挣钱，将妻儿老小留在老家，就是上面说的“雁行客”，《河曲民歌》中的“大青山的石头乌拉山的水，亲亲的两口子谁也见不上个谁！”唱的就是走西口的丈夫与留守妻子的相互思恋。一是迁徙，全家前往河套落户。从古至今，向河套的移民就没断过，这块土地不知道收留了多少濒于绝望的人们，给他们以及他们的后代新的、温暖的家园。

走西口的人不是一个两个，而是成群结队。仅山西一个河曲县，从 1875 年到 1940 年，走上这条路的就有 10 万人。到了 20 世纪初，内蒙古中西部迁入的人口及其后代已达 115 万，而当地蒙古族只有 103 万。外来人口超过了土著，“雁行客”变成了坐地户。

如此壮观的迁徙洪流是如何形成的？

如前所述，这里有朝廷的鼓励，西北作战需要劳动力垦荒种粮；也有当地居民的召唤，蒙古权贵和牧民需要吃粮花钱。但最主要的还是移民自己，他们需要解决温饱问题。谁都知道，中国人最恋乡土，乡愁最重，所谓故土难离，要不是被逼得没辙，谁也不会远走他乡。

走西口的人大多出自陕北和晋北，这里是典型的穷山恶水，沟壑纵横、地瘠气肃、干旱缺雨，所谓的苦寒甲天下。一首歌这样唱："河曲保德州，十年九不收，男人走口外，女人挖野菜。"有人一辈子就没有尝过肚子饱的滋味。口外就不同了，沃野千里，地广人稀，特别是河套地区，得黄河水利之便，撒下种子就能吃上白馍。相比之下，口外就是天堂了，西口路是活路、希望路、幸福路。

不说别的，单劳动收入一项，两地差距就相当的大。一家人在口内拼死拼活干一年，折合银元最多收入二十多块，而在口外，用不着全家上阵，只需出一个整劳力，无论男女，不用出大力流大汗，找块地挖甘草，手脚麻利点儿，一季怎么也能到手七八十个银元。

人往高处走。先是男人过去，打短工扛长工。混熟了人头，攒上俩钱，盖间土坯房，再把妻儿接来。有了人手，可以单干了，跟地主或者二地主租上几十亩地，当佃农。有了积蓄，买上几亩地，再租一点，就

小东淖女青年　1968 年 2 月

（前排左一：郭北临，左六：黄哈尔）

是自耕农了。发展到这一步也许要两代人、三代人的努力。这大致就是走西口的大多数农民走过的道路。

（四）知青那点事

1. 财产

革命年代，财产一词以及它所表示的财富，绝非今天这样高大上，以文明、发达、实力的标尺而自居，是个人社会地位乃至尊严的决定性因素，而是罪恶的渊薮，讨伐和革除的对象。共产党带领劳苦大众剥夺了资本家的资本，平分了地主富农的土地，无产阶级专政条件下继续革命，对私有财产进一步进行限制，反对发家致富，自然不会提倡或高扬财产。然而，不管什么政权，其存在都必须以财富为物质前提，不管什么时代的人，其生存都离不开物质资料，所以又必须发展物质生产，进行财富积累。如何解决这一矛盾？唯一的办法是将资产公有化，或者归国家或者归集体。

在这一背景下，知青个人除了被褥衣物等极少的生活用品，再没有别的了，拥有的除了生产队的生产资料外，就是属于知青全体的共同财产。

财产中的财，指生活资料，产指生产资料。下面以南队为例，盘点一下我们的财产。

财分三大项：房屋、炊具、畜禽。

南队前后二十个人，共有两幢五间半房，半间为厨房，住房平均四人一间。

两幢房一旧一新。

旧房建于1966年，本来是为接纳包头知青准备的，“文革”爆发，人没有来。1967年底黄哈尔等三人辗转来到小东滩南队，住了进去，以国家下拨的安家费折算，由公社安置办公室拨付生产队，就此这幢房

知青屋（右二、三排） 1971 年 10 月

子归属我们。

房屋位于村子东北角，坐北朝南，紧邻农田。后来知青与村里青年修了条路，房屋便与农田隔路相望。房子是本地两室一厅格局。厅或者说过道，很小，不足五个平方米，只能算半间，做厨房用，进门即是灶台。按说厅内应该在东墙和西墙各开一门，分别通往两个内室，考虑到知青毕竟不是一家人，男女有别，故而只在东墙开门。由此形成一个套间。这间内室比较安全、私密，由黄哈尔和郭北临两个女生居住。

西室另开门，比东室宽敞，由李小东居住。因为方便，村里其他人常来借住，光棍周档子，走西口上来的怀来子、六女子（男人女名）、田狗子，都是这里的住客。六女子媳妇上来后，李小东把这间屋子让给他们夫妇暂住，自己住到队部办公室，全家喜愤愤不平，认为这是反客为主，竟要出面把他们赶走，经再三解释才罢休。

东室窗下约四米，建有猪圈。当地养猪采取放养，平时撒开四处游荡觅食，只在宰杀之前一个多月，用绳子拴住，固定在院子里木桩上，以马铃薯、胡萝卜、麸皮等精食催肥，称站猪，所以从不用猪圈。听说知青盖猪圈，都觉得稀罕，纷纷前来参观，结果大笑而去。原因嘛，不是出在猪圈上，而是出在建筑上。知青没有丝毫建筑经验，垒草坯时不懂得错开接缝，缝隙直上直下，只好在外面抹上厚厚一层泥。虽然施工

人像后面的即为猪圈　1970 年夏

简陋，但极其坚固耐用，二三十年后，其墙体仍屹立不倒，让人不禁赞叹小东滩泥土的坚韧。

还有鸡窝，也是自己动手建的。不大，沿西墙向南延伸，像个缩小的堡垒。

大批知青下来后，房屋显然不够用，于 1969 年春夏之交盖起一幢新房，位置在旧房正南，相距十米左右。资金来自知青安家费。

新房比旧房稍高，建筑材料一样，都是草坯抹泥的土房子，但沾了新的光，远比旧房气派。三室，格局仿照本地办公用房，每间单独开门。三间屋子一样大，每间约十二平方米左右。那时施工非常粗糙，不用皮尺之类，以脚步丈量，所以难有精确数字。

房间里的唯一设施是土炕，占去几乎三分之二面积。除了旧房东室的炕连着灶台外，其他四间的炕都不过火，冬天以火炉取暖。每个房间配置一个铸铁火炉，傻大黑粗，愣头愣脑地站在炕前的土台子上。

新房建成之前，部分女生借住在屋后邻居郝马儿家，使用的是凉房。刘备借荆州有去无还，有了新房，这间屋子仍被知青占用。黄哈尔、陈必尹等人离开后，这间房子才归还。刘五一从北队转到南队，又从他家借了间屋子，辟为闺房兼卫生室。

炊具。

这一项中最主要的是锅。乔迁新居，亲朋携酒肉前来贺喜，名“温锅”；下定决心办大事，叫“砸锅卖铁”；发狠叫“破釜沉舟”，釜即锅，可见锅的重要性。我们有三口锅。一口三足锅，口径一尺，放在火炉子上使用。一口中号锅，口径两尺，架在灶台上。这两口锅是1968年购置的。大批知青下来后，锅便嫌小了，添置了一口大号锅，口径三尺。这三口锅跟火炉子一样，同属铸铁质地，黑不溜秋，使用前需用猪皮反复磨蹭，否则烧出的饭菜有一股铁锈味。

与大铁锅配套的是木质锅盖，湿漉漉的重得要命。还有竹编蒸笼一个，刘叔用它蒸过驴肉。生产队一头母驴生骡子难产死了，当地人不吃驴肉，队长让我们拉回去——在老乡眼中，知青口泼，连猫都敢吃，甚至蛤蟆（其实是青蛙）也拿来下菜，还有什么不能入嘴的。这头驴我们吃了足足一个星期。自此老乡再也不来借笼屉了。

风箱自然不能少，是从公社供销社买的。村里人家的风箱都是自产，一多半出自周档子之手。

案板、菜刀、擀面杖、马勺、锅铲、水瓢都是大号的，二十个人的饭，小了应付不了。和面的陶盆一只，咖啡色。盛肉酱的大口陶罐一只，黑色。至于洗菜盆，专用的没有，用脸盆代替，抓住哪个算哪个。那时不讲究，脸脚不分，特别是男生，一只搪瓷盆既洗脸又洗脚。

此外就是跟水有关的了。水缸三口，陶质，咖啡色，质地粗粝。分别为大中小号，两口盛水，洗衣做饭，一口腌菜。这口缸腌出的酸黄瓜清香酸脆，非常可口，不亚于北京莫斯科餐厅大厨的手艺。案板有时放在腌菜缸上，擀面时面粉落入缸内，估计就是它的功劳。

铁皮水桶两只，换过一次，最初是黑铁皮，坏了，去供销社买，只有一种白铁皮的，便买了回来。

铝制水壶两把，就是现在常见的那种，放在火炉子上烧开水。夏天不生炉子，水壶便用不上了，只能喝大铁锅烧的水，一股饭味。当地管开水叫滚水，水滚后，用铁制水瓢舀进暖水瓶，放在灶台上，供人随时取用。

水桶、水壶、暖水瓶都是稀罕物，农民用不起。他们的水桶是木制的，又厚又重，容积还小；烧滚水从来用的都是灶上的铁锅；也没有暖水瓶，他们的办法是用麦草编一个筐箩，把陶壶放进去，再盖上棉被。

对了，还有一只大盆。白铁皮打制，口径一米以上。这只盆有来头。陈必尹、杨继红、李止几个师大女附中的女生决定去小东淖插队，一起商量应该带些什么。此前杨继红曾去那里看过，说小东淖的条件还可以，唯独没法洗澡。女生爱干净，听说洗不了澡，便硌硬得很，于是决定带一只澡盆。想来想去，只有洋铁皮质地最合适，又耐用又轻巧。于是三人凑钱，找到位于西四十字路口的一家洋铁铺，说明来意。师傅的眼睛都瞪大了，他们只打制水桶、烟筒、舀子之类，这么大的物件从来没做过。经再三要求，答应试一试，当然价钱要加码。这就是大铁盆的由来。杨继红后来当兵去了部队，没有到小东淖，其实她应该算我们中的一员

杨继红（右）和黄哈尔　1968 年 9 月

的，不是因为她跟我们中的许多人关系密切，是因为她的户口落到了小东淖。这只大盆在火车站惊艳亮相，令前来入伙的刘五一惊诧不已，这帮人想得真周全，这哪是插队，分明是搬家。

晾晒淘洗过的麦子　1970 年 6 月

大盆的功劳太大了，洗衣服、洗澡全靠它。那天，均田命姜克敏挑水，倒在大锅里烧热，然后舀到大盆中。姜克敏洗过澡后，均田叫我，说锅里留了一半水，让我也洗一洗。洗罢望一眼，水面漂起一层油花。

这只盆还担负淘洗麦子的任务。小麦是在场院的土质地面脱的粒，磨面前必须用清水洗两遍，然后晾干，这道工序叫淘麦。农家淘麦多借用生产队的大笸箩，我们不用借，有现成的大盆。洗菜也用它，秋后腌菜，白菜、黄瓜、蔓菁什么的，入缸前都需要清洗，大盆是最好的用具。

生产资料只有一项，即农具。知青的标准配置是，不分男女每人一把铁锹、一把锄头，一只手铲、一把镰刀、一对箩筐、一根担杖。除了担杖是刘黄毛就地取材制作的外，其他都是用安家费从供销社买来的。铁锹的使用率最高，平时放在屋外，倚墙而立。锄头只在春夏两季使用，体积又大，便在屋檐下拉一根绳，收工回来顺手挂上去。手铲、镰刀放在屋里，箩筐担杖放在屋外墙根。后来房屋富裕，辟出一间做仓库，农具便集中存放库房。这些东西记在个人名下，最初还分得清，渐渐地乱了，上工时抓起一件就走，管它是谁的。

农具花不了多少钱，其中箩筐消耗最大，红柳编制，寿命最多一年，大约一元钱一只。

屋檐下挂的锄　1969 年 5 月

以上是我们的全部财产。数房屋最值钱，连工带料一间不超过三百元。满打满算，全部财产折合成人民币，也就两千多元。二十个大男大女就这点财产，在今天简直不可思议。其实这在当年已经很不错了，不如我们的有的是。

2. 畜禽

这一项财产比较特殊，拿出来单独谈。

六畜猪为首，先说猪。居家过日子必须养猪。周档子成家，那位走西口上来的新媳妇第一件事就是张罗喂猪。档子家跟知青是前后房邻居，这个邻居财大气粗，新媳妇便找上门去借麸皮米糠，以解决猪食问题。当地农民吃肉，几乎完全指望养猪。生产队也分一点肉，年终或者割麦杀几只羊宰头牛什么的，带有犒劳慰问性质，摊在每个人名下很少，解馋而已。倒是羊内脏是大宗，挨户轮流，届时可以领回整副下水。档子岳丈家曾轮上过一次，为了表达感激，请全体知青跟他们一起享受这顿大餐。掌勺的老婆婆手艺好，用料讲究，竟然拐着半大小脚跑到邻村讨回一把干辣椒。那顿杂碎汤别提多好吃了，舌齿间的味道至今不忘。

不光吃肉靠的是养猪，吃油也指望它。食用油分两种。一种是植物油，胡麻榨的，称胡油。一种是动物油，用猪板油和猪网油（包裹着肠子的油脂）熬制的，因其有股特殊香气，叫作香油。知青初来乍到，分不清这些，一次吃面，黄哈尔自语道，要是放点香油就好了。邻居张木匠家的儿子小猫在跟前，接话道：我家有香油，我领你去拿。哈尔兴高采烈地跟了去，回来时碗里放着一块白不呲咧的猪油。

通常情况下，肉跟油是混合在一起的，叫肉酱。就是大块猪肉与猪油一起下锅，待猪肉外层变成金黄色，起锅，晾凉后装进大口坛子封好。这坛子肉酱是全家一年的油水，金贵得不得了。

我们没有挨过饿，但尝过没有油的滋味。大队人马到来，初时自己做饭，不懂得细水长流，很快就把胡油吃光了，把预留的一坛肉酱也消耗掉了，只好吃盐水面条。一顿好说，连着吃三顿就受不了了，眼睛开始四下踅摸，看能不能找到替代品。不知是谁的主意，也不知是谁下的手，也不知是从哪儿，弄来一只猫。早就听说过广州名菜“龙虎斗”，其中的虎就是猫，便断定猫肉一定好吃，于是下锅炖了。佐料我们带的很齐，花椒大料姜片酱油膏一股脑儿加上。抽抽鼻子，气味尚可，舀一勺浇在面条上，吃一口，呸，什么味儿？肉硬得像石头，有股说不出来的怪味，说臊不是臊，说腥不是腥，说酸不是酸，说臭不是臭，但又臊腥酸臭俱全。越想越恶心，只好倒掉。啥“龙虎斗”，吹得天花乱坠，这辈子我绝不会再碰它。

所以不管说什么也得养猪。从 1968 年到 1972 年，五年之中我们每年一头猪，总共喂了五头。中间的两头是生产队派来的大师傅刘叔和王大爷料理的，一前两后三头是我们自己动的手。

对于我们自己喂的猪可以这样概括：第一头猪养得艰难，第四头猪养得潇洒。

第一头猪纯白色，母性，疑似约克郡猪后裔，中间不知隔了多少代，相貌早已走形，朝粗胖方向发展。当时只有黄哈尔等三人，自炊，收工回来不能休息，放下铁锹就进厨房，做饭的同时做猪食。具体分工是李小东做饭，郭北临做猪食，黄哈尔两头兼顾。忙还在其次，要命的是粮少麸皮少，只好多喂野菜。于是三位知青像当地妇女一样，出工时胳膊上挎只箩筐，里面放把手铲，趁干活歇息的间隙四处转悠着挖猪菜。野菜的种类很多，形态各异，大多开着花，蓝色、黄色、粉色、白色……颜色丰富得很，朴实得很。最常见的有两种。一种当地叫苦菜，就是小说《苦菜花》里面的苦菜，开黄花，凋谢后变成蒲公英那样的白绒球。一种当地叫弹线苗，茎叶花都跟喇叭花一样，花朵多为淡粉色。

第一头猪　1968 年 10 月

这头猪长得不错，肥头大耳，宰杀时兴师动众。其中最关键的工序不是杀而是将其倒挂在房檐下的椽子上，以便开膛破肚。刘黄毛的大女儿亮女子从邻村请来一人，名李孝先，据说腰力奇大，专门做这项营生。李力士个子不高，看上去很一般。他指点人们在地上挖一个浅坑，自己蹲伏在里面，几个人又抬又拽地把煺了毛的光猪放他背上。只听他大喝一声，憋住一口气，双手撑膝摇摇晃晃往起站，两腿打战，脸红脖子粗。终于站了起来，人们扯住猪的一只后脚，用钩子挂住。李孝先的报酬按规矩是一块猪肉，就是猪脖子上连着刀口的那一圈，北京叫“血脖”。我们分出半片猪做肉酱，封在一口黑陶罐子里，本想吃一个春夏，不想大队人马下来，没半个月便扫荡一空。

第二头猪白底黑花，跟第一头猪显然不是一个爹。它来路颇为可疑。生产队的公猪和母猪都是白色的，为了避免近亲繁殖，各队的猪倌们经常互相交换种公猪，它们也是白色的。估计那天，猪倌赶着发情母猪去配种，半路上肚子不舒服，找个背人地方拉屎。这档口不知哪儿跑来一只黑猪劫色，先入为主，致使母猪怀上它的野种，结果便下了一窝黑白相间的猪仔。当地叫猪儿子。不光猪，凡是动物幼小时都叫儿子，狗儿子、鸡儿子、猫儿子（只有羊不这么叫，专称羊羔），有点像四川骂人的话“龟儿子”。记得梅山第一次听到这种叫法，扬脸大笑，笑得眼睛都闭上了，差点背过气儿去。

生产队分猪儿子，采取抓阄办法。知青去的是戈毅，他负责做饭，掌管后勤。戈毅手气好，抓的号靠前。轮到他挑选了，瞧瞧这个看看那个，半天下不了手——他根本分不出好赖。没法子，只好跟着感觉走。他这人花，用在猪儿子上头自然也是花为上，便指着最花的那只说：就它！

本以为是小母猪，抱回来才发现是公的。公猪都要去势，即阉割，民间叫骟蛋，所以没多久它就变成了太监。来到知青家，它算享福了，享大福。此时的知青今非昔比，粮草充足，麸皮米糠有的是，猪儿子再也不用吃野菜了，顿顿细粮。偶尔也吃两口菜，那是北临重温当年，扯几把弹线苗放它嘴边。它不像第一头猪那样业余打理，而是由戈毅专门侍候，所以不必整天整日圈在猪舍关禁闭，而是放养，在附近随意游逛。它不是一般待遇，而是在吃好喝好之外，还享受心理抚慰。戈毅对它很尊敬，接触时采取蹲姿——就像今天有教养的人对小孩子那样——嘴里絮絮叨叨。手也不闲着，一手搭在它肩背，一手五指作钩状，顺毛轻轻梳拢。猪的小眼睛半睁半闭，嘴里哼哼唧唧，舒服得眼看着就要躺倒了。这时的猪一定忘了自己是谁，以为成人了呢，这位猪公子！优越的物质条件加自由自在的生活方式再加健康的心理状态使它出落得非同寻常，雄性的强壮和雌性的优雅集于一身，可谓玉树临风（男）、亭亭玉立（女），名副其实的小东淖第一猪。

自己喂的第二头猪　1971 年 10 月

第三头猪命不好，是 1972 年初抓回来的，仍由戈毅喂养。中途戈毅离开小东淖，留下的人无力顾及，便提前杀掉了。不说也罢。

说过猪，再说鸡。鸡也是六畜之一，农村居家过日子不可或缺之物。农民养鸡不是为了肉而是为了蛋，也不是为了吃蛋而是为了卖蛋。一斤鸡蛋拿到供销社，可换回两斤煤油，或一斤红糖，或三包太阳牌香烟。一户只要养上几只下蛋鸡，全家一年的开销全有了。这里养鸡非常随意，跟猪一样也是放养。鸡食很杂，粮食、草籽、昆虫都是美味，人畜粪便亦可入口。最理想的去处是生产队的场院、马棚、猪舍，恨不得全村的鸡都往那里跑。于是鸡便成了看场者最大最经常的敌人，看看差不多了，抡起木棒打去，当然是虚张声势，如果伤了鸡等于断人财路。鸡们便忙不迭地跳上麦垛，然后争先恐后地飞回村里。鸡的抱团意识和家庭意识非常强，虽然各户的鸡在一起活动，但绝不混淆，傍晚时分各归各窝。

1968 年春，知青户来了一群金黄色小鸡，紧紧挤成一团叽叽喳喳从早吵到晚。这群鸡怎么来的，记不清了。无非是两个途径。一个是乡亲送的，如果是的话，估计是刘黄毛或张木匠，后者的可能性大一些。另一个是买的。那些年不允许私人做生意，但集体可以搞副业，大一点的生产队都设副业队长，专门负责种粮之外的生产项目，孵化鸡苗即为其中一项。不妨做个假设。那天黄哈尔没出工，忽听窗外传来叫卖声，出门一看，是卖小鸡的。小鸡太可爱了，一个个毛茸茸的，张着象牙般

芦花鸡与小鸡　1969 年春

的小嘴一个劲儿地朝她叫，便挑了七八只。很快鸡就长大了，最后成材三只。过了冬季，来年开春，只剩下一只芦花鸡。可能捡过几枚蛋，再多就没有了。时常看见它孤独地立在夕阳下对着自己的影子发呆。

大队人马到来后，人多事杂，芦花鸡也就被遗忘了。那天吃午饭，几个人端着碗站在院子里边吃边聊，一阵叽叽喳喳的声音从脚下传来，循声望去，一队鸡走过，打头的正是那只淡出人们视界的芦花鸡，身后跟着七八只小鸡。芦花鸡昂首阔步，小鸡摇摇摆摆，紧捯饬着小爪子寸步不落——芦花鸡不声不响做了母亲。仿佛奇迹降临，北临的眼睛睁得大大的，半晌说不出话。我同样惊讶，反应过来后，立即将碗里的饭倒在芦花鸡面前。她高傲地瞥了我一眼，不慌不忙地吃起来，那架势足以母仪天下。

除了鸡。我们还养了一群鸽子。不是肉鸽，是观赏鸽。它们纯属奢侈品，农民不养这些东西。如果谁家养，一定别有用心。记得当年在学校接受阶级教育，一个材料揭露，说有个地主养了一群鸽子，苦心训练，打发它们上生产队场院吃粮食，回家吐出来，用这个办法盗窃集体财产。

鸽子是康继光从北京带来的。有点子、黑压脖、两头乌，后来又补充了紫半截、紫楞等，都是北京名种。八旗子弟好玩，追求档次，养鸽就是玩出了水平的一项，培育出不少名贵品种。“文革”初潮消退，大批中学生从最初的狂热转为逍遥，想尽法子找乐，一个活动就是养鸽子，望着一队白鸽在蓝天下飞过，有一种自由的宁静。

鸽子是贵族，鸡没法比。二者都有窝，可一个在天上一个在地上。鸽子窝是用水坯搭建的，方方正正，一层层上去，好像建了三层。每一层都隔出单间，每间住一只鸽子。鸽房底部建有通风道，有点吊脚楼的意思。鸡窝就不同了，是用草坯垒就的，歪歪扭扭，表面坑坑洼洼；里面黑咕隆咚，大通铺，一支横杆上人挤人地站成一溜。窝的位置差得也很远。鸽舍正对着旧房西屋窗子，相距五米样子，大有分庭抗礼之势。而鸡窝则龟缩在西墙下，跟一堆建筑垃圾差不多，似乎随时都可能被清理走。

每天太阳升起的时候，鸽子便一个个走出房间，沐浴晨风梳理雪白羽毛，咕咕咕地踱来踱去，有节奏地转动它们高傲的脖颈。然而这一切对鸡丝毫不起作用，它们视而不见听而不闻，该干吗还干吗。鸽子和鸡虽然共处一个空间，但彼此隔绝，生活在两个世界。

知青走时，把鸽子留给了小猫。距离下来那一年已过去五年多，小猫已由半大小子长成大人，娶妻生子。

小猫媳妇再女子　1968 年 10 月

玩鸽子最讲究的就是品种纯正，有一整套办法保证不混杂不串种。小猫不懂这些，也没有这个意识，任凭鸽子自由恋爱，实行性解放，结果多少代的纯种毁于一旦。如今小东淖天空飞过的鸽子已经没有那么高贵了。

最后说说那条狗——知青心中永远的伤痛，提起它，不少人泪水涟涟。

那是一条色白发黄的公狗。出自本村。西头福小子家有只看家狗，全村最厉害的恶犬。身高体壮，额头上有两个白点，显然有藏獒血统。平时用拇指粗的麻绳拴住，活动范围也就一丈许。有人打福小子家路过，隔老远它便忽地站起，狂吠不止，路人渐渐近了，它便发了疯似的往上扑，绳子都被拽细拽长了，劲头之大气势之盛实属少见，再胆壮的人也不免肝颤。李止就吃过它的亏，干活歇息时去福小子家喝水，被它从背后偷袭，大腿上咬了一口，到公社卫生院打了好几天破伤风针。1969 年初春，这条狗下了一窝小狗，福小子弟弟牛小子给知青抱来一只，康继光喜欢动物，便收了下来。这条狗的腿有点跛，渐渐好转，成年后倒看不出来了。

人们叫它虎子。这个名字是现捡的。小说《林海雪原》中有条猎犬叫赛虎，凶猛异常，忠勇无比，连悍匪都惧怕。我们这条狗也挺虎势，却不恶，这点比它妈强。

它重情。李虹几人搭伴回北京，它跟在汽车后头追赶，70 里地一口气下来，一直送到火车站。挥手喊它回去，它听懂了，一步三回头，颠颠地跑回村里。

它义气。李止盖房扎伤脚，住进公社卫生院病房，它陪着，寸步不离，人躺在炕上，它卧在地上把门。见癞蛤蟆入侵，便伸出前腿一个个拨拉出去，像是英国管家，恪尽职守而又彬彬有礼。

它尽职。春节期间，刘五一留下值守，盗贼出现，它挺身而上，寡不敌众，被逼至墙角，仍狂吠反扑，最后与主人一起吓退不轨之徒。

它聪明。夏收割麦子，李虹起晚了，大家已经出发，当时天还没亮，四周一片漆黑，不由发慌，便喊了一声虎子。嗖的一下，不知它从哪儿蹿出，在前面引路，把李虹一直带到人们正在收割的那块麦地。

……它的事迹太多了。它对每一个主人都很忠诚，平时不声不响，关键时刻便出现在你面前。这样的狗，世间少有。

这么好的狗，却被我忽略了，要不是大家提起，几乎记不起还有这么一个伙伴。印象最深的是它刚来那阵儿，天很冷，李止给它缝了件坎肩。我头一次见狗穿衣服，便盯着看。它很得意，蹦蹦跳跳，拼命展示自己的新装。

大了就不那么可爱了。一次在院子里，它突然来劲儿，跟在一条母狗屁股后头献殷勤。它倒本色，当着那么多人，毫无顾忌。为避免过于尴尬，北临吃吃地笑道：虎子流氓，虎子流氓。

虎子招人，再摊上一个喜欢与猪狗逗闷子的戈毅，常常有狗们在知青屋周围聚会。一天半夜，我被狗的闹腾声惊醒，本以为一会儿就消停了，不想没完没了。盛怒之下，我披上大衣，抄起一根担杖冲出门，声

最里侧的狗是虎子　1971 年 10 月

音来自房后，原来是五六只狗在为争夺交配资源打成一团。我挥舞扭杖乱抡，狗们四下逃窜。也不知道里头有虎子没有，但愿没有。

虎子的最后不忍心说。它死了，死于它的知青主人之手。知青返城，没法儿安置它。留下它，下场更惨。多少人早就盯上了它那一身松软的皮毛，就等着知青离去，与其被别人追杀打死，还不如亲手送它走。

对于这条狗，我们怜爱中充满自责，想起它温馨而心酸，从它身上体会到了世间的情义与无奈。为表达这种复杂心境，我们将自己微信小东淖群改为虎子群，时间从 2016 年 4 月 4 日 15 时至 5 日 22 时，总共 31 个小时。

4 日那天是清明节，悼念亲人的日子。我写道：今天是清明节，我们这些往昔的主人，没良心的主人，带着赎罪的沉痛，纪念忠心耿耿的狗——虎子，闭眼吧。

写这段文字时，我泪流满面，手抖得点不准键盘。

村人说，虎子还在，深更半夜，常听到知青老屋前传来一声声狗叫，那是虎子在呼唤它的那些主人呢。

3. 盖房

1969年春夏之交，生产队决定为知青盖房。这时节好天气，艳阳高照，不凉不热，干活不受罪；青草根深苗壮，正好踩坯。更重要的是锄麦营生基本结束，地里没多少活儿，男人也出渠工回来，有的是劳动力。

前来盖房的人有七八个，都是行家里手。技术自然由老地主马德祥掌总，只见他平伸胳膊，眯起一只眼，竖起大拇指，瞄来瞄去，然后提起铁锨在地上画几道线。事毕，双手支在锨把上，仰起脸，慢条斯理地说：开工吧。

老地主的两个弟弟也来了。二弟马德清，就是跟中年美妇喊话提醒对方注意爱护零件的那位笑话高手。此人还是踩坯高手，一个劳动日可以生产几百块草坯，足够盖一间房，更可贵的是每块草坯的大小宽窄高矮竟然几乎一样，像是尺子量出来的。三弟马德云，农中毕业的铁匠，知青下来之前是全村学历最高的人，很是自命不凡，常常说些不着调的隐语让别人去体会，弄得人人烦他，商量好了似的故意不呼其大号，叫他马三，意思是你小子不过是三等品，臭个甚？跟他二哥一样，马三也结巴，稍轻些。

盖房少不了铁匠，说不定什么地方需要长钉铁条之类的东西，这时就用得上马三了。跟他搭伴的是周档子，升炉打铁，马三掌钳，档子轮锤。同时盖房也需要木工，修整大梁椽子什么的，这些活归档子。门窗等细活轮不到他，那是张木匠的专利。

除了生产队派来的人，还有知青。当时在村里的知青全部参加，其实根本用不了那么多人，反正没多少事，再加上是给自己盖房，感觉不一样，所以一个不落全部上阵。他们干不了技术活，只能做小工，也就是给师傅当下手，吃苦受累的角色。

别的不说，单表付出，可以归结为十个字：盖了三间房，伤了两个人。伤者一男一女，男的史世凌，女的李止。

先说史世凌。他司职运输，从东边草场往工地运送草坯，不远，也就三十来米。工具是牛车，就是前面说的那种连轱辘都是木制的二板子车，缰绳拴在牛角根。史世凌手握缰绳，连拉带拽地把牛车弄到草场。马三暂时没有铁匠活儿，拎着把锹帮他二哥踩坯。他好为人师，见史世凌手生，便说：你不不会使使唤牛，我教你。往左走，喊嘚、嘚、嘚，向右去，喊咪、咪、咪。因为马三口吃，史世凌理解成单字，便嘚、咪的下命令，谁知牛一动不动。不不对，要连连着喊，马三说。史世凌这才整明白，于是满世界便回荡着嘚、嘚、嘚，咪、咪、咪的吆喝声。他会唱歌，男高音，底气充沛，发声科学，吆喝得格外带劲。

马三面含微笑，满意地看着他的学生。运了两趟，嫌牛车走得慢，不知道从哪儿找到一根短木棒，塞到史世凌手里，道：这这家伙偷懒，拿这这个打。见对方疑惑，便解释道：牛牛皮厚实，鞭子不不顶用，不用棒子打，它它不疼。史世凌掂了掂木棒，太重，到底没忍心下手。

史世凌把牛车停在我跟前，让我切几块半截草坯，说拐角要用。我问尺寸。他松开缰绳，双手比划长度，手中握着的木棒扬了起来。牛以为要挨打，犟劲儿突然上来，飞起后腿就是一下，蹄子正中史世凌小腿。木棒脱手而飞，他疼得一屁股坐在地上，两手紧紧抱住小腿。我扔下锹，赶紧把牛牵到一边，然后查看伤口。还好，皮肉的事，没伤着骨头。就听史世凌喊道：敢踢我，要不是反应快，腿非折了不可。他篮球打得好，是校队的，下乡后又被选中代表乌拉特前旗打比赛，这腿可重要。

我转到牛的侧面，琢磨牛如何踢人。我调整好距离，抬腿朝它踢去。脚还在半空，牛的后腿已经飞起。这下看清了，牛踢人不像马那样朝后扬蹄，而是朝侧面弹腿，幅度不大，速度极快，真想不到一向行动迟缓的以慢性子著称的老黄牛发起脾气来动作那么灵敏，出腿那么狠。

李止情况比史世凌严重，伤的是脚。她的活儿是和泥。这项工作是建筑中最累最苦的，精壮小伙子都干不动，别说女人了，而且还是知青。也恰恰因为是知青，不知天高地厚，加上好强的个性，李止才选择了这个工种。

掺杂了麦花子和麦壳的泥水格外沉重，铁锨是不顶事的，必须用三爪子才能和匀。三爪子像钉耙，只是齿少，只有三个，但要长许多，约半尺许。和泥的人有四五个，三爪子只有两把，几个人轮流上阵。不知道谁的主意，说用脚踩更省力。于是知青回屋换上雨靴，以脚代手，趟着泥水踩来踩去。村民没有雨鞋，便在外围把泥往中间铲。干了一阵，雨靴进水，脚底又湿又滑，格外难受。李止索性脱掉鞋，光脚踩泥。

李止（右一）与郭北临　1972 年 10 月

休息的时候，李止从泥水中走出。不知谁惊叫一声：李止，你脚怎么了？人们一看，李止身后地面印着一个个殷红的脚印！流了那么多血，竟然毫无知觉——水太凉了，脚长时间浸泡在泥水里，早已麻木。

是三爪子惹的祸。按规矩，用过三爪子后，必须拿到一边靠墙倚立，大头朝下钉齿朝里，为的就是避免伤人。不知道是谁，用完三爪子后，随手放在脚边，而且钉齿朝上，泥水在人的踩踏下向四周扩展，将三爪子盖住，被李止一脚踩上。由于是和泥，脚掌向下发力，钉齿入肉很深。

回到屋里，有人打来一盆清水。李止洗净脚上泥土，又用指甲把伤口中的麦壳一点点抠出来，颇有当年关云长刮骨疗毒的气概。真够吓人的，不痛吗？还真觉不出痛，脚掌仍旧麻木着，那效果跟打了麻药差不多。

由于没什么感觉，别说包扎了，连药都没上。结果到了晚上，李止发起高烧。第二天不见好转，刘黄毛套了一辆毛驴车，在郭北临的陪护下，虎子跟在后面，来到公社卫生院。这时伤口已经严重化脓，手术处理后住进病房。这才有了虎子驱逐癞蛤蟆的温暖一幕。

也就最多十天吧，一幢三间新房出现在旧屋的南边，知青住宿条件大为改善。

4. 自留地

合作化以来，土地归集体经营。为了解决社员吃菜，调剂不足，生产队拿出少量土地按人头划拨给农户，由各家耕种，种什么、怎么种均由自己做主，故称自留地。

自留地对农民生活至关重要，人人关注，所以用于自留地的是最好的耕地。小东淖的自留地，除了分散在四周的人家外，基本上集中在村庄与干渠之间地带的西北角。干渠我们前面提到过，就是那道作为小东淖西部疆界的大渠。后套水网密集，渠道纵横，分干渠、支渠和毛渠。干渠的功能是引水，解决水源问题。支渠一般也不用于浇灌，主要是送水，将干渠的水输往各个方向。毛渠才是终端，接通支渠，把水送到地里，滋润禾苗。

这块地好，不在于多肥沃，而在于盐碱程度轻微。后套土地是黄河多少年孕育出来的宝地，只是受盐碱化困扰，只要盐碱少一点就是沃土。

毛渠　1970 年 6 月

［渠的左侧（西边）即自留地］

此外这块地还有一大优势，就是近，出村子几步，跨过一道支渠即是。那时集体优先，压倒一切，社员的精力必须完全投入集体事业，剩余的才用在自留地上，所以只能在清晨出工前和傍晚收工后到地里刨弄几下，远了时间便浪费在路上了。

小东淖的自留地每人 2 分，不到 140 平方米。知青是社员，自然享受自留地待遇。最初有 6 分地，是分给黄哈尔等三人的，全部种马铃薯，后来知青增加到 19 名，总共应该拨付 3 亩 8 分地，合 2 万 5 千多平方米。

政治队长赵虎旦背着手迈开步子，以脚代尺，从南往北走一趟，转过身又从东向西走一趟，嘴里念念叨叨：六七四十二、九九八十一……他会计出身，加减乘除娴熟，很快得出结果，道：2 亩 3 分。说罢，紧走几步，一屈身蹲在地头，抬起一双乌黑的大眼睛，坦诚地望着知青代表，问：咋办？他的意思是，这片集中的自留地就剩这些面积了，如果要补足的话，就得从别的地块划分，那是非常麻烦的事。知青代表一时没了主意，反问道：你说咋办？

虎旦子吸一口气——这是他的习惯，说话前总要做深呼吸，似乎以此表示终于做出了重大决定——道：我看就这么个吧。你们城里娃娃没种过庄稼，不知道这里的难处，地多了反倒是个累，闹不好作践东西，让社员咋说？不如这样，年终多分你们点白菜土豆，够吃就差不离了。咋样？

生产队跟知青向来都是糊涂账，这次也只能这样了，否则从别的地方再划出一块地，别的不说，单是浇水都得另辟蹊径。

就这样，我们有了自留地，2 亩 3 分，1 万 5 千多平方米，比应该得到的少了 1 亩 5 分，将近 1 万平方米。这账算的，一笔勾掉小一半资源。

自留地种什么？别担心，早就设计妥当了。西红柿、黄瓜、豆角、白菜、莴笋、圆白菜、菠菜、茄子，等等，应有尽有。这么说吧，凡是当时北京市场上能够见到的蔬菜，我们都准备了种子。对了，还有莲藕，这可是稀罕物，当地人别说看，就是听也未必听说过。其中一些蔬菜小东淖也种，比方西红柿黄瓜什么的。然而那是什么品种，我们带来的又是什么品种，比较一下你就明白了。

当地管西红柿叫洋柿子，确实洋，从苏联引进。果实个头不小，颜色也还说得过去，金黄色，口感不敢恭维，肉质硬而脆，味道更差，酸不溜秋，整个一俄罗斯粗放风格。我们的呢，光听名字就震人，克里科斯大粉，粉红色，是不是比金黄色诱人？这是国际最新品种，怎么也比老掉牙的仍在蜕化中的苏联种先进。还有黄瓜，我们的叫刺瓜，顾名思义，就是瓜身上的刺多而长。刺是黄瓜品质的一大特征，夸奖黄瓜好，常用的词儿是顶花带刺，刺瓜突出的正是这一条。再看看当地货，那叫黄瓜吗？水桶腰，乌龟头，皮倒是光滑，像是西瓜，咬一口，好家伙，不用腌，已经够酸的了；哟，怎么那么牙碜呀，吐出一看，是籽粒，个个都有香瓜籽般大小，不是串种了吧？

你说，作为有见识有抱负有文化的知识青年，能容忍这种现象继续下去吗？能让那些蜕化了的杂种大行其道吗？所以我们准备菜种，不只是为了解决自己吃菜问题，同时也具有蔬菜种植革命的意义。莲藕就更不用说了，我们很是奇怪，后套水资源那么丰富，怎么就不晓得种植莲藕？这么多年了，干部和科技人员都干什么去了，失职啊。

自留地的意义非同小可，不是简单的菜地，是试验田！经济里头有政治。

我们的菜种非常可靠。知道哪儿来的吗？中国农科院，国家农业最高科学机构。丁克白的亲舅舅是那儿的骨干，我们请他帮忙，他大力支持，找到相关专家咨询，然后购买的，品种的优良性无可置疑。还有藕种，出处也不寻常，是从北京颐和园边上的荷塘里现挖出来的。陈必尹、梅山、薛蛮子找到荷塘所属生产队，人家见他们心诚，便卖给他们一些藕种——满满一大筐又白又肥的莲藕。

好不容易等到清明，我们起个大早，一个不落，肩抗铁锹斗志昂扬奔赴自留地。跃过支渠，举目四望，偌大一片地里，只有我们一家。清明前后种瓜点豆，中学生物课本里都写着，怎么就没人下地？懒了点儿吧。不管他，我们按照规划图，画线、打堰子、平整土地，然后回来吃饭。一连干了三个清晨，地里还是只有我们一家。一问，人家说还早呢，小满前后才安瓜种豆。算算日子，竟提前了一个多月！我们半信半疑，觉得当地人有些保守，便取中庸，看看快到立夏，便把宝贵的菜种播了下去。

遗憾的是，菜籽儿买少了，也就种了一亩地的样子。剩下的按照当地习惯，种上马铃薯，种子是发芽薯块，老保管王宽提供的。我们考虑不周，后悔没从北京带点优质薯种，不，应该选择这里没有的，对，种红薯，那东西更好吃。晚了，凑合着来吧，明年再说。

还有，就是那筐藕种，一股脑儿种进东沙梁中的水泡子。这东西生长周期长，要到来年春天才能收获。

就此自留地成了我们的念想，每天都有人跑到那里去侦察，我们种的哪里是菜，分明是希望，是理想，是革命。

我知道出苗没那么快，按捺着没去看，故意做出满不在乎的样子。熬到第五天头上，坐不住了，去了趟地里，光光的什么都没有。早预料到了，不过还是有点扫兴。连着去了几天，仍旧没有一点动静，不禁起急，便拨开土壤，种子还在沉睡。有社员路过，说：早哩，天凉。想想也是，这天气，绒衣还脱不下来。再等等吧。虽说如此，不祥的预感笼上心头。

这一等就是半个多月，小满都过了，已经阳历五月中旬，地里还是一片沉寂。不祥的阴影日益加重，要糟。又过了些日子，别人家的豆子都出齐了，我们地里的马铃薯苗也探出了头，菜地依然空空，连落在上面的阳光都显得比别处清冷。

完了，这下完了；失望，彻底的失望。败局已定，心里透凉，从里凉到外，从上凉到下，整个人都凉了。

凉带来的是平静，热度消退，把人带回现实。没了念想，也没了各种乱糟糟的分析和判断，剩下的只是接受现实的无奈。

种菜的事也就没人提起了。自留地似乎成了忌讳，路过都绕着走。

不过还有一线希望，就是种在东沙梁水泡子中的莲藕。很快这线希望也断了，水面空空荡荡，五月是这样，六月、七月仍是这样。有人下去摸过，底下什么都没有。我们宽慰自己，说八成是让哪个馋嘴的半大小子偷偷挖出来吃了。

六月初大家相约去自留地。土豆长势不错，墨绿色的茎叶沐浴在金色阳光下，分外显眼。菜地呢，很难看，基本上属于“赤地”。也不是全赤，点缀着些许绿色。近前一看，是菜！大喜，终于有成果了。

仔细辨认，统共两种：莴笋和菠菜。莴笋倒也罢了，叶子发黄、打卷，病恹恹的，显然没有可持续性。大部分是菠菜，少说有二三十棵，非常有特色，植株矮粗，颜色深绿，而且——尽管不足三寸高，已喜结珠胎，一根根花梗高高挺立，上面挂满了疙疙瘩瘩的花苞。

大家把目光纷纷对准薛蛮子，吃吃笑起来。蛮子问：干、干吗？有人答：不干吗，这不就是你吗——后套小菠菜。

自此蛮子有了个“后套小菠菜”的外号。其时是 1969 年夏，他 16

周岁。按当地习惯还属于半大小子，然而已经成熟，而且是大熟。说的不是生理，而是心理，是思想意识，是人生经历，是社会经验，是文化知识，他在这些上面，丝毫不输于我们这些20岁露头的大后生和大女子。

这就是我们的自留地。蔬菜绝收，马铃薯拉了三毛驴车，大概一千余斤，相当于本地产量的一半。幸亏蔬菜种子带得不够，否则将全军覆没。

自留地的第一次收获 1968年9月

（杨继红与黄哈尔）

再也没人提种菜的事了。自留地也不种了，这块伤心之地使我们认清了自己，不再盲目自信。自留地性质不变，仍旧自留，但交给生产队代耕，全部种土豆，最多到时候我们出个人浇浇水。

5. 学习

我的读书生涯开始于小东淖。

不光我，其他人也一样。倒不是插队促进读书，也不是农村提供良好的学习环境和氛围，主要是年龄摆在那儿，我们恰逢求知欲最强的人生阶段。

别人不说，谈谈我自己。

可分为主观和客观两个方面。主观其实已经涉及了，青春年少，想读书，用知识充实自己，虽然是主要方面，但确实没多少可讲，主要谈客观条件。

条件就一个，这里书多。

书我自己带了一部分，主要是思想理论读物，不多，20 多本。第一年只有我、黄哈尔、郭北临三人，全部书加在一起，不超过 50 本，还有不少是重复的。我们白天劳动，晚上读书，翻来翻去，书都快翻烂了。

读书只是学习的一种形式，另一种经常的形式是交流，大家坐在一起，畅谈自己的读书体会，互相汲取营养。同时还通过信件往来扩大交流面，从远方的同学那里获得更多信息。这种方式往往比一个人闷头看书的收效更直接更深入更快速，因为是集众人之力，借他人之智慧。

郭北临　1971 年 10 月

大量接触书籍是第二年，也就是大队人马汇合后。他们带来的不光是澡盆、鸽子和人气，还有书。薛蛮子竟然带来了两个书柜，里面满满的全是书，足有300余册，而且都是阅读价值极高的书，可以说册册是精品。

这些书可以分两种。一种是公开出版发行的书，新华书店有售；另一种是内部书，不上市，只提供给一定级别的干部和有关专业人员阅读，因书皮通常为黄色，无图案，只有光秃秃的书名，俗称黄皮书，有时亦以灰皮或蓝皮包装。

第一种书籍可分为以下几类。一、思想政治类。主要是苏联斯大林时期的出版物，如《联共（布）党史》《政治经济学教科书》《辩证唯物论教程》等。其中的党史有印象，小说《钢铁是怎样炼成的》里面有个情节，主人公保尔刻苦学习理论，在党史方面进步尤为突出，辩论中击败了对手。二、传记纪实类。主要是共产主义运动的领袖级人物的评传，如梅林的《马克思传》《斯大林评传》等。纪实类主要以苏俄革命为题材，如《震惊世界的十天》《黑面包干》；还有“二战”题材的，如《第三帝国的兴亡》；也有关于中国的，最著名的就是斯诺及其夫人的《西行漫记》和《续西行漫记》。三、小说类。几乎都是世界名著，俄国及苏联时期的、欧美的都有。

给我触动最大的是三部小说。一部是托尔斯泰的《战争与和平》。刚拿到这本书，还以为是政治读物，讲“二战”什么的，翻开一看才知道是文学作品。读了第一页便放不下手，一页页翻下去，直到天明，深深地被托翁的宏大叙事和人物命运所吸引所感动，也才知道什么是小说。一部是杰克·伦敦的《热爱生命》。陈必尹告诉我，病床上列宁就是在夫人为他诵读这本书中安然去世的。读罢，我明白了人决不能轻易放弃，必须在抗争中打造自己的命运，哪怕拼了老命也在所不惜。一部是梅里美的《嘉尔曼》（改编为歌剧《卡门》），同时编进去的还有他的另一名著《高龙巴》，让我领略到了主流之外的另一种人物和另一种生活，令人悠然神往。

当我进入大学，同学们恶补外国文学而刚刚入门的时候，老哥我先走一步，早就出师了。

第二种书籍最珍贵。这种书不要说乡下，就是图书馆也见不到，那里不一定有，就是有，人家也不借给你，因为你不够资格，你是几级干部？你是研究这个问题的专家吗？所以能在小东淖看到这种书真是大幸运。

内部书主要是两类。一类是理论性读物，对我们思想的震动是巨大的，甚至是天翻地覆的。另一类是小说。都是当代的，如苏联的《带星星的火车票》，美国的《麦田里的守望者》《在路上》等。至今我还记得《带星星的火车票》中的一个情节：几个莫斯科时髦青年乘坐火车旅行，在一个小站倒车，当地青年见他们奇装异服，惊道：看啊，这是哪路的雁呀。还认识了一个城市塔林，海边古堡森森，影影绰绰。美国的小说使我知道了一个新的社会族群“垮掉的一代”，对这种文化深感兴趣，后来我涉猎现代外国哲学就是由此而引发。

所读的这些书中，有一本不可以不单独谈，就是俄国的车尔尼雪夫斯基的《怎么办》，体裁是小说，但大家都当思想理论著作来读。可以这么说，当年对青年的影响，没有一本书，不管是哪个方面的书，能够超越它。

这本书的核心价值观是合理的个人主义。就人性而言，任何人都是从自己出发，必定导致人际关系紧张，从而阻碍个人目标的实现，只有在一种条件下这种情况才能避免，即同时关注他人的要求和感受，通俗地说，就是在实现他人利益的同时实现自己的利益。这种做法超出了人的生物性本能，是理性的，故称合理的个人主义。比如，书中设计了这样一种夫妻日常相处情景：妻子与丈夫各居一室，想见对方必须敲门，获得允许方可进入，这样呈现在眼前的永远是令双方心仪的最佳形象，而胡子拉碴、头发凌乱、憔悴疲惫、愁容满面的丑态永远退到幕后。这意思是说，你要想自己有个好心情，一定要取悦他人，他人高兴，你才能高兴，由此你追求个人快乐的目的才能够实现。这里的重心是个人而不是对方，但取决于对方。

这种价值观极具魅力。“文革”及其之前的思想革命化时期，我们接受的是毫不利己专门利人，心中只有集体而无个体。现在堂而皇之地提倡个人，是颠覆性的，同时又不极端，给他人留下了空间。这里有人性有理性，有现实有理想，而且协调得非常好，加之生动的小说笔法，人们一下子便被征服了，或多或少地成了合理的个人主义者。

这在当年意味着什么？觉醒！政治上的集体主义实质上是蒙昧主义，即无条件地服从最高指示，个人主义击破了这层坚硬外壳，放进一线光亮，人们开始从自己的方面进行思考和认识，关注个人命运和国家的未来。

说小东淖为学习提供的客观条件好，仅仅是就书籍而言，其他方面则很差。时间就不用说了，白天下地，只有夜晚可以利用。看书要借助光亮，灯便成为首要物件。时属农业社会，没有电，只能人工照明，两种，一是蜡烛，一是煤油灯。蜡烛太贵，一根要 6 分钱，最多燃烧 3 个小时，用不起。只能用煤油灯。这种灯玻璃质地，下边是个鼓肚瓶子，盛煤油；中间是灯嘴（俗称蛤蟆嘴），安放灯捻，一侧装有轮柄，用于调节灯捻长短；上边是玻璃罩，细细高高的，起遮风排烟作用。

这种油灯是最理想的照明设备，只是太费油，移动也不够方便。那时没有高脚桌子，用的是炕桌，得盘腿坐。知青腿硬，坐一会儿便麻了，再说小小桌面也容不下几个脑袋，只好打游击，或者趴在炕沿，或者倚着被垛。于是便出现了煤油灯的简易版，即用墨水瓶做的灯。这种灯前面提到过，就是村民用羊棒吸烟所借助的灯具。它的灯捻细而小，点燃后豆大的火焰在黑暗中闪烁。

它的亮度有多大？不妨估算一下。一只 15 度的电灯泡发出的光亮相当于 15 支蜡烛，而墨水瓶油灯最少也得 10 个才能顶一支蜡烛，就是说需同时点燃150个油灯方可大概取得15度电灯泡的效果。所以在这种油灯下看书，一定要取最近距离。何为最近？以不烧着书不燎着眉毛头发为准。用了这种灯，第二天醒来鼻孔一准是黑的。都说今天雾霾厉害，那个时候我们吸进肺里的油烟一点儿也不亚于今天。仅此而言，可以说是舍命读书了。

书读得苦，收获也大。后来也没断了读书，但数小东淖时期最富生机，那是开蒙，面前豁然打开一个大世界，有如生命再生。

这里说的学习，是就书本而言的狭义上的学习。其实插队生活本身就是学习，农村对于我们这些城市生城市长的孩子来说，就是大课堂，是与书本完全不一样的课堂，可以说这里的一切都是新的，我们学习劳动，学习社情，学习生存能力，学习为人处世。正是在这种艰苦生活中，我们走进社会，迅速成长起来，书写自己的人生。

姜克敏

姜克敏　1969 年 5 月

姜克敏（男），北京农大附中 66 届高中毕业生

我与前旗

先说说我为什么到小东淖？又是怎么去的？

1968 年末，学校开始动员上山下乡。许多同学选择去东北或内蒙古的兵团，觉得那里好歹是国营单位，吃喝住都有人管。军代表对我说，你名声太响，兵团不要你，怕你到人家窝里拉帮结派，捣乱破坏，到时候谁管得了？我看你还是去插队落户吧。得，没辙，我只能到农村。

当时农大附中的主要方向是东北农村，阿荣旗那一带，太远；同时混合编队，不管是不是合得来，都分到一个村过日子。正犹豫间，猛地想起李小东，干吗不去找他？他在内蒙古乌拉特前旗已经干了一年，打下了基础，据说那地方还不错，离家也近一点。又想起他曾经在信中诉说，在一批下乡的北京几十个中学生里，他们三个是少数派，遭到其他人的围攻。不行，我不能看着自己兄弟受欺负，得去给他做劲。就这样，我形成了前往小东淖插队的意向。

我把这个想法跟均田说了，同时也告知一些关系比较密切的朋友，大家都觉得这个主意不错。均田认为事关这么多人的前途命运，应该谨慎行事，先进行实地考察。于是均田、我还有史世凌前往小东淖，扑了个空，黄哈尔、郭北临回北京了，李小东被抽调到别处搞运动。我们在村子里看了看，还行；均田又设法找到李小东，匆匆见了一面，便把事情定了下来。随后我们找到乌拉特前旗革委会安置办公室，说明来意，遭到拒绝。正失落着，半夜被锣鼓口号声惊醒，原来是庆祝毛主席最新指示发表。那天是 1968 年 12 月 21 日，语录是："知识青年到农村去，接受贫下中农的再教育，很有必要……各地农村的同志们应当欢迎他们去。”第二天一早我们又去安置办，他们态度大变，表示热烈欢迎。

天时、地利、人和，都占全了，不到小东淖都不成。

我和均田是真心实意地在小东淖落户，做好了在这个地方待一辈子的思想准备。理由很简单，当时的口号是：我们也有两只手，不在城里吃闲饭。城里没有工作的人到农村去是大势所趋。况且我俩条件并不优越，我家庭条件一般，均田遭受迫害，我们看不到还有别的出路，只能铁了心在农村生活。所以我特别注意跟老乡搞好关系，下乡时带的一些糖果，差不多都拿出来跟他们分享了，我不抽烟，但衣兜里总装着一包香烟，聊天时一根根敬给众人。我从来就没有看不起农民的意识，打心眼儿里觉得他们跟我们一样，当然也不存在比农民低一头必须接受改造的意识。由于真心来往，平等相处，我很快融入新环境中，心情豁然开朗，比过去要舒畅得多。

姜克敏　1969 年 5 月

农民的生活很苦，农活很重，我那么强壮的身体也时常感到吃不消，要是能够有一份相对轻松的工作就好了。可巧大队盖房，向各个生产队摊派劳力，指明要个儿高的——人站在平地往屋顶送泥，个子高的要方便一些——我和天安个子高，被挑到大队做小工。没几天我们跟大队干部就混熟了，无话不谈。大队会计叫郝海仁，20 岁露头，一张嘴跟他腰间挂的那串走哪儿响哪儿的钥匙一样，就没有消停的时候。那天干活休息时聊天，他说咱对你们北京知青那么好，你们就不能做点贡献？问应该做些什么？他说咱缺的就是拖拉机，你们帮咱买回来吧。我跟天安对视一眼，说可以问问。他当即带我们到办公室，用那部手摇电话机接通邮局，叫通天安母亲的电话。那头一听是儿子的声音，别提多高兴了，思儿心切，没说几句话便答应想办法，要我们赶紧回京。

我们拿到了铁牛 55 型号的拖拉机指标。大队革委会主任陈仓从各队集资，在我们的陪同下，顺利办成了事。回来后论功行赏，决定把我调到大队开拖拉机跑运输。开始我当助手，师傅叫王凤亮，农校毕业，家是小东淖北队的，人很和气，脸上总挂着笑，工作踏实肯干。我很快掌握了技术，成为一名合格的农村拖拉机手。在大队当司机的日子里，我受到了各方面的深切关怀，认了一个五保老汉做干爹，也算是工作之外对当地的一种报答吧。

我的原则是，人敬我一尺，我敬人一丈。不光大队的人、小东淖的乡亲甚至其他村的社员，只要提出要求，我尽量帮忙，一心一意，全力以赴。那个时候商品经济不发达，交通落后，想买件合意东西挺困难，司机开车到处跑，老乡常常托我捎带东西，我就没有拒绝的时候。最可观的是从北京回来（多数是乘火车），紧俏商品、药、结婚喜糖、服装、毛哔叽灯芯绒等时兴布料，每次都是大包小包，最夸张的一次竟然随身带回一麻袋尼龙袜子，而自己的物品却一再压缩，减到不能再减了。心肠越热越是受累，大家都知道姜克（人们对我的简称）办事实在，托我买东西的人是越来越多，我的包袱也越来越重。

1970 年，在李虹的帮助下，给公社买了辆 130 载重卡车，我也就随之调到公社当汽车司机。此前，公社的一些职工听说这件事，兴奋之余却生出排斥心理，因为自己想开车，便想方设法阻挡我上调公社，一时反对声四起，舆论对我非常不利。

公社革委会主任叫鲁荣，解放初期参加工作的干部，有文采，为人正派，政策水平高，原则性强，同时很重人情，不仅认为应该多劳多得，而且主张择优上岗。在他看来，不管是谁，本地人也好外来户也罢，只要出了力有贡献，就应该受到同样待遇，这里最主要的是贯彻公平原则，同时比条件，思想好文化高的人优先。汽车是姜克敏买回来的，贡献在众人之上，他一心为公，正牌高中毕业，文化水平比竞争者高，所以他当司机理所当然。鲁荣是第一把手，掌握最后决定权，经他拍板，我调到了公社。

我有自知之明，面对复杂的人事关系，加之自己毕竟资历浅，同意从学徒干起。其实我的技术水平并不比公社那些司机差，学习能力更是超过他们，但我仍旧虚心向他们请教，人再能干也有不如人的地方，这么做不只是尊敬对方，对自己的进步也大有好处。遇到师傅们不懂的地方，我时不时也提示一两句，当然得掌握好火候，尽量做到不知不觉。就这样我很快化解了最初的矛盾，受到了大家真心实意的欢迎，成为他们之中的一员。从此我不再被视为外人，而是被当成谁也离不开谁的自己人。

在我到公社之前，女友李均田已经在公社工作了。她是乌拉特前旗所有下乡知青中唯一的大学生，于 1970 年初抽调到公社当播音员，同时兼任采访工作。1971 年我们结婚，公社拨出一间屋子做新房。我们

姜克敏（前排左一）与长胜公社职工　1972 年

的家也是全体小东淖知青的家，他们常常来公社，在这里吃在这里住。我们虽然依旧生活在农村，但比插队之初强许多，更比其他知青的处境好很多，我们非常知足，充满了感恩之情。我们没有别的，唯有以更大的付出加以回报，无论是公社职工、当地老乡还是其他生产队的知青，对我和均田都充满好感，我们过得很舒心很踏实。

当然我们的日子并不永远都是阳光，也有阴雨。最让均田受怕的一次是我出车包头回来的路上。那是盛夏的一天，格外闷热，那时没有空调，快把人烤熟了。我们几个司机把车停在路边，钻出驾驶室乘凉。旁边有一口井，凉气丝丝，大家围着井说话。有人说下面更凉快，可惜下不去。我说想下去就能下去。他们说我“喝砣”（吹牛皮）。我这人最经受不住激，一激就来真的。我说你们信不信，我这就跳下去。他们摇头不信。说时迟那时快，我一迈腿就跳了井，“扑通”一声，落进水中。本以为水没多深，不想一下子没过头，一个劲儿往下沉，糟了，这下糟了。正慌着，脚触到了底，奋力一蹬，迅速上升，头露了出来。我长舒一口气，没事了，因为我会游泳。真要感谢学校的体育课，响应毛主席号召开设游泳训练。我一边划水一边朝上看，井水冰凉刺骨，滋味不好受。几个同伴一看我来真的，吓坏了，立即跑回汽车，取来绳子，从井口垂下去，大呼小叫地求我赶紧上来。我抓住绳子，升上地面，告诉他们，下面水很深，有三四米，确实凉快，非常凉快，凉快得直打哆嗦。

均田知道了这件事，非常生气，好一顿数落。我错了，我现在不是一个人，有老婆有家，还有亲如兄弟姐妹的小东淖朋友，我不属于我自己，我应该也必须对大家负责。

我与均田于 1976 年 1 月调回北京，在长胜公社生活了近六年；加上我在小东淖和先进大队的一年多，总共下乡整整七年。小东淖知青中，我们俩是最后离开公社的。回望这七年，感慨颇多，总的说来，乐大于苦，得多于失。我要诚心诚意地说一句，感谢生活，感谢大家，感谢均田；特别是要感谢天安和小虹，没有他俩的无私帮助，我当不上司机，改变不了命运。

回到北京后，小东淖和先进大队的乡亲，长胜公社和乌拉特前旗的职工依然时不时地找我帮忙，我牢记这块热土的养育之恩，可以说有求必应，无私奉献。特别是上世纪70年代末，长胜公社王广和村一对新婚夫妇煤气中毒，我想方设法联系北京设备最好的医院，把他们从死亡线上抢救回来。

在全国改革开放深入进行的大形势下，乌拉特前旗的发展也很快，急需加强与外界的联系。旗政府找到我，提出由我负责与北京各方面的协调工作。我想这是我回报当地的一个绝佳机会，同时也可以发挥我善于交际的特长，充分利用现有的人事资源优势，便愉快地接受了邀请，于2004年调回乌拉特前旗，任旗政府办公室副主任兼驻京办事处主任。

尽管时代变了，但我不改初衷，依然以当年的信念全心全意为乡亲们办事，解决他们的实际困难；以当年的态度竭尽全力工作，努力发展地方各项事业。仅就招商引资而言，直接经我手办成了两个企业，不光促进了经济发展，还安排了包括小东淖乡亲在内的农民在城镇就业。

类似的事情很多，说不过来，省了吧。

最后我再说一遍：感谢生活，感谢大家，感谢天安、小虹，感谢均田。

郭北临

郭北临　1972 年 10 月

郭北临（女），北京师大女附中 66 届高中毕业生

我的插队经历

1967 年 12 月 15 日，我和黄哈尔、李小东在北京站登上西行的列车去内蒙古乌拉特前旗插队。

在这之前，我在校园里遇见了哈尔，她说：内蒙古来人招收到农村插队的中学生，我想去，你去吗？我当时是一个思想激进且激情的青年，就不假思索地说：去！当我把决心告诉父母时，他们惊讶并担心，但尽量平静地对我说：农村很苦，你这一去可能是一辈子就回不了北京了，你是否再考虑一下？我说：走毛主席指出的知识青年和广大工农群众相结合的道路怎么能考虑个人利益？他们顿时无语，只能默默地帮我整理行装。

和我们一起同行的还有其他学校的学生。我们这行人是“文革”期间主动要求插队的第二批北京知青（第一批是 1967 年 10 月走的）。离开北京的那天，当我把行李放进车厢后，往窗外一看，眼前竟是黑压压一片，来了那么多欢送我们的同学，甚至还有我小学的同学（真不知道他们是怎么得到消息的），同学们有鼓励我们的，有说向我们学习的，有说要追随我们的，场面十分热烈，我当时好激动……然而，就在火车启动的一刹那，我突然泪如泉涌，难过极了，火车还没出丰台，我已开始想家、想同学、想北京了。我就这样几乎一直流泪到呼市（呼和浩特），过了呼市我的心才开始平复。

到乌拉特前旗后，我们三人与一些人被分配到土默淖村。当晚大家就开始讨论起劳动所获的分配方式，多数人都表示我们是为实现共产主义而奋斗的，现在就应做“各尽所能按需分配”的共产主义分配方式的先驱。由于我们与他们的见解不同，和他们又不是一派的（“文革”中学生分不同派系，现在都是朋友了），总觉得无法容身，就向公社申请到别的生产队落户。在一个傍晚，我们仨跟着刘黄毛大爷的毛驴车（车上放着我们的行李），迎着一轮夕阳走进了小东淖南队安顿下来。1968年底，我们的同学、朋友 23 人投奔小东淖。我们分南北两个队，开始了大家庭式的劳动生活。

我们落户的河套地区在黄土高原上。黄土高原真是又黄土又辽阔，黄色的土地，黄色的土坯房，还有大片的盐碱地，这里根本看不见石头和砖块。我们这儿地广人稀，那时候北京郊区的耕地人均 6 分，我们这儿人均 7.8 亩，光自留地每户每人 8 分，单身汉每人 1 亩。我们的主要农作物是小麦，生产队也种些高粱、玉米、黄豆、黑豆、蚕豆等，但都作了牛、马大牲口的饲料。民谚曰：“黄河百害，唯富一套。”河套地区没有什么大灾，基本旱涝保收，虽然这儿的单产低（因缺劳力），只有百十来斤，但广种薄收，年年都能按时足额地向国家交公粮。村民告诉我们，三年自然灾害期间，因歉收，全国都在挨饿，有些地区还饿死了人，而我们这里仍是丰收在望，可也挨饿，因为征缴公粮的数量提高了不少。很多社员饿得干不动活儿了，只能躺在地头，身旁麦浪滚滚，摇曳着黄灿灿的麦穗，却没有一个人偷割生产队的庄稼。

在村里，我们跟老乡一样，每日到地里劳作，收入也和老乡一样根据每天劳动的数量质量记工分，到年底生产队把每人全年工分的总数折合成下一年度的口粮和少许现金发给大家。村里的男劳力每天能挣 9 或 10 分，妇女们也能挣 7 或 8 分，而我用尽了洪荒之力也只是挣 4 分的水平。但那时工分的评定方式是“自报公议”，社员们评议我虽然速度慢，但劳动态度好，非常认真，草锄得很干净，也有给我评 5 分甚至 6 分的时候。

在地里干营生对我们这些城市长大的青年学生来说真是很辛苦，但最累的莫过于割麦子。每年的 7 月 20 日到 8 月 1 日这十天必须把麦子抢收下来，打成捆儿，运到打麦场垛好。提前一天收割，麦子没熟透，到第 11 天一准儿下雨，没有收完的麦子就会发霉烂在地里，辛苦一年的收成就大打折扣了。

割麦子的日子里，每天凌晨 4 点，生产队长天喜哥就会使劲敲打村中央一根木杆上挂着的一块厚铁片并大喊着“动弹了”（干活儿了），我们迅速从炕上爬起来，拿起镰刀，跟老乡们一起顶着月亮到地里开始了一天的收麦，到晚上 8 点多钟才能收工。那十天是我们这个地区一年里最热的时候。白天烈日当空，我们弯着腰一把一把割着望不到头的麦陇，头上汗如雨下，时不时流进眼睛，大颗大颗掉到地上，身上汗流浃背，每人的衣服都印上了片片白色的盐渍（汗渍），一不留神，麦秆会扎破我们的手，镰刀会划破我们的脚脖子。为了抢时间，我们很少能直直腰喘息一下，只有吃饭的时候（每天两顿由生产队派人做出送到地头）才能歇息四十多分钟。

插队第一年的第一天麦收，我累得浑身酸疼，像散了架一样，我拖着疲惫的脚步回到知青屋，以为一上炕便会倒头睡去，谁承想，我在炕上辗转反侧就是睡不着，原来我是累过了头，精神极度亢奋，我瞪着眼挨到第二天凌晨又照样去割麦了。当天晚上我还是翻来覆去睡不着，急得都快崩溃了，心想我的神经是不是会爆炸，那样我就精神失常了。后来理智上来，我想不要紧张，必须心静，慢慢地到了凌晨，我开始有些迷糊了，但就在这时，村中那清脆的铁片声和天喜哥洪亮的喊声又响起来，我只好挣扎着爬起来开始第三天的割麦。到了这个晚上，我已经整整三个白天两个晚上没有睡着觉了，那可是 60 个小时呀！这个晚上我很耐心地让自己放松，到了半夜我终于睡着了。到第四天凌晨，我虽然只睡了三个来小时，但已精神大振。白天坐在地头吃饭时，望着眼前无边的麦田，心想这种或骄阳似火或披星戴月，每天只睡四五个小时的日子还得再熬六天多。我突然感佩起古人能用那么简约平实的诗句却那么形象真实地写出了劳动的艰辛：“锄禾日当午，汗滴禾下土。谁知盘中餐，粒粒皆辛苦。”

今天，当我回忆起这些经历，多么希望现在的年轻人能继承前辈珍惜物质、勤俭节约的美德，多么希望我国人民能像发达国家（他们比我们富裕得多）的人民那样具备节能减排过低碳生活的观念，给我们的子孙后代多储备些能源和生存的条件。

我们刚下乡时，也是雄心壮志想干出些什么。看到村里只有小子们上学，女子们都没有读书，就想在知青屋办一个每星期两个晚上的扫盲民校。我当时还写了一段文字记录那时的情形：“民校的成员基本是女孩子，大多为 12 到 15 岁……开学第一天我去通知三白脸（一个女孩的名字），白脸的哥哥栓柱告诉我，由于他们的妈妈不在，白脸要看家。我说希望栓柱能让白脸一次，给她出来学习的机会，栓柱同意了。当我们把这个决定向白脸说明时，她却坚决拒绝了，甚至不肯听我们继续说下去，这样的事对她来说简直是不可想象的，什么时候有过这样的道理，妈妈不在，不是女孩子在家，而是男孩子来管？”“教课的时候，这些女孩子们总是很不好意思，怕写不好让别人笑话，这极大地阻碍了她们的进度，只有奴女子（一个女孩的名字）说：‘要是我会了，干吗还来学习！’”

民校开课时，村里很多人围着知青屋看新鲜，好多五六岁、七八岁的小子们还拍打推拉我们屋的门，想进来一探究竟。我们出去管也没人听，突然有几个女孩冲出屋外大喊着“舅舅、舅舅别闹了”或“叔叔、叔叔快回家吧”。我一愣，原来在农村严格按辈分称呼，即使你比长辈大十几、二十几岁，也不能直呼其名。看到女孩们一边叫着“叔叔、舅舅”的一边训斥驱赶他们，我简直乐不可支。

然而好景不长，女子越来越少，最后索性一个都不来了。她们临走时十分不舍，说是特别想学写字，学文化，但父母就是不愿意，因为他们白天要干生产队的活儿，晚上父亲要侍弄自留地，母亲要做饭、喂猪，而女子必须帮助干家务带弟妹；而且当地观念认为，女人的本分就是生儿育女，传宗接代，要文化干吗？闹了半天，民校开办初期来的那些女孩子其实是她们的父母给我们知青的一个面子。

虽说那时农村贫困，却有着城市里看不到的美丽景色，为此我当时也写了几段日记："这些天我看白菜、蔓菁，今年我们这里的秋天不太冷，只是树叶有些黄了，我望着广阔的河套平原，大片的绿油油的菜地，蔚蓝的天空和内蒙古高原独有的变幻无穷的白云。傍晚的时候，远处村子的炊烟把整个村庄都笼罩了，而且烟不知道怎么都往下走，就像大地铺满了轻薄、洁白的云。我的眼前只有三种颜色，绿、蓝、雪白，间或有一些黄点，眼前是怎样的开阔，我的心境也变得多么豁达、明澈。""内蒙古的天空确实是广阔和奇特的，云彩是变幻无穷和美丽的，尤其是傍晚，在落日的余晖中天空的色彩丰富极了，北京从来见不到这样多的色调，谁见了都会赞叹起来。我常常长久地看着天，那大朵大朵的云并不是贴住天而是悬在空中的，层次特别多，立体极了，有时从窗口望去，那被窗户打开的部分就像是一幅风景画，不管是一堆一堆的或是纵横刷下来的云都和画上画的一模一样，那太亮太洁白的云朵，我竟然觉得它是假的。虽然生活是艰苦和孤寂的，但我们仍然喜爱着每一个清晨。"

部分女知青　1970 年夏

（左起：付冬冬、苏北雁、李止、郭北临、李虹、谢安娘、李均田、陈必尹）

是的，在农村，生活和劳动确实是艰苦的，但我们小东淖插队的伙伴们始终怀有一颗浪漫和坚定的心。劳动之余我们会进行“烈日下的远足，饕蚊中的赏月，驴圈外的散步和牛粪堆旁的歌唱。”（见我日记）我们用《送你一朵玫瑰花》的曲调填上新词唱出我们苦中作乐的幽默。第一段唱道：不是我呀不爱你，因为你是插队的，插队的生活没保障，结婚以后成问题。第二段接着唱：我的要求也不高，兰陵车子罗马表，大红柜子条绒尼龙袜，还有一件绿毛衣。

那时我们快把《外国民歌二百首》翻烂了。我们最爱唱的是苏联歌曲《歌唱动荡的青春》，歌词五段：

1. 时刻挂在我们心上，
是一个平凡的愿望，
愿亲爱的家乡美好，
愿祖国呀万年长。
……
2. 哪怕灾难接着灾难，
也不能叫我们颓唐，
让我们来结成朋友，
我们永远有力量。
……
3. 只要我还能够行走，
只要我还能够张望，
只要我还能够呼吸，
就一直奔向前方。
……
4. 就像每个青年一样，
你也会遇见个姑娘，

他将和你一路前往，
勇敢穿过风和浪。
……
5. 你别以为到了终点，
别以为风暴已不响，
快走向那伟大目标，
去为祖国争荣光。
……

每一段都有副歌：

听，风雪喧嚷，
看，流星在飞翔；
我的心向我呼唤：
去动荡的远方。

这首歌唱出了青年人的豪情、对祖国的忠诚和奋斗的决心。我们把这首歌定为我们的“淖歌”，即我们小东淖知青的标志性歌曲。现在每当我们唱起这首歌，就会回忆起那段插队经历以及带给我们的锻炼和教益。

谢安娘

谢安娘　1970 年 8 月

谢安娘（女），北京师大女附中 67 届高中毕业生

开学啦

提起插队[①]，是一个说不完的话题。近5年的小东淖生活，让我有两大收获，一是结识了那么多胜似亲人的兄弟姐妹；二是开启了我的终生职业——教师，从此，踏入了我为之献身的教育事业。

杨继红（第一次到小东淖） 1968年9月

① 我到小东淖插队，纯属友情。因为我和杨继红在广州八一中学上初中时就是同班，到北京师大女附中还是同班，另外我俩的父亲还是老战友，所以我们关系非常好。她曾到小东淖考察过，回京后一个劲儿地动员我去，当我得知还有女附中的同学李止和陈必尹也去时，觉得还不至于人生地不熟，故而下定决心跟她们一块儿走，这才有了那段令人回味无穷的插队经历。

当老师，是我从小的愿望。倒不是觉得这一职业有多么高尚才想当的，而是觉得老师挺威风，吆五喝六的。没想到的是，长大后居然在插队的农村开始了我的教师生涯。

大约是1971年初的一天，一位长得较为白净、五官端正、身高偏矮、胖瘦适中、头戴蓝帽、上身穿着有些发旧的蓝色制服，干部模样的男子来到咱小东淖，就在做饭那间屋，说起了公社需要老师的事。当时咱这帮人里有不少都回北京的家了，村里没剩几个，我记得那会儿屋里还有李止和北临。那个男人用当地话先介绍自己是公社学区的一把手，姓李，接着叽里咕噜说了半天，无非是说当地如何如何少文化，学校如何如何缺老师，又如何如何需要你们这些具有高中文化水平的知青；然后许诺，先当代课教师，以后可以转为国家正式教师。我一听这些，觉得挺合心意的，而且他还说，就在咱村办一个小学，这更让我心动，于是我当时就同意了。至于李止和北临怎么没走我这条路的原因，我记不清了。但她们也是歪打正着，都上了大学，而我却因为是公办教师身份不能离开学校，失去了与她们一起上大学的机会，这是后话。

小东淖小学是在生产队长狄天喜的直接参与下才建立起来的。天喜哥听说队里要办学校，积极性特别高。因为咱村娃娃上学，每天要跑几里路到公社中心校去上课，中午跑回来，吃完午饭又要再跑回去上课。一天来回四趟，家里的活儿一点都帮不上忙。村里的大人、孩子听说要在村里办学校，都非常高兴。经过一番筹划，天喜哥最后把学校位置定在了村子的最北边，决定盖一排有两间教室的校舍，因为小东淖小学的规模定为初级小学也称初小，即小学六年中的一、二、三年级，而四、五、六年级则为高小。学生们上到四年级时，就要去公社的中心小学读书了。当时咱村能够上一、二年级的娃娃不多，准备是一年级和二年级合用一间教室，同时上课，这叫复式班，即给一年级学生讲课时，让二年级的学生写作业；给二年级学生讲课时，让一年级的学生写作业。三年级则单独一间教室。所以，盖两间教室就够用了。

在天喜哥的带领下，村里忙活开了，脱坯的、垒墙的，大家干得不亦乐乎，老保管还找来做大房梁的木料。具体的盖房过程我也说不太清，反正我每天都在看着房墙在变高。天喜哥最辛苦，找人、找料，还亲自动手，那阵子，他几乎把所有的精力都投到盖校舍上去了。

房子盖起来后，要有黑板，天喜哥让张木匠做了两块一米多长的长方形板子。我跟天喜哥说板子要涂成黑的才行，但买不起墨，他想了个办法，到老乡家把烧饭大锅底上的那层黑垢刮下来，还有炕道里的黑灰也掏出来，就这样三弄两弄，白板变成了黑板。后来在使用时，木板上的这层黑一点点地被擦掉了，但比我当初想象的速度要慢。

教室有了，黑板有了，可还缺桌椅，怎么办呢？天喜哥按照桌椅板凳所需要的长度，用土坯垒出两边的土墩，然后再搭上板条，就成了学生的桌椅板凳。虽然简陋，但很实用。在我的印象里，好像没有能难倒他的事，聪明能干呀！

我忘了确切的开学时间，但一定是到秋天了。因为按照学校开学的规律，应该是每年的9月1日，作为一学年的开始。咱村一、二、三年级的娃娃不用跑公社上学了，大人、孩子都非常高兴。小东淖小学开设的课程有语文、数学、自然常识、音乐、美术、体育。我教语文、数学和

右起：谢安娘、赵玉莲、周二娥、李腊月、郭北临

自然常识，聘请李止教美术、体育，北临教音乐，就这样，学校开课了。

在小东淖小学的那段时间里，我印象最深的有两件事。

一件是关于“一放学还是两放学”之争。开学后，按常规，早晨上学，中午放学，午饭后，再上学，到下午 4 点左右放学，这叫两放学。但是咱村老乡想让娃们能帮家里干些活儿，要求上午中午连着把一天的课上完，下午就可以让孩子们干活了，这叫一放学。天喜哥找到我，说能不能把两放学改成一放学。我觉得老乡们的要求合情合理，便到公社学区找那位姓李的一把手说了这件事。

刚开始他不同意，我坚持晓之以理，但没有想去动之以情，因为我觉得规定是人为的，而办学就应该符合农民的需求，没什么情可求的。后来学区同意了小东淖小学一放学，天喜哥和老乡们都特高兴。再后来，那位学区一把手把他老婆也调到咱这所小学来教课了。

另一件事是教学质量。小东淖小学实行一放学后，学区担心教学质量能否得到保证。一天，学区来了两人，还抱着试卷，在没有提前打招呼的情况下，突然对小东淖小学的学生进行测试，说是抽查。考完的卷子由他们拿回公社中心校去改。咱村的孩子太棒了，考试成绩让他们刮目相看。正因为如此，学区一把手才把他老婆调到小东淖小学的。

不久，我被调到大队的黑泥池小学教课去了。

最让我不能释怀的是，在我被调走后，咱们知青也走得差不多了，小东淖小学由李止和北临苦苦支撑着，然而很不景气，上级似乎任由其自生自灭。每当我从黑泥池回村时，天喜哥总用满是期待的眼神看着我，用当地称呼诚恳地说：安女子，还是回来吧。此话不知重复了多少遍，每当看见天喜哥的样子，我心里都挺难受的，总好像是自己做了错事一样。有一次我建议天喜哥去公社说说，看能不能调我回村小学教课。未果，天喜哥也就死了心了。

随着李止、北临被推荐上大学，小东淖小学也就解体消失了。

我调到大队的黑泥池小学后，开始了一段新的教书生涯。

黑泥池小学是个挺正规的完小，即完全小学，也就是从一年级到六年级全有，我在那儿教五年级。在我进学校时，没人跟我说我还担任什么职务，可是那儿的老师私下里都管我叫二把手，任我怎么解释都无济于事，我只好抱着爱叫什么就叫什么的态度，只管教好自己的课，不掺和老师间的那些事。因为有人告诉我，说我到这个学校后，对某某老师准备当二把手构成威胁，简直是无稽之谈。

在黑泥池小学期间，留给我印象最深的一件事是我的摔伤。1973年初，该放寒假了，学生不再上课，但老师们还须留在学校里进行政治学习。那个年代就是这样，每当寒暑假之际，老师们都要晚放几天假，集中学习。

学生放假的第二天，学校让我到公社学区去开会，跟我同住一个宿舍的女老师说也要去公社办事，于是我俩搭伴骑车一起走。完事后已是傍晚，我俩往回走。内蒙古的冬天非常寒冷，我外出都穿长大衣，很笨重，当时骑的是男式二八自行车，上下车很不方便，经常是大衣的下摆钩住车座。我们一路猛骑，争取在天黑之前赶回学校。西北风呼呼地刮着，顶风，骑车很费劲。

天色越来越黑，当时不通电，没有路灯，那天也没有月亮。凭着路熟，我俩顺着土路前行。前方闪现出星星点点的亮光，快到黑泥池村了。这时我们上了桥，桥下是宽阔的水渠。说是桥，其实就是用几根圆木搭在渠背上，铺上木板，再铺上一层土，两边没有护栏。路面不平整，中间稍高，向两侧倾斜，有如鱼背。由于桥面不平，加之顶风，车把开始左右摇晃，我打算下车推着走。可还没等我下来，猛地，自行车前轱辘便顺着左侧斜坡滑了下去，根本来不及采取任何措施，眼睁睁地连车带人往桥下栽去。我下意识地拉长声音大叫“啊——”，声音未落，又听“砰”的一声巨响，我脸朝下，全身呈俯卧状，重重地摔到了渠底，紧接着，也就是一瞬间，“哪”的一声，自行车跟着重重砸在了我身上。

冬天的渠里没有水，渠底的泥土被冻得坚硬如铁。由于是前胸猛地拍在地面，我的第一感觉是不能呼吸了，意识极快地告诉自己，必须设法吸口气。顾不得身上压着自行车，我趴在地上极力让自己吸气。此刻同行女老师急切的呼唤声反复传来：谢老师，你在哪？谢老师，你在哪？我怎么看不见你。然而我无法应答，根本发不出声。

我用力一点一点地吸气，终于缓过来一些。我先用左手把后背上的自行车推开，再慢慢地坐起身，因为没有力气，只能微弱地回答：我在沟里。随后便听这个女老师哭腔哭调地大声问：你能爬上来吗？我说：可以，得先把车子弄上去。当我说这些话的时候，还没觉着身上哪儿疼，等我站起来，用双手去搬动自行车时，突然感到左手腕剧疼（事后回想经过，估计当时摔下去的时候，下意识地用手撑地面，由于我是左撇子，造成左手腕受伤）。

当时顾不上查看，一心只想把车子举上去，让那位老师把它拽到渠背上。自行车上去后，女老师又来拽我，费了半天劲，连拉带扯，总算把我弄了上去。

天已经老黑老黑的了，我跟女老师说赶紧走吧，她问我能走吗？我说没事。

我推起自行车要走，疼痛袭来了。先是感到左手腕阵阵跳着疼，手不能下垂，一垂下去就觉得血往下冲，手腕胀疼胀疼的。我只好把左手抬起，放在腹部，用右手推车，紧接着又觉得左半边脸火辣辣的疼，左眼皮有点抬不起来，天太黑，什么也瞧不清，那位老师也没有发现我的异常。

我俩边走边说，总算回到了学校。进屋点上灯，那位老师看着我惊叫起来：你的脸磨破了！

拿过镜子一照，好家伙，左半边脸从上眼皮一直到下巴全都血糊糊的，还沾着土。经她这么一嚷嚷，几位住校的男老师也来了。大家七嘴八舌地问情况，我顾不上跟他们多说什么，忙着查看自己的伤情，又忙着清洗脸上的血迹和泥土。由于左手腕已经肿起来了，我只能用右手拿毛巾，蘸着脸盆里的水，对着镜子，一点一点地边擦边龇牙咧嘴地倒吸气。这时，不知是哪位老师在屋外说了句：宝书记来了。宝书记是长胜公社的副书记，蒙古族，全名宝音乌力吉。

往门口一看，果真是宝书记。就听他嘴里说着“谢老师怎么啦”，人已经进了屋。我一看见他，刚开口叫了声宝书记，眼泪就止不住地涌了出来。说实话，这之前即使那么疼痛，我都没有哭，可一见到宝书记，就像见到亲人似的，一下子就控制不住自己的眼泪了。

宝书记边问情况边不时地劝我，还开玩笑说让我给我爱人打电报让他赶快来。随后他看了看我的伤，尤其是左手腕，肿得更厉害了。我告诉他第二天准备到公社卫生院看伤，他问我怎么个疼法，我描述一番。宝书记说他曾经因“内人党”冤案挨整，被造反派吊起来打，手腕骨折过，那种疼的感觉和我说的差不多，他让我晚上先忍一忍，第二天找人看看。我说想去前旗医院照张片子，他说去前旗太不方便，他负责找民间正骨高手给我治疗。我又问怎么这样快就知道我受伤了，宝书记说他正好在大队检查工作，听人讲谢老师摔伤了，就赶紧过来查看。

第二天宝书记带我去看大夫，那是一位住在离黑泥池不远的小村子里的老太太，她让我把左手掌伸开，掌心朝下，看了看又摸了摸，然后用双手捏着我的左手腕关节处，二话不说，猛地上下抖动，同时又往前拉拽我的 4 根手指。我没有任何思想准备，被她拽得身体站立不稳，疼得我大声喊叫，眼泪都出来了。之后老太太又来回捏了几遍手腕，说行了。我谢过老人，与宝书记便离开了。

回来的路上，宝书记说我手腕的小骨头都乱套了，老太太是给我复位呐。

过了两天，宝书记捎话叫我到公社去，他找人给我的手腕进一步复位。我如约前往，宝书记把我带到一个当地的土兽医那儿，指着我说：这是革命小将，你要好好给她看，听见了没有？那人毕恭毕敬地点头，嘴里一个劲儿地应道：好，好。这是我万没想到的，居然让兽医给我治手！看到宝书记那么有把握的样子，我也就不好再说什么了。这个老乡看了我的手，也是双手给我捏、揉。只治了这一次，手腕就能稍微动动了。他让我用布条把手腕缠上，还真就不那么疼了。

寒假的政治学习我没有参加，净忙着看病了。

政治学习尚未结束，我便提前回北京了。去医院拍了片子，说是复位复得还可以，真够神的！

1973 年暑假，因为李止和北临上大学走了，村里的女知青就剩下我。原来我住在黑泥池小学的时候，每个星期回来一次，还能看见她俩，就跟回娘家似的，有个盼头，现在她俩一走，心里总觉得没着没落，很是孤单。

我是国家正式教师身份，不能上大学，思前想后，决定以调动工作的方式曲线回北京。那年的 9 月，我调到了山西大同市第一中学。1975 年暑假，我调回北京，到了六里桥中学工作。后六里桥中学与太平桥中学合并，再被清华附中兼并，改称清华附中丰台学校。这都是后话。

再说说宝音乌力吉书记吧。

我一直觉得他对小东淖的这群知青又好奇又同情。我记忆里，他一有机会就到小东淖看看，跟大家聊天。一次他来了，站在房前说话。看见我，笑着问：你会洗手绢吗？我回答说：我会干的家务活儿多了。当时感觉怪怪的，我怎么会给他留下这么个印象！然而我一直不好意思问他原因。后来我受伤，他一直找人帮我医治，多亏了他的热心，否则等我回到北京再进行治疗的话，指不定是个什么结果呢。

1975 年我调回北京后，大约也就是一两年的样子，记不清具体是哪年了，当时我父亲在中央党校学习。那天他到我居住的八一电影制片厂宿舍看我。闲聊中，父亲问，你插队时的公社书记是不是叫宝音。我说对呀，您是怎么知道的？父亲说，宝书记也在党校学习，曾主动去找他，问是不是谢安娘的父亲。我向父亲大致讲了宝书记的事，父亲说，你去党校看看他吧。

一个星期六，我到中央党校去看望宝书记。党校靠近颐和园，我们一起游园。我问宝书记是怎么找到我父亲的，他说在楼道里边走边浏览房间门上贴着的姓名，看着看着，发现跟我父亲相同的名字，便敲门进去，一问，还真是我父亲。

自从那次见到宝书记后，再也没有见过他，但我这辈子都会记住他的好！

内蒙古的插队生活和教书经历，为我后来在教育战线上的奋斗，奠定了坚实的基础，这是我一辈子都无法忘怀的精彩人生！

谢安娘　1970 年 8 月

就在我写这篇回忆录的时间段里，听到天喜哥因癌症去世的噩耗，心里特别难过！别看一晃快半个世纪过去了，天喜哥的音容笑貌、举手投足都历历在目，想到他们一家对我们这些知青的热情关怀和帮助，心里总是暖暖的。

黄哈尔

黄哈尔　1969 年 6 月

黄哈尔（女），北京师大女附中 66 届高中毕业生

一个小药箱

下乡落户，我比别人多带了一样东西——一个小药箱。正是这个小药箱，决定了我一生的大命运。

药箱是师大女附中的好友王满华和杨继红准备的。那是1967年底，郭北临、李小东和我三人自愿报名去内蒙古乌拉特前旗插队，得到了许多人的关心和支持，作为共患难的好友，王满华和杨继红格外投入。

那时国家很穷很落后，农村尤其贫困，一个突出标志就是缺医少药。农民不要说看病了，就是吃片药都非常不容易。当时城市生活和卫生条件比农村要好得多，城里的学生不如农村孩子那样皮实，从城市到农村又存在水土不服的情况，况且去的还是北方边远荒僻之地，一旦生了病可怎么办？这是家长和好友们最担心的地方。大局我们是无能为力，所能做的只有从我们自身加强。怎么加强呢？左思右想，唯一可行的就是随身携带药品，以防到了那个缺医少药的地方生病无助。

王满华和杨继红是军人子女，也许是战争中养成的习惯吧，家里总是预备一些常用药，平时存放在药箱里。不知是她俩中的谁，拿出家里的药箱，几个人又四处奔走，把能搜罗到的药品一股脑儿都装了进去，交到我们手上。药可真不少，有止痛药扑热息痛，治拉肚子的药黄连素，止胃痛药胃舒平，抗过敏药苯海拉明，抗细菌感染的四环素，等等。还特地准备了外用药，如消炎粉、碘酒、红药水、紫药水、橡皮膏、纱布之类，万一干活儿伤到哪儿也有药治，不至于发炎。药箱里面居然还有一套打针器具，针头、针管、消毒盘一应俱全。杨继红说，红军时代，这个药箱里面的药够一个连队用半年。

右起：黄哈尔、杨继红（第一次到小东淖） 1968 年 9 月

我们三个人中，郭北临和李小东偏重文科，毫无医药常识，对此也提不起兴趣，我比他俩多少强点。我立即被这个药箱以及里面各种各样的药吸引住了，经琢磨和看说明书，基本知道每种药治什么病，至少知道头疼脑热拉肚子应该吃什么药，所以掌管药箱的重任自然就落到了我的身上。

谁都想不到其实我以前对医药卫生一点兴趣都没有。我从小就不愿意去医院，倒不是怕打针，而是在医院一看见病人痛苦的样子，自己不由得也会很难过，以至于一闻到来苏水味就会想到医院，想到医院里病人痛苦的样子。小时候我有病都不愿意去医院，更别说让我当医生整天在医院里待着了，因此医生这个职业从小就从我的志愿中一笔勾销。

1966 年“文革”开始前，我上高三面临报考大学，为了使我们增加感性认识，学校组织职业讲座。最触动我的是解放军军事工程学院（简称哈军工）的几个女军官，她们身着合体军装，飒爽英姿地站在讲台上，满怀激情地介绍学校的情况以及它在社会主义建设事业中的重要作用。我羡慕极了，被她们的军装和姿态深深地吸引住，毅然决然地报了哈军工。当时作为预备党员，出身学习都很好的我非常有希望获得保送。后来尽管运动打碎了这一切，但梦想仍在，想到了将来有可能会做这做那，但怎么也不会想到我这辈子跟医学能有什么关系。

药箱不大，褐色，皮制，做工粗犷，一看就是军用品。就这样我背着药箱到了小东淖，村民看见还以为来了个医生呢。

到了农村我算是体会到了什么叫缺医少药。带去的那么多药不出三个月，差不多便消耗殆尽。大部分药不是我们自己用的，记得用在我们自己身上最多的一次是李小东烧了手，手背和手腕上全是燎泡，用去了一些消炎粉和纱布，其他基本是给老乡用了。他们迷信药片，似乎也很容易闹病，动不动就头痛，要不就喉咙痛，或者浑身痛。于是今天这个人找我，明天那个人找我，都是“要一片药喝”，数全家喜来得最勤，刘黄毛女儿亮女子也不时出现。

也许是因为惯性吧，药用光了，可村民仍旧来取药，见他们满怀希望而来却大失所望而去，我坐不住了，自己掏钱去公社卫生院买药。不知不觉地，我这个自认为与医药职业无关的人竟成了村里的业余“赤脚医生”，渐渐对看病对症下药有了兴趣。后来才知道大部分老乡说头疼脑热来拿止痛片只是为了消除一天的疲劳，有的人吃止痛片吃上了瘾，不吃就难受。

其实我哪里会看病，不过是热心罢了。遇到稍微复杂的病情就查书。当时有一本书叫《赤脚医生手册》，非常实用，通俗易懂，遇到什么弄不清楚的就查书。然而有一件事我做不了，就是打针。尽管药箱里备有全套注射器械，但我不敢用，生怕哪儿不对发生医疗事故，病没治好倒把人扎伤了，为此它也就一直躺在药箱里睡大觉。直到一天看到一辆毛驴车载着一个病人往公社医院赶，我奇怪他们上午就跑了一趟怎么下午又去了？一问才知道，由于附近没人会打针，患者得去五里以外的公社卫生院。这段路对于健康人不成问题，但对病人就是老大难了，必须乘坐毛驴车去，而且还得家人陪同。一天打一针勉强可以应付，要是上下午各打一针，就必须一天跑两趟，麻烦不说，这得耽误多少工时呀。当时我就想，要是自己会打针就好了，老乡就不用这么折腾了。正巧前旗医院来了天津医疗队，他们到各个公社卫生院培训赤脚医生。生产队接到通知，自然想到我，而当初我对医药卫生工作的排斥早就潜移默化地消失了。

经过一个月的集中学习，掌握了基本必要的医学常识，也学会了打针，回来便顺理成章地成为小东淖南队的赤脚医生，也就是一边从事生产劳动一边从事医疗卫生工作的社员。

公社卫生院为每个赤脚医生配备一个药箱，白色，木制，上面漆着大大的红十字。这是我的第二个药箱。以前我是业余的，乡亲找上门来，我义务为他们服务；现在我是半脱产，有谁不合适，打发孩子来叫，别说在地里干活，就是睡下了，也要爬起来挎上药箱立即出发。

这天，我又出发了。那是 1968 年深秋的一个夜晚。全村都睡了，我也睡了。村里静悄悄的。

一阵急促的敲门声把我惊醒，听见有人喊道“哈尔姐！哈尔姐”。那股急促劲儿，不用问，一定是有人病了。我抓起上衣披上，打开门。来人是会计张海亮的大儿子，说他的小弟弟身上滚烫，死过去了。这地方把昏厥称为死过去。我连忙穿好衣服，背起小药箱出了门。外面漆黑一团，只有寒星闪烁，一阵小风吹过，我不禁打了几个冷战，跟在他后头，一路小跑到了张家。昏暗的油灯下躺着一个孩子，四肢僵硬，双目紧闭，面色惨白。家人说孩子三岁，下午就不好，晚上加重，现在变成了这个样子，人事不省。我伸手摸他的额头，烫手；探探他的鼻息，没动静，好像没有了呼吸；再拿起手臂，也没动静，摸下脉，好像也没有了脉搏。

糟了，这可怎么办？大半夜的，没有老师可以请教，也没有同行可以商量，只能靠自己了。猛地想起培训结束时，医生发给了我们每人一支针剂，叮嘱道：一旦发现病人不行了，可以打这个针，用以救命。后来才知道这是肾上腺素，有收缩血管，升高血压的作用。我当即决定给孩子打这一针。小孩已经这样了，我觉得他快死了，是该打这针的时候了。我没有一点犹豫按下针管，给病人注射了这“救命的一针”。打完针后，心里忐忑得厉害，毕竟没有见过这么重的病情，也不知应该怎么处理，真是初生牛犊不怕虎。

当时没有钟表，我就默默数数，十秒过去了，没反应；半分钟过去了，仍旧没反应；一分钟过去了，还是没反应……乱了，数已经数不清了，我望着孩子没有变化的脸，心头一阵阵起急。怎么办？我的脑子飞转着，此刻只有一条路可走，就是前往公社卫生院搬救兵，那里有天津医疗队的医生在值守。

我转身出门，直奔马棚。饲养员没等我说完，便牵出一匹马，套上笼头和嚼子，接着拿起马鞍。我说不用了，来不及了。饲养员把缰绳稳稳放我手里，在马身上轻轻拍了两下，像是嘱托。我跳上马背，飞快地出了村子。真神了，不用我指挥，马似乎知道要去哪儿，一头扎到通往公社的路上，扬蹄飞奔，只听见耳畔风声呼呼响。事后我推测，这是习惯成自然，这个方向多是去公社，如不管它，肯定是去公社。

很快到了卫生院，叫起医生，正好是那位培训过我们的天津男大夫。他一边穿衣服，一边隔着门听我介绍患者的病情和处置，然后对我说不应该打那针。这下我更着急了，马上问怎么办？这时他已经穿好衣服，开门递给我一支针剂，让我立即回去给孩子注射，我猜这支针可能是对抗那支针的。这时我的自信心完全垮掉了，觉得自己根本没有能力应对如此严峻的局面，便提出请他先去，这儿有现成的马。他望了一眼我身后的马，摇摇头，说自己从来没有骑过马，只骑过自行车，卫生院有一辆，他骑车去，随后就到。我只好跳上马先走。

其实我也是生手，没骑过几次马，这回逼急了，为了救人，顾不得那么多。幸亏这匹马稳重，安安全全地把我送到了卫生院。正庆幸着，发现前面有个岔路口，马拐上了左边的路。可我觉得它走错了，应该走右边的路。我拉笼头，它理也不理，我只好拽嚼子。笼头是皮绳做的，

黄哈尔　1968 年 10 月

套在马的嘴上。嚼子不同，铁制，勒在马嘴里，两截，分别扣住马嘴的两个边角，很痛，不由马不听话。马捯饬着步子，转到右侧路上。我松了口气，稍一放手，马又拐到左边。我又拉紧右侧嚼子，马再次掉头。反复几次，僵持不下。突然一句话在我脑子里跳了出来：老马识途。去的时候它认识路，想必回来的时候也应该认识路。索性赌一次，由它去。

我松开嚼子，马撒了欢似的狂奔，转眼就进了村子，是小东淖，没错，是小东淖。路过我们住的房子时回头望了一眼，灯还亮着，那是同屋的郭北临给我留的灯，心里涌起一阵暖意。

马站住了，饲养员接过缰绳，我下马跑回张家。只见一个满脸胡子茬的壮汉正在给孩子掐“人中”，鼻子底下的皮都破了。这个壮汉叫周三羊，生产队马倌，知道点医术。还好，孩子缓了过来，脸红红的，有了呼吸和脉搏。我拿出针剂，立即注射。不一会儿，孩子动了，接着哇的一声哭出来。我大大松了一口气，看看周围，人人都松了一口气。老天爷，吓死我了，直到这时，我才知道害怕。同时又很奇怪，孩子家的大人，包括在场的村民比如周三羊，怎么就那么信任我，前后两针，我想打什么针就打什么针。

一阵哗啦啦自行车响，天津医生赶到，检查一遍，说没事了。学医以后想起这次经历，真可以说是惊心动魄。现在看来，孩子极可能是高烧惊厥，应以退烧为主。

自此我被视为孩子的救命恩人，他家逢人就说，要不是哈尔，孩子就没命了。村民真是大度。还有那匹马。由于天黑心急，我根本就没记住马的模样，连颜色都搞不清。几天后想起它，便去马棚找饲养员。然而人换了，说前任饲养员已经举家迁回河北。我愣在当地。现任饲养员带我进马棚，挨个看了一遍，哪匹都像，哪匹又都不像。我朝它们招手，心想说不定那匹马会跟我点头，或者眨眨眼。不想马儿们一律张着大眼睛看我，纷纷眨眼。我失落极了，闷闷离去。记得看过一部苏联电影，边防军战士常常给他们心爱的坐骑喂糖，以示奖励。我也想过买一些糖，喂给马棚里的所有马——其中总有一匹马是它。但我最终没这么做，因为那是电影。

1970年底，高校恢复办学，开始试点招生，其中北京医学院是重点。乌拉特前旗分到了指标，医学院老师前来招生。因为我是赤脚医生，生产队和大队推荐我去面试。也因为我是赤脚医生，1968年夏小东淖闹副伤寒，前旗医院的医生和防疫站的工作人员来到村里，我协助工作，他们对我印象深刻，知道有黄哈尔这么个基层卫生人员，从而热情向北京医学院推荐。

面试时，老师问我为什么要学医？我如实回答，说我以前的想法是绝不当医生。老师问：那你怎么做了赤脚医生？我就讲了药箱的故事。老师点点头，让我回去安心给乡亲们看病。

我想录取可能性不大，回去踏踏实实劳动吧。没想到一周后我正在地里干活儿，突然听到有人喊我，给了我一份北京医学院入学通知书，还说让我赶紧准备一下，办理各项手续，一周后回京。就这样我像做梦

陈必尹（左）与黄哈尔　1969 年 5 月

一样成了北京医学院“文革”后第一批工农兵学员（当时叫试点班），再以后成了北大医院内科医生，再以后出国在美国纽约医学院搞科研 25 年，现在退休回国，叶落归根。

那天，在我们小东淖群里看到李小东的文章，他谈到命运，我深有同感。本来我认定自己跟医学无缘，不承想却走上了学医的道路，并以此为终身职业，而这竟然完全是因为一个小小药箱。

命运，让人怎么说呢？

梅　山

梅山　1971 年 10 月

梅山（男），北京男四中 67 届高中毕业生

记梅山

小东淖男知青来自的学校基本上不入流，李强所属的北大附中要算最好的，然而当年可不像今天这么火，也就中等偏上吧，史世凌等人的五十六中勉强可以列入中等，至于姜克敏、李小东出自的农大附中则属于末流学校，那是安顿差生和接收中考失手者的去处。唯独梅山不同，实打实的优秀生，初中就读北京男八中，高中更上一层楼，考进北京男四中。这两所学校是那个时代北京中学男生的理想之所，胸前挂这样一枚校徽，走在路上恨不得别人都请您头里去。80 年代初赴美国留学后，梅山念的也是名校，就读于哥伦比亚大学和哈佛大学，毕业后受聘于基辛格博士创建领导的咨询公司基辛格事务所。70 年代初这位博士即是梅山的偶像，现在终于如愿可以跟他一起开展研究了。

梅山的确鹤立鸡群，身量比一般人高出半个头，只是不够结实，像只头重脚轻的瓷瓶。他篮球打得好，在北京中学生里小有名气。1970 年 9 月我们逃票回京，正赶上国庆节前夕严查，在大同火车站被截获，遭到禁闭。那时动不动就专政，审犯人似的过堂，审查官是工宣队骨干和军代表。工宣队凶神恶煞咋呼一通，趁他口渴出去找水，一直沉默的军代表突然问梅山，你是不是打球的？梅山答是。那人说我看过你打球。原来他是从北京入伍的中学生。言罢起身出去，过一会儿工宣队进来喝令我们滚蛋。军人说的是前事，后来梅山在球场遭对方冲撞，狠狠拍在水泥地上，摔伤了腰，很严重，自此落下病根。个子高的人原本容易背驼，腰跌伤后他越发显得松懈，反倒更能衬托出随和不羁的气质。

球当然还要打，下乡后被选去代表公社打比赛，同去的还有史世凌和赵强，成绩相当好，打遍全旗无敌手。只是梅山上场不多，基层打球更野，他那身子骨可受不了。

这副身板用于下大田，不用说更受不了了。后套农活苦重，担杖上肩，少说一百五六十斤，而大量的营生诸如挖渠、平地、打堰子是需要挑担子的，日常生活诸如挑水之类也离不开担杖，于是经常见梅山挑着重物走来，步履沉重，摇摇晃晃，让人想起高脚天平，两个秤盘摆来摆去。如果说劳动对我们是考验、锻炼，对他则是磨难，每迈出一步都伴随着生理上的痛苦和精神上的煎熬。于是每天收工，他便面朝下趴在炕上，请人疗伤止痛，按摩已经不管用了，得来更重的，以脚代手。想想看，脚掌用力在腰椎间不住揉搓，有时百来斤重的人还要直接站在腰上，情势得有多严峻！就这样他还参加后套最苦重的劳动担大渠，那是 1969 年春夏之交在总干渠工地，挑着装满黏土的箩筐走二十多米，然后一口气冲上七八米高的渠背，提筐倒土。随着渠背渐渐升高加厚，我们也越走越远，取土地点退后到三十米开外。劳动强度多大就不描述了，单说一件事。那天我饿极了，饭没得，便跑到隔壁红光大队灶上，连着吃了人家两个大白馒头，每个足有三两多，仍觉得饿，炊事员很大方，让我再吃，但我实在不好意思吃了。

出渠工　1969 年 5 月

（右起：姜克敏、史世凌、梅山、周天安、李坚、李小东）

这种高强度劳作，梅山整整干了两年，直到1971年他当上生产队会计才终于告一段落。会计是半脱产，按规定一年至少有半年必须从事田间劳作。那时的干部自我要求极严，知青干部更是如此，多少双眼睛盯着呢。尽管还得从事体力劳动，但总算可以偷得“半日闲”，坐在办公室拨弄算盘珠子算账记账。

生产队干部属于中国最基层干部，是真正的民选，被村民戏称为“拳头干部”，意即举手表决出来的，也叫“一声雷”，众口一词“同意”，于是寻常社员便成了干部，梅山就是这样坐在小东淖队部那张唯一的两屉桌后面的那把发黑的木椅子上的。他的当选不是因为他出自名校，也不是会算账——老乡根本分不清什么四中、七中，在他们眼里任何一个知青都能胜任会计业务——而首先是人缘好，大家信任他。

人分各色，同者相吸，异者相斥，梅山亦如此，但大面上却十分平和，好恶极少溢于言表，看不到明显的厚此薄彼。农村是世代定居的超稳定社区，在血缘、婚姻以及历史恩怨诸种因素影响下，再加上现实利益作用，形成了错综复杂的社会关系网络，外人很难分清其中奥秘，往往先入为主，一脚便陷进去，结果毁誉参半，夹缠不清，搞得很是被动。梅山的一碗水端平，不是出于策略，更不是世故，而是一种本色表达，是他早已养成的习性。李坚当兵后给大家来信，对每个人留给他的最深刻印象进行概括，写到梅山，这样说：笑容可掬的脸上一团笑容。笑上加笑，由此可见一斑。

这笑是善意，是对人的尊重。不管你是谁，干过什么事，是贵还是贱，是贫还是富，都一律笑脸相待。

这种尊敬当然不仅仅停留在表面的和气上，是深入对方内心的。我这个人简单，表达自我而生硬。他劝我胸怀要放大一些，说工作要大家一起来做，其实别人的想法跟你差不多，为什么你不启发别人说出来而非得自己抢先表达呢？虽然是同一个意见，让别人说和你一个人说大不一样。

梅山（左二）与乡亲　1970 年 6 月

以尊重换尊重，梅山的真心获得了村民的真心回报，他当会计是实至名归，不掺丝毫杂质。

在非此即彼的时代，梅山却不是泾渭分明的人物。他可以做清流，但绝不清高，不孤芳自赏，不落落寡合。他可以入俗，甚至可以同流，但绝不合污，当然也不为虎作伥。总之他是那种外圆内方的人。他的容量很大。

梅山摆 Pose　1971 年 10 月

1971年新的队委会班子开始工作，先给自己立规矩，其中一项是任何情况下都不得从公款支取现金用于个人事项。运转不及一个月，生产队长狄天喜病倒，卧床不起，没钱医治，含泪提出向集体借两元钱买药。我动摇了。梅山负责财务，说规矩不可破，但人要救治，可以变通一下。我问如何变通？他说我们几个人凑。当初大家都穷，正为难着，李止家里寄来十元钱，拿出五元借给了天喜哥。几天后他起床了，正逢春耕。这件事不大，却非常关键，对领导班子的团结，对成员积极性的调动，对干群关系的和谐，对清风正气的树立都有着重要意义。

梅山有才。前任政治队长赵虎旦工作失误，导致全村缺衣少食，整建党中被延迟重新登记，几次检查过不了关，向梅山求助。梅山帮他写了份检查，底稿不知怎么落到李止手里（估计稿子是李止抄写的），被老父看到，读后赞不绝口，一连夸了三声写得好。这个评价有分量，“文革”中人人过关，干部没少写检查，他是过来人，眼睛毒，自有分辨。这份检查不消说，解脱一个生产队下台干部绰绰有余。

我见过梅山写毛笔字，在红红绿绿长条纸上写标语口号。握笔姿势与众不同，落笔也不一样，给人的感觉不是写而是画。字非常有特点，很好看。当时我就想，这个人饿不死，没辙了可以摆摊卖字。后来见到他，问还写字吗，说不写了，我遗憾了好一阵子。

梅山喜欢摄影，他家附近常有鹿出没，不想，被鹿身上的跳蚤叮咬，大病一场，无力提笔，这篇文章只好由我代笔。如果他亲自操刀，活儿一定会漂亮得多。没法子，只能这样了。

（李小东撰写）

陈必尹

陈必尹　1969 年春

陈必尹（女），北京师大女附中 67 届高中毕业生

我永远的小东淖

1969 年春节过后，我带着弟弟蛮子和大家一起来到小东淖，1971 年 7 月招工离开。转眼间四十几年过去了，其间务工、上学，做过几年的技术工作，后又进入公司，工农商学都干过，但最令我难忘的还是近两年半的小东淖岁月。

一、下乡

1967 年，“文革”正如火如荼进行，可是大批中学生却面临着无学可上、无工作可做的困局。伟大领袖毛主席发出了“知识青年到农村去，接受贫下中农的再教育，很有必要”的号召。当年冬季内蒙古锡林郭勒盟派人到北京招收中学生前往牧区插队，很多热血青年纷纷报名，到祖国最困苦的地方去，战天斗地，接受再教育，建设社会主义新农村。

我和黄哈尔还有我们学校其他几个同学也想报名，但是家长都不同意，认为几个女孩子到那种荒蛮之地很不安全。我爸爸曾在房山县半壁店大队搞“四清”，与那里的乡亲们建立了很深的感情，村里人进北京都会到家里来看望他，书记队长还时不时地为村里的事找他商量，所以爸爸希望我们去那里插队。村里得知他的想法，表示欢迎，回话说我一个人去可以，组织同学和朋友们一起去也可以，大队会为我们安排好一切。但我们不愿意，哪有在家门口闹革命的，要走就走得远远的，天高任鸟飞海阔凭鱼跃。牧区家长不让去，房山我们不去。

不久内蒙古巴彦淖尔盟又派人来招收中学生去插队，这回去的是农区。可能哈尔觉得我家阻力太大，便联系了李小东和郭北临一起报了名，前往乌拉特前旗农村。

他们走时我们大家去火车站送行，我和王满华蹬上车厢做最后话别，依依不舍，太投入了，没有听见开车铃声，结果火车启动了我俩还在车上，便随他们一路到了呼和浩特。陪他们住了两天，还去照相馆拍了张合影，随后道别。他们转乘慢车继续西行。

前排右起：陈必尹、郭北临；后排右起：李小东、王满华、黄哈尔

1968 年 12 月

自此上山下乡运动轰轰烈烈地展开了。学校与学校配对，把学生分配到各个地方。同学们有的准备去黑龙江的莫力达瓦，有的要去山西雁北，还有的想去陕北延长。这时我的父母都被关进了“牛棚”，弟弟蛮子的父亲被送进了秦城监狱。我们怎么办呢？听说有些先走的同学下到农村后，由于在学校参加运动时所属的派系不同而发生矛盾，闹意见，打架，最后分家，因此我们不愿意随学校分配。

那时哈尔和北临在乌拉特前旗的小东淖村已经立稳脚跟，大家觉得那里倒是一个好去处。然而千里之外，毕竟心里没底，眼见为实，不妨先去探探情况。杨继红自告奋勇，愿意承担这一任务。恰好哈尔的弟弟黄江南，北临的妹妹郭北平也受家里委派前去探视，继红便与他俩结伴同行。时值九月，天高气爽，满眼丰收景象，给继红留下了良好印象。“黄河百害，唯富一套”，到底是后套米粮川。听了继红的情况介绍，几个人商量一番，定了，投奔小东淖。

接着开始办理相关手续。我姨妈知道我们要去插队，上山下乡已是大势所趋，况且像我们这样的“黑帮子弟”又能去哪里呢？当时蛮子还小，不满 16 岁，姨妈决定让儿子跟我们一起走，有我这个姐姐照应着，比跟学校同学走要好得多。

我父母还在“牛棚”囚着。这么大的事怎么也得跟他们商量商量吧，至少得让他们知道吧。于是我分别找到他们单位的工宣队、专案组。好话说了一车，他们就是不让见面，说只能给传话。传话就传话吧，这种形势下父母又能说什么呢？妈妈专案组的人说：你母亲在里面“思夫念子”，可就是这样他们也不让我们母女见上一面，反倒要我揭发问题。我妈妈革命几十年，忠心耿耿，我揭发什么？乱世之中坏人当道，情理跟谁说！

知会父母后，我们于 1968 年底把户口从北京转到了乌拉特前旗长胜公社。从户口转出的那刻起，我和蛮子就是内蒙古农村人了。

二、初到

经过一番紧锣密鼓的准备，春节过后我和蛮子上路了。数我们带的东西多，除了行李衣箱，还有两个书柜以及大量的书，准备了大洋铁盆，还随身提着个篮子，这么说吧，凡能想到的我们都带上了。回想起来挺可乐的，我翻箱倒柜，把家里的破衣烂衫统统找出来打上补丁，到了村里一看，就我们穿得最破。

登上火车，透过窗子向外张望，突然看到爸爸在人群中，急忙把身子探出窗外，高喊“爸爸”。爸爸闻声挤到窗前，把手伸给我。我知道他最疼爱的是我最放心不下的也是我，可在这人声鼎沸之中又能说什么？我宽慰道：你放心吧，都是好同学好朋友在一起，有哈尔，有李止，还有蛮子，我们会很好的。你和妈妈多保重。他也只是点点头，默默地看着我。列车徐徐启动，我望着爸爸，爸爸望着我，视线渐渐地模糊了，看不见了。爸爸单位还算仁义，最后还是让他到火车站与女儿告个别。

列车驶出车站，慢慢大家也安排妥当了。虽然知道还有一些人同行，但当时并不认识。最引人注目的是刘五一，高高的个子，长得有点像个混血儿。说她只有初二，不像，挺成熟的。那时的她少言寡语，可能是因为跟大家不太熟吧。

车行十几个小时，到包头换了慢车，半夜到的乌拉特前旗。下车后我发现把貂皮帽子落在火车上了，心中那个懊恼呀！

前旗火车站就那么一个小小站房，大家只能冒着寒风站在屋外，一片漆黑。不知是谁联系上了安置办的人，一行人摸黑走到了机耕队。他们派了辆大卡车，连人带物一起装上去，连夜把我们送到了小东淖。

三、意外

到村里一个多月，一切都还在慢慢适应，可意想不到的事情发生了。

蛮子是我们之中年龄最小的，好奇心格外重，什么都想试试。也不知道怎么弄的，他竟然骑上了正在调教的骡子。其实他平时胆子很小，这样的事是不会贸然去做的。骡马是牲畜，性野，小时候必须驯服，听话了方能使用，这项工作当地叫“压马压骡子”。那匹骡子还没调教出来，是个生蛋子，见人骑到了背上，尥个蹶子就把蛮子掀翻在地。他倒好，摔得这么重，竟然没事儿人似的回了家。

我是中午收工时听说的，随即一路小跑赶回。问他摔到哪儿了，他说左边胳膊，告诉我没事儿，不疼。我不放心，仔细端详，发现他两边的肩膀不一般高，还不一样宽。这时村贫协主席、负责知青工作的刘黄毛刘大爷闻讯赶来，他懂点医道，我让他给瞧瞧。他抱着蛮子的两肩看了看，说没大事，就是掉环（脱臼）了，还说他能给掰回去。只见他在蛮子的左臂揉揉捏捏，又抻抻拽拽，退后一步端详一番，道：好了，回格了（复位了）。大家都上前看了看，也觉着是复位了。谢过了刘大爷，让蛮子好生歇着，便各自忙去了。

第二天早晨见到蛮子，发现他的肩膀还是不对劲儿，想了想，觉得应该去看正规医生。便去了大队找“六二六”医疗队，后又去公社卫生院，都说看不了，让去前旗医院。我俩一琢磨，到了前旗就有火车了，还不如去北京呢。于是赶回北京就诊。

给蛮子医治的是广安门中医医院。北京医生的医术就是高，只看了一眼便判断是左臂桡骨粉碎性骨折，拍片后确诊无疑。中医的治疗方法简单而有效，不做手术也不打石膏。两个人拿一块毛巾穿过左臂，一人拽住毛巾向上拽，一人拉住胳膊边拽边揉，三下五除二就接上了；之后用两块木质夹板和一块三角巾固定住胳膊，齐活儿。

真是幸运，蛮子至今都没留下任何后遗症，只是接骨复位时把他疼得够呛。

四、买藕

小东淖村子东边的沙梁里藏着一个小水塘，碧水黄沙，引人遐想。望着白云的倒影，我想起白莲。要是开春时埋些藕种，夏天就是满池绿叶荷花，秋天便可以采摘莲蓬，到了来年春天就能吃上莲藕。届时一派水乡美景，名副其实的塞上江南啊。借着蛮子回京疗伤的机会，我开始执行种藕行动。

我与蛮子伙同梅山一起骑车直奔西苑。梅山的户口已经跟我们一起转到了前旗，他腰椎间盘突出，很严重，他妈没让他走，先留下来治疗。

其实我们纯属瞎撞，只是有一个大致方向，以前出去玩的时候，看见颐和园的路北边有一大片荷花池，至于是哪个村子，跟谁联系、怎么购买，一概不知。到了地点，打问到所属村庄，找到生产队领导说明情况，人家挺支持，相约春暖花开藕塘解冻时再来，那时便可以采藕了。反正蛮子的伤一时半会儿也好不了，那就等等吧。

为了装藕种，我们找来一个大筐。这么一大筐藕种怎么弄回去呀？自行车可驮不动。不知梅山从哪儿搞来辆人力三轮车。工具解决了，余下的就是操作了。三轮车看似简单，其实很不好骑。我是女流，蛮子有伤，非梅山莫属，尽管他腰椎间盘突出。梅山骑了上去，车一个劲儿地转圈圈，两脚紧忙活，蹬了半天，原地不动。好在梅山人高腿长，没有摔着。他打篮球出身，运动基础不错，没练多久便掌握了窍门，运行自如了。

终于冰河解冻。我们骑着三轮车，上面放着大筐，兴冲冲再赴西苑。人家二话没说，当即就派社员下塘为我们采了满满一筐藕种。我这是平生第一次看到怎么采藕，也算是现场学习吧，日后用得上。大功告成，我们满载而归。

藕种买到了，该回村了，不然种子会放坏的。蛮子的伤还需要继续疗养，我一个人怎么弄得动这么一大筐东西？梅山提出跟我一块回村，蛮子见我们都走了剩下他孤零零一人，也要跟我们一起走。不顾家人的反对，我们仨带着藕种回到了小东淖。

藕种全部种进水塘。然而……不说了，怪伤心的。总之别说荷花了，就是一片荷叶都没见着。至今我也想不明白这是为什么。

大家直后悔，那么多的藕，又肥又白，还不如吃了呢。

五、劳动

转眼间到了夏天。春耕夏锄，地里的秧苗已经长大，该锄地了。

这天大早，政治队长赵虎旦来到知青屋，让我们大家跟他走，由他亲自领工。他前头带队，后面是一大串扛着锄头的知青。

到了地头一看，这是块甚地呀，全是土坷垃！大的如拳头，中的如鸡蛋，小的如蚕豆，麦苗费力地从坷垃间的缝缝里拱出来，歪七扭八。土坷垃极硬，锄头碰上去立即弹开。尽管难锄，大家技术也欠火候，力量也不足，但还是认真负责，一锄一锄地仔细干。将近晌午，太阳火辣辣地照在头顶，无遮无拦地那叫一个热，汗水滴滴答答地往下淌，衣服后背全湿了，太阳一晒，便结上一层白色的碱嘎巴。

这时虎旦哥停了下来，把锄头横在身后背着手，在我们锄过的麦陇间走来走去，用脚拨弄开浮土，查看下面的草苗。他边走边看，边看边摇头，边摇头边自语，慢悠悠道：这叫干的甚活儿？脔不成，甚也脔不成。脔，后套方言，反复做之意。这是责骂人没本事，什么都干不了。随后，他突然提高嗓门高声宣布：你们后晌就不用来了！后晌是下午，是说你们这伙人下午就不要干活了，甚也脔不成嘛，下地做甚？

这下知青不干了。他们可不是寻常社员，队长说什么就是什么。便你一言我一语冲着虎旦哥嚷开了：凭什么不让我们劳动？我们下乡就是来劳动锻炼的，干得不好我们可以学。史世凌上前，引经据典地跟他论理。虎旦哥一个人怎么抵得过那么多张嘴？而且还是一群有知识懂理论被“文革”大辩论熏陶得炉火纯青的高手，被噎得一愣一愣的，别说还嘴了，连招架之功都没有。三十六计走为上，便提着锄头独自去了，把一群人晾在地里。

大家抬头望望日头，差不多了，收工回家吃饭。午休后听到生产队长天喜哥喊动弹了，大家便扛起锄头跟着社员下地。此后很长时间虎旦哥都没有带我们出工。

锄罢麦子，接着便是锄玉米、糜子、谷子、黍子、大豆、土豆、甜菜。这些作物特别是甜菜，在幼苗的时候，不能使用大锄，得用手锄也就是小铲铲锄草。苗小草茂，时常需要用手把幼苗从草丛中分离出来，然后再连铲带拔地把草除掉。做这活的时候必须圪蹴着，即采取蹲姿，双脚交互挪动一点一点往前蹭，所以锄草又叫薅。记工本上写的就是薅草。当年大串联，乘火车路过宁夏、内蒙古一带，曾见到过这种景象，觉得不可思议，说这不是趴在地上挠庄稼吗？现在我们就是这样子。

圪蹴对当地老乡不是什么事，他们从小就这么干，早就习以为常了，当然过劲了也坚持不住。我们可不行，不大一会儿全都坐在了地上，屁股小心放在陇间，薅光了附近的草，双手撑地，两脚用力，抬起屁股，腾空挪前。人家挪动的是脚，我们是屁股。就这样两条腿还疼得走不动路。

六、风景

小东淖地处蒙古高原位于黄河后套地区，周围是一望无际的平原，黄河灌渠纵横分布。这里不缺水，就是盐碱化很厉害。广袤的土地白花花一片，严重影响播种，大量农田荒芜。这里人少地多，土地荒着大家也不觉得咋的。可到了春天，一遇到刮风，荒地上的土便被掀起，黄尘弥漫，天昏地暗，五步之外看不清人。夏天也不好过，树木稀少，所有的土地都暴露在炙热的太阳底下，让人无处躲无处藏。

只有在村庄北部才有一片阴凉。那是一片杨树林，树不高，林子也不大，但很有看头，为村子增添了斑斓色彩。秋天到来时，树林由绿转黄，金色的叶子挂在枝头，在微风中轻轻抖动，闪烁着太阳的光芒。林中有一条弯弯曲曲的小路，上面落满了树叶，一层又一层，散发着清香。这条秋天的小路是我的最爱，可惜那时没有彩色胶卷，无法留下醉人的美景，只能储存在记忆中。

最让我难忘的是小东淖的夕阳。每逢天气晴好，蔚蓝色天空辽阔遥远，白云飘浮。辛苦劳作一天，望着太阳慢慢西沉，渐渐放射出耀眼金光，让人愉快、安宁。云彩被映成红色，天边像燃烧一样。这样的景色在其他地方再也没有见过。这时天喜哥一声“回格啦”，收工。我们肩扛锄头，手拎箩筐，一路欢歌笑语往家走。

还有圆月。夏天吃完晚饭，我们常常围坐在房前。旁边是一堆点燃了的苦豆棵子，白色的烟雾驱赶着蚊虫四处逃散。我们有时议论时局，有时讨论未来，还时不时地会举行精神会餐，回味着曾经吃过的美食，垂涎欲滴。更多的时候是大家聚在一起唱歌，有《共青团员之歌》《喀秋莎》《红莓花儿开》《小路》《莫斯科郊外的晚上》……百唱不厌。忽然有人喊道：看，月亮！抬头望去，深邃的夜空中一轮如盘的圆月悬挂其上，那么亮，那么大，颜色如咸蛋黄，微黄中透出微微的红，太美了！人们讽刺妄自菲薄，说这种意识总认为外国的月亮比中国的圆。梅山说他在美国生活了三十几年，再没有见过像小东淖那么圆、那么大、那么美的月亮。

左起：陈必尹、黄哈尔　1969 年 5 月

内蒙古风多风大。人们常说：这地儿一年刮两次风，一次六个月。1969 年 5 月，男知青出渠工，工地在五原县境内。我和哈尔好奇想去看看那是什么阵势，顺便到五原县城买根冰棍解解馋，便蹬着两辆自行车前往。开始时天气不错，太阳高照，但并不热。路过树木葱茏的水渠边还留了个影。在五原吃过午饭，买了冰棍，继续前行。突然间天色大

变，一阵狂风袭来，刮得天昏地暗，对面不见人影。正是顺风，借着风势，根本不用蹬车，被吹出好几里地，好爽。风停下来后，好好的两个人竟成了土人，好糗。

七、希望

虽然我在小东淖仅仅生活了两年多，经历了肉体上的劳累，甚至体力不支的痛苦；也体味了无菜无油只能就着盐水吃面条的生活，还因为生产队种植失误而吃过稻稗子，因为粮食大幅度减产不得不吃返销粮而以发了霉的白薯干果腹；由于没有电只能在昏暗的煤油灯下读书写字；没有任何的娱乐活动，只能自娱自乐……然而，我从来没有觉得小东淖的生活是受苦受难，反而觉得当年的日子是那样的快乐。离开小东淖后，我常常会在不经意间怀念那时的无忧无虑。

一晃将近半个世纪过去了，与村里人已无密切联系。偶尔小东淖有人来北京，大家会聚在一起吃顿饭见上一面。其中与福生子的相见让我难以忘怀。

陈必尹（左）与当地女子（名字改过） 1969 年夏

他是村里唯一一个向我借书读的青年，人很聪明。他有点跛足，眼睛也不好，医治多年没有效果。那年为了改善小东淖的饮水条件，旗政府里投了些钱，我们知青捐了些款，为村里打了口深井。工程结束后尚有剩余，便分别让患有耳疾的天喜哥和患有眼疾的福生子到北京治疗。不知福生子通过谁联系上了我，那时蛮子和梅山已经去了美国。我便请他在西直门附近的饭馆吃了顿饭。记不清都聊了些什么。饭后我要送他回旅店，他说不用，自己寻得见。在暮色中我望着他一颠一颠走向车站的背影，心中顿时涌起惆怅。后来听说他的眼疾越来越重，终于失明了，丧失了劳动能力，生活陷入了困顿。也许是因为看不到未来而失去了生活信心，不久便自杀了。消息传来，令人伤心不已，才四十几岁的人呀！后来又陆续听到一些人离世的消息。二翠子，知青公认的美女，也是四十多岁就患癌症离去。虎旦哥、天喜哥也先后走了。

但是小东淖新一代接了上来，他们更有出息，前途无限，有的上了大学，有的读了研究生，进入包头和呼和浩特这样的大城市工作。而他们的祖辈很多人连旗政府所在地的城镇都没有去过。相信小东淖后辈们的世界更广阔更精彩。

真心希望小东淖能够跟上祖国变化的步伐，越来越好，向着现代化演进；真心希望那里的乡亲们生活得越来越幸福；真心希望那个小村庄越来越美好。

我永远的小东淖！

李　强

李强　1966 年夏

李强（男），北京北大附中 67 届高中毕业生

永不忘怀的记忆

1968年下半年上山下乡已成大势，学校同学分批奔赴山西、陕西、云南等地；我妹妹去了内蒙古兵团，弟弟李坚随姜克、天安于1968年12月去了内蒙古乌拉特前旗的小东淖。我因上半年报名参军检查出肺结核在家养病。工宣队几次到家动员，因持有“免重体力劳动”医院证明坚持未走。同年12月20日母亲在单位隔离审查期间被迫害致死，全家处在悲伤中。此时毛主席发出了知识青年到农村去的号召，形势所迫，遂于1969年1月13日离京，只身踏上前往小东淖投靠小东、姜克之路，颇有些当年林冲雪夜上梁山的感觉。

近半个世纪后回顾，这是自己最正确的人生抉择。

在乌拉特前旗下了火车，一眼望去，只有一条柏油路南北贯穿城镇，两边是低矮的平房。夜宿汽车站对面的旅舍，其实就是大车店。一间房，中间是过道，两边是大炕，昏暗的煤油灯下投宿之人或躺或坐散布在炕上，烟袋锅一明一暗的闪动，后来才知道是羊腿骨所制，俗称羊棒。屋里充斥着辛辣的烟草气味和羊皮袄味道。烟雾中看不清人的模样，听他们聊天，很多话听不懂。由于怕错过班车，一夜似睡非睡，熬到五点多爬起来奔向车站。那天无风，极冷，四周黑漆漆的，星星在夜空中闪烁，看着那么低。空气中有一丝炊烟气息，偶尔传来阵阵犬吠。几十平方米的售票厅亮着一盏电灯，东西两端各有几个售票窗口，已经有人在排队，稀稀落落。

一路不知多远，经人指点下车，提着自己的全部家当一个手提包向西北方走去。刚下过雪，大地白茫茫，数里内不见一屋一人，只能望见远方孤零零的几棵小树。脚下不时发出咔咔声，不知是冰碴还是盐碱壳。翻过一道沙梁，几棵树中现出一座土房，经打问已经进入小东淖地界。

终于找到知青点的土坯房，姜克、均田歪在东屋套间土炕上，炉子上不知做的什么，噗噗地冒着水汽。由于春节将近，其他人都回京了。大家相聚分外亲热。今后怎么过，一切未知，也没去想。我们正年轻，浑身充满活力，我们还有一群意气相投的朋友，没有过不去的坎儿。今后这儿就是家了，新生活开始了。

回顾那段时光，真是天时、地利、人和。天时，毛主席发出最高指示，从中央到地方基层积极落实，不敢怠慢，对知青是又发口粮又拨钱盖房，使我们食住无忧。记得还发过一张票，凭票购棕色木箱一个，那年头大木箱在家中也算是贵重物品了。地利，这里为河套地区，靠黄河水灌溉，每年只种一季小麦，主食就是白面馍。农活也不太累，曾见周边兵团的少男少女几十个人严冬时节在场院里拉石碾子给小麦脱粒，脸色黑里发红，这苦吃的。当兵后更体会到什么是苦累。本地老乡都是外地逃荒落难而来，所以也没把我们当外人。民风淳朴，厚道，对我们热情友好，从没感到我们是接受再教育的对象。人和，我们这群人有的是发小、邻居，有的是兄弟姐妹，有的是朋友的朋友，共同点是家庭背景相同，经历相近，有共同的语言和理念。

就这样，天时地利人和都占全了，开始了我们共同生活、劳动和学习的经历，互帮互助，团结友爱，组成了一个和睦的大家庭。

每天清晨，天还未亮，远处便传来生产队长天喜哥的喊声："动弹的走喽。"除身体不适外大家都自觉出工，没人管没人逼，分到营生后便学着老乡的样子尽力去做，无人偷懒耍滑。农忙下地劳动，冬季农闲回京，来去自由，自食其力，自力更生，无拘无束，团结友爱，没有追求，没有奢望，真正是无欲则刚。

黄河畔　1969 年 5 月

［左起：李强、李小棣（李小东、李虹之弟）］

小东淖，我踏入社会的第一站，虽然只有短短两年，但却为我今后的一生打下了坚实的基础。

小东淖，永远不能忘怀的记忆。

李止

李止　1971 年 10 月

李止（女），北京师大女附中 67 届高中毕业生

虎子陪我住院

1969年春夏之交给我们自己盖房时我伤了脚，当时不觉得什么，几乎连疼痛都感觉不到，伤口中的泥和麦壳都是我自己用指甲抠出来的，然后一瘸一拐地去吃饭，又一瘸一拐地做了不少事儿，便睡下了。半夜醒了，浑身发烫，脚掌伤口痛得厉害，点亮煤油灯一看，好家伙，脚背高高隆起，肿得像发面大馒头。想找哈尔要药，怕打扰她，喝了杯水便昏昏沉沉睡着了。

不知道过了多久，有人叫我，怎么也睁不开眼，费了好大劲儿，终于有了白光，这才意识到天已经大亮了。不好，误了下地。挣扎了半天，好不容易坐起身，就见北临在旁边，拿一件衣服往我身上套，有人抬我的腿，是安娘，给我穿裤子。还有一个人，模模糊糊的，认了一气，原来是刘黄毛刘大爷，他怎么在这儿？这时就听安娘说，刚才哈尔看过，说你伤口严重感染，必须去公社卫生院，现在马上走，不能耽搁。刘大爷接过话，说毛驴车套好了，就在外面，我送你去。北临和安娘把我扶到小胶车上，车板太硬，北临又跑回屋抱了条被子垫在我身下。于是我像农村重病妇女一样躺在毛驴车上，在北临的陪护下，由刘大爷赶车，前往公社卫生院。

刚走出村口，就听北临叫道：虎子，回去！虎子，回去！可能是我们养的那条名叫虎子的狗跟来了。我哼了一声，只觉嗖地一下，一团白影便出现在车旁，侧过头，果然是它，一边跑一边看我，目光里满满的关切。我心头一热，踏实了许多，有这条狗跟在身边，肯定不会有事儿。

我跟虎子，可以说是情深意长。它被送到我们知青家的时候，很小，毛茸茸一团。初来乍到的它有些不知所措，眼神怯怯地避开众人目光，一个劲儿往后躲，没有狗妈可以庇护，便缩成小小一团，浑身抖个不停。我一把抱起它搂进怀里，只觉得小爪子死死抓住我的衣袖，再也不放开。白天我下地动弹，把它锁在我们女生屋里，有时候也关进康继光住的男生宿舍。晚上它跟我睡，当时天寒，它怕冷，便一头拱进我的被窝。许是获得了安全感吧，它睡得非常踏实，像人似的侧卧着，打着小呼噜。我担心白天它被冻着，找了块厚绒布给它做了一件坎肩。它挺招人爱，穿着坎肩从这个屋串到那个屋，不管是谁，只要叫一声虎子，它便颠颠地跑过去，围着人蹦蹦跳跳地打转。

不知不觉中虎子便长大了，坎肩早就不穿了，没多少天就小了，天气也暖和了。记忆中它好像是 1969 年 1 月来的，到 6 月份已然长成大狗。

喂狗　1971 年 10 月

（右起：李止、郭北临，内侧的狗为虎子）

这是一只典型的中国农家土狗，文学作品中也写作大黄狗，想必是因为这种狗黄色居多。虎子也属于黄色，不过偏白一点。它全身上下，哪哪都很平常，个子说高不高，仰起头两尺多点；脑袋说圆不圆，硬硬的硌手；嘴巴说长不长，叫起来张得挺大；身子说粗不粗，胸脯挺宽；尾巴说长不长，跑起来伸展成一条直线；四肢说壮不壮，稳稳当当立在地上。它不贵不贱，不大不小，不偏不倚，可以说是“中庸”的生动体现。

然而你真的以为虎子很中庸那就错了。那天一个过路人口渴，想讨碗水喝，还没进门，虎子忽地从侧面闪电般扑出，一口便朝腿上咬去。幸亏穿的是白茬皮裤，就听嚓的一声，皮子撕裂，那人拼命挣脱，转身就逃。几个知青大惊，急忙上前喝住虎子，本来是想道歉连带赔偿的，可那人吓坏了，早就一个奔子不见了。奇怪的是，有外面的知青上门，尽管没见过，虎子却不咬，只是站定，眼睛追随来人，直到被我们让进屋，才慢吞吞走到一边卧下。挺神的吧，它能区分本地人与知青。据说还能分辨北京知青与包头知青，如果来的是北京知青，它最多站起来看两眼，履行一下职责；要是包头知青，就会紧盯不放，暗暗运力，摆出蓄势待发的架势，有时喉头还发出低声，似乎是对来者进行警告：你小子在我攻击范围内，老实点！

这是虎子的聪明，也是它的忠诚，全身心地守卫包括它自己在内的我们的家。这个家不光是房屋，还是每一个人。这次主动跟随我去公社卫生院，就是责任的具体落实，也是割舍不下的亲情。虎子懂事，有情有义。

到了卫生院，医生看看伤口，决定立即手术。手术台是一张架在两条板凳上的床板，黑乎乎的污垢上分布着斑斑点点的血渍，还有黄色和白色的可疑痕迹。顾不得许多了，北临把我扶上手术台。我坐着，把脚放在床板上。医生拿起手术刀嗖的一划，然后咣的将手术刀扔一边，上手挤压，一股脓血突地冒出来；接着伸出手指在周围左按右按，发现里面还有脏东西，于是从床板上捡起手术刀，划了两下，将刀口扩大，继续挤压。

手术做完后，医生安排我住院，因为还要退烧和换药。病房里不设床，只有一铺大土炕，地面也是土的。好在很清静，只有我这一个病人。北临把带来的被子铺在炕上，扶我躺下，便跟刘大爷回村取东西。

虎子忽地立起身，前腿搭住炕沿，张望一阵儿，见我闭上眼睛，便站回地上，走到门口静静卧下，不发一声，即使门口有人走过也不叫。它知道这是人家的地盘，必须遵守规矩。

北临取来被褥和生活用品，我们便在病房住下，两个人加一条狗。人在炕上，狗在门口。远远见医生走来，虎子忙立起身，让出通道，闪到墙角，仰起脑袋看医生换药。医生后脚刚迈出门框，它就出现在门口，伸个懒腰卧下，然后长出一口气，似乎对再次回到这个位置十分欣慰。

我跟北临聊天，它耷拉下来的耳朵时不时抖动两下，不久就烦了，脑袋扎在两条前腿间睡大觉。有时它会突然消失，好一阵儿才回来，呼哧呼哧喘着气。我们估计它一定听见了谁在叫它，便跑回村去看看。它的耐力和速度都非常出色，曾经从小东滩到前旗火车站打个往返，来回

李止与郭北临　1972 年 9 月

140多华里，而卫生院离村子往返一趟只有10华里。它喘气是因为跑得太急。

后套的五六月，太阳已经很毒，而屋里却十分阴凉，加上纯粹的土质地面，墙根泛潮，成了小动物的理想去处。一天我见虎子忙个不停，一会儿跑到这边，一会儿又跃到那头，前脚还不住地摆动，像是打冰球过人。我探头一看，原来地上有个癞蛤蟆。虽然身体臃肿，却非常灵活，东跳西跳。虎子跟着它一步不落，它到哪儿狗便追到哪儿，然后出脚踩住，再用另一只脚猛地一拨，癞蛤蟆便咕噜咕噜地滚到一边，接着虎子跟上去又做一遍，直到把这丑东西赶出大门。

然而阴凉太吸引人了，癞蛤蟆又回来了，于是虎子继续战斗，双方就这样没完没了地纠缠不已。如果是一个入侵者还好办，麻烦的是不止一个，最多的时候虎子得同时对付三只癞蛤蟆。这时就见虎子上蹿下跳，左扑右攻，满屋都是它的影子。

我住了四天院，烧退了，脚也消肿了。刘大爷赶着毛驴车把我们接回村，两个人坐在车上，一条狗跟在后面，有时来个冲刺，几步便跑出老远，然后再屁颠屁颠地跑回来。虎子是嫌毛驴走得太慢，做个示范，告诉对方应该这样动作——离开大家好几天了，它想得慌。

康继光

康继光　1972 年 5 月

康继光（男），北京五十六中 67 届高中毕业生

我是拖拉机手

我1964年5月随父母工作调动来到北京，进入五十六中学习。经常搬家和换校，培养出了我较强的适应性，很快就结识了不少同学和朋友；“文革”中大家又在一起参加活动，愈加地熟悉，自然而然发展出相互信任相互依赖的关系，有事一起商量，共同决定，一致行动。

1968年末北京市开始动员中学生上山下乡，我们一群人在姜克敏家商量对策。当时大家倾向去东北建设兵团，那儿有不少大大小小的林场，我们身强力壮，可以当伐木工人，好歹混个国家正式职工。后来听说李小东他们几个人在内蒙古受到歧视，当时中学生闹派性，他们人少，受到其他人的围攻。这还了得？不能让他们受欺负。于是大家提议姜克敏和李均田先过去看一看，他俩一个是大哥一个是大姐，社会经验和认识能力都比我们强，这事儿交给他们处理大家都放心。当时说好，如果小东他们确实需要帮助，我们就过去插队，反正都是离开北京，去哪儿都差不多。

我私下想，我们不可能在农村待一辈子，因为运动用不了几年就会结束，到时候国家会把知青调回城里；况且农村也不允许我们一直住下去，我父亲就是从农村出来的，我经常回老家，了解农民的想法，他欢迎你下来看看，住上一段也行，但要落户他们就不欢迎了，因为这意味着你将从他们手中夺走一部分土地，中国农村可是人多地少啊。

小东他们插队的乌拉特前旗很远很偏僻，没几个人知道那个地方。别的不说，单一个“旗”字就让人觉得很洪荒，平时我们听到的都是县，猛地出现一个“旗”，让人不知道说什么好。然而这对我来说却并不怎么陌生。有点奇怪是不？别说你，我都觉得怪怪的。

那是1966年底，大串联中我从北京去兰州，乘坐43次列车。半夜醒了，车厢里人挤人，空气污浊不堪，令人难以忍受。正烦着，列车减速，喇叭里播音说乌拉特前旗快到了，停车1分钟。列车慢慢停下来。我赶紧起身，连挤带拱，终于站到了车厢门口。我拉住扶手，探出大半个身子，大口大口地呼吸新鲜空气。很冷，风硬邦邦的，打在脸上挺痛。放眼望去，满目荒凉，旷野中孤零零趴着一所房子，又小又矮，半空中挑出一个晃来晃去的灯泡，周围是一圈昏暗的黄光，后面是一根木头杆子，只能看见上半截，下半截沉入黑暗中。要不是这盏灯，不要说电线杆子了，就是房子也看不见。

小站半个人影也没有，毫无生气。太荒凉了，荒凉得凄惨。这是人待的地方吗？然而令我万万想不到的是，两年后我竟然来到这里插队落户和工作，而且一待就是11年。11年啊，我的20岁到31岁！

二十几个人带着大批行李来到乌拉特前旗，住进旗政府所在小镇的第一旅社。东西太多了，除了被褥衣服，还有书柜、木箱、自行车、大盆等，我们根本不可能自己前往小东淖，只好请求旗革委会的安置办公室想办法。那时跟现在不同，一个县（旗）也没有几辆汽车，而且公路建设极差，正赶上天降小雪，路上的土和成烂泥，十分难走。我们天天去安置办催促，弄得人家都烦了，见我们进门就躲。终于他们搞到一部卡车，连人带物塞进敞篷车厢，一并拉到小东淖村。小东他们只有两间房子，大家只能凑合着住，男生一间，女生一间。挤得不行，翻身得喊一、二、三，一是动员，二是准备，三是行动；有尿得憋着，要不上趟厕所回来就找不到地方了。但大家还是很高兴，根本没有去想以后的生活和出路。这就是年轻人的优势，无忧无虑，朝气蓬勃。

我们来了以后，并没有给村里带来多少麻烦，反倒开阔了他们的视野，丰富了他们的思想，年轻人不再要钱，不再胡思乱想，把精力集中在生产上，好好过日子。我们也尽力为乡亲们办事，几乎是有求必应。樊家喜的小姨子出嫁筹备嫁妆，托我回北京探亲时买一块波兰呢。我哪里知道这东西，满世界找，西单、东单问了个一溜够，没人说得清啥是波兰呢。最后还是王府井百货大楼的售货员厉害，告诉我其实就是宽条方格花呢，真是长见识。买回这稀罕物，樊家喜他们很高兴，说要的就是它，比从包头买的好多了。

由于有知青做劲儿，小东淖的女子媳妇出门在外，一眼就能分辨出来，穿戴不俗，质地优良，款式新颖，很是时兴。服饰就是她们的标签，一看就是小东淖的，没人敢欺负，都知道那儿的北京知青本事大，不好惹。

探亲　1972 年 8 月

［左起：康继光、小勇（谢安娘儿子）、赵毅（赵强弟）］

生产力上也有变革，集中表现就是发展机械化生产。我们刚到的时候，村里没有一台农业机械，使唤的都是牛呀马呀骡子呀那些大牲口，工具是传统的犁、耧、耙，这种样式的犁可能年轻点，耧和耙纯粹是老式的，年龄怕是超过一千岁。运输同样落后，给牛套上木车，给马和骡子套上胶皮轱辘车，就算齐活。就此可以说，小东淖完全是传统的农业社会。

我们的到来促进了村民意识的转变，随着眼界的开阔，对农业机械的渴望日益强烈。下来的第二年，生产队便集中全部财力购置了一台手扶拖拉机，由于我有知识，喜欢琢磨，被选中操作这台新式工具。怎样才能使它更好地发挥作用呢？我和大家一起动脑筋想办法，积极探索，大胆尝试。

后套以小麦种植为主，收获后运到场院码垛，然后进行碾压脱粒。动力是马和骡，器具是石头碌碡。脱粒时，将小麦连秆带穗铺成一个圆形，驱赶两匹大牲口拉着一只长碌碡在上面跑圈子。用这种办法脱粒，不仅费工费时，效率也很低下，从八月开始打场，直到十二月才能结束，有时要干到春节前夕。我们用手扶拖拉机代替骡马，非常好用。为了提高效率，由拖带一个碌碡增加到两个，最后达到三个。当然这么做必须技术过硬，否则碌碡会互相碰撞，弄不好会殃及拖拉机。

解决了打场问题，我又尝试着磨面和碾米。这本是手扶拖拉机的功能，但需要学习，掌握操作，而没有知识或者缺乏钻研精神是不可能做到的。我的尝试成功了。在摸索过程中，保管王宽老汉始终陪着，不停地给我打气，说这东西就是好，省心省力又出活。他的话对我触动极大，使我真正体验到毛主席讲的农业的出路全在于机械化这句名言。

新式机械引起了社员的极大兴趣。福生子、樊家喜儿人没事就跟着，问这问那，要求上车试试，很快就掌握了基本技能，他们常常帮助打场、磨面和碾米。有他们上手，我可以歇会儿，当然不能大撒手，得盯着点，发现哪儿不对便及时指点，或者采取必要措施，这可是小东淖最宝贵的财产啊。

插队进入第三个年头，我们想办法搞回一台铁牛 55，它比手扶拖

小学校，李止和她的学生们　1973 年

拉机厉害得多，经济效益也高得多。我这个手扶拖拉机手顺理成章地成了铁牛 55 的司机。正是从这里起步，开始了我的司机生涯，后来虽然开上了卡车和小轿车，工作也一再变动，但始终不忘在小东淖开拖拉机的那段日子。

李均田

李均田　1969 年 7 月

李均田（女），北京农业大学（现中国农业大学）70 届毕业生

小东淖——令人难忘的社会课堂

小东淖，内蒙古乌拉特前旗一个普普通通的小村庄，日复一日地散发着乡土气息。

1968 年 12 月，在那个阶级斗争还在“年年讲、月月讲、天天讲”，毛主席号召知识青年到农村去，接受贫下中农再教育的年代，我和 20 多个北京中学生来到这里，与善良质朴的农民们朝夕相处，生活在一起，劳动在一起。想不到农村插队的这段经历，竟成了我走向社会新的开端；其中的磨难、思考与锻炼，令我感受深刻，受益匪浅。有幸一位小东淖知青李强（李阿黄）珍藏了一些当年插队生活中我们往来的信件。那难忘的生活足迹，又勾起我无尽的回忆。

一

在小东淖插队劳动，我体会到了农村生活的艰苦。1969 年 12 月，我们利用空闲第一次回京探亲。回村后，即给仍在北京的知青写信：“我们已经回小东淖生活几天了，一切还好。就是刚刚到村的那一天，看到的一幕令人震惊：卧房门大开，地上净是鸡屎、狗屎，东西都快丢光了。小孩子们一次次来闹，屋里又脏又乱。收拾了整整一天，生上火，这才算凑合活过来了。天气太冷，一切都是冻的。最近听说五原、大黑泥池那边极乱，赌博成风，抢东西、歪风有所蔓延，所以我们比较紧张。其实也没什么，因为村里社员不错，否则，我们的东西都会被抢光。就是老鼠太多，我们尽量保护你们的东西，但是万一有咬坏之处也无办法。你们要有心理准备。”

1969 年，我们在生产队辛辛苦苦干了一年，好不容易盼着大年前的分红，结果却很惨，小东淖南队 19 名知青，只有 5 人分红，最高的为 33 元，最低的仅有 9 元。而每人一年的口粮就得 60 至 70 元。和农民们在农田里干活，无论是蹲着在一望无际的糜子地薅草，还是起早贪黑的抢收麦子；无论是挑着装满泥土的箩筐平整土地，还是站在没过头顶的渠底清淤，我们都是很卖力的。但是劳动一年，我还是超支 0.81 元。犹如当头一棒！还是得硬着头皮向家里要钱买口粮，维持基本的生活开支。

1970 年 1 月 30 日我给仍在北京的知青们寄去《小东淖南队知识青年分红情况表》时，附加说明，而且发自内心地说道：“亲爱的同志们，那便是咱们明年一年的钱了。望同志们能切切慎重，明年的生活不好办

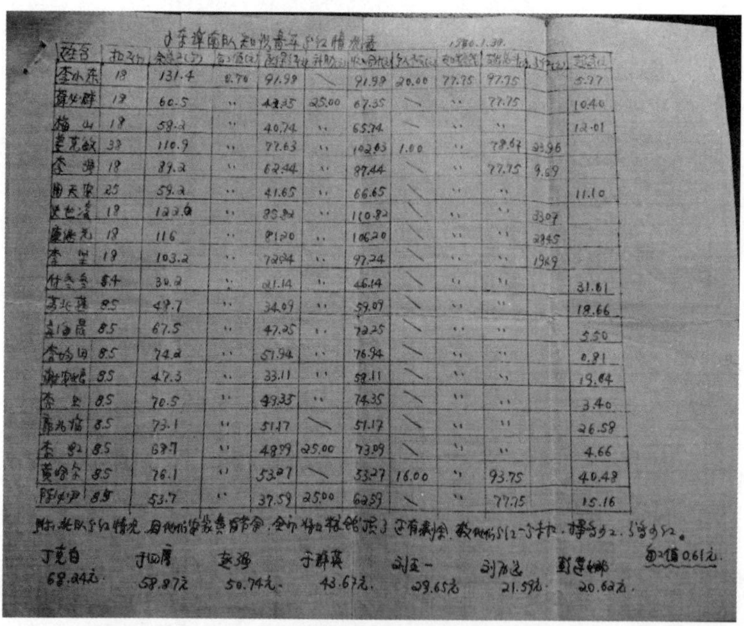

小东淖南队知识青年分红情况表　1970.1.30.

姓名	[illegible]	[illegible]	[illegible]	[illegible]	[illegible]	[illegible]	[illegible]	[illegible]	[illegible]	[illegible]	[illegible]
李小东	18	131.4	0.70	91.99	╲	91.99	20.00	77.75	97.75		5.77
[illegible]	18	60.5	〃	42.35	25.00	67.35	╲	〃	77.75		10.40
[illegible]	18	58.2	〃	40.74	〃	65.74	╲	〃	〃		12.01
[illegible]	33	110.9	〃	77.63	〃	102.63	1.00	〃	78.67	23.96	
[illegible]	18	89.2	〃	62.44	〃	87.44	╲	〃	77.75	9.69	
[illegible]	25	59.2	〃	41.65	〃	66.65	╲	〃	〃		11.10
[illegible]	18	122.6	〃	85.82	〃	110.82	╲	〃	〃	33.07	
[illegible]	18	116	〃	81.20	〃	106.20	╲	〃	〃	28.45	
[illegible]	18	103.2	〃	72.24	〃	97.24	╲	〃	〃	19.49	
[illegible]	8.4	30.2	〃	21.14	〃	46.14	╲	〃	〃		31.61
[illegible]	8.5	48.7	〃	34.09	〃	59.09	╲	〃	〃		18.66
[illegible]	8.5	67.5	〃	47.25	〃	72.25	╲	〃	〃		5.50
李均田	8.5	74.2	〃	51.94	〃	76.94	╲	〃	〃		0.81
[illegible]	8.5	47.3	〃	33.11	〃	58.11	╲	〃	〃		19.64
[illegible]	8.5	70.5	〃	49.35	〃	74.35	╲	〃	〃		3.40
[illegible]	8.5	73.1	〃	51.17	╲	51.17	╲	〃	〃		26.58
[illegible]	8.5	68.7	〃	48.09	25.00	73.09	╲	〃	〃		4.66
[illegible]	8.5	76.1	〃	53.27	╲	53.27	16.00	〃	93.75		40.48
[illegible]	8.5	53.7	〃	37.59	25.00	62.59	╲	〃	77.75		15.16

[illegible]

丁[illegible]	[illegible]	[illegible]	[illegible]	[illegible]	[illegible]	[illegible]
68.24元	58.87元	50.74元	43.67元	29.65元	21.59元	20.62元

每工值 0.61元

李均田寄给大家的 1969 年度分红情况表

呀！口粮钱更多了，约 80 至 90 元。咱们还有许多东西都缺，如：新房的用具、炕席、锅，干活用的簍头、火炉，明年一年的煤油、日用品，所以要有所节余。请同志们注意，咱们的安家费已一分没有了，明年要靠双手生活了！”

我还专门给郭北临写了封信：“今年咱们队只有 5 人分红，真可怜！明年不好好劳动那将更可怕了呀！北临，你打算怎么办？难道老靠家里养活吗？对今后的生活有何考虑？一到这时候想起来，确实觉得生活是艰苦的，每一分钱都来之不易，真不比城里的老爷们！你要多跑几家，将分红的情况告诉大家，并再三嘱咐一下，咱们领的钱一定要慎重花，咱们这里还有许多要买的东西!!!”

1970 年 2 月在给尚在北京的知青伙伴的信中写道：“你们如果没事就回来吧！过不到十天就要干活了，北队的知青前天已经开始劳动了。咱们这里物资缺，回来时一定带上：1. 碱面。这里很缺，咱们那么多人，回来蒸馒头都成问题。2. 火柴、酱油膏。这里虽然供应火柴，但是量少，否则点火都成问题。3. 门锁。咱们那么多门，只有一把锁，回来时买 5 把左右。”

插队第二年，队里仅有的农业收益更差，每 1 工分竟成了负数。也就是我们每挣 1 个工，还要欠队里 6 分钱。据了解，周围的村子也有类似情况。想当初，我是不满学校里的派性斗争、胡乱整人，偷着从学校跑出来的，而父母又不同意我大学未毕业就离校和中学生上山下乡。我赌着一口气，自信地认为：只要靠双手辛勤劳动，就一定能养活自己。只带了几件随身穿的衣服，投靠朋友来到小东淖的。

面对严酷的现实，不仅自己的处境让我感到寒心，乡亲们的生活也同样让我寒心，若不是亲眼目睹农民兄弟的艰辛，说起来都让人难以置信。忘不了十来岁的女娃提着几颗鸡蛋，走到公社去换点灯用的煤油；忘不了寒冬腊月在寒风中玩闹的孩子们穿着“空心”棉袄，裸露着满是泥皴的胸膛，烂棉花上还趴着虱子。不能想象一个从口里迁来的社员居然认为，最好吃的竟是面包蘸白糖。村里不少人没去过旗所在地的城镇，没坐过火车，对外面的世界一无所知。有的孩子上不起学，有的老人生病舍不得医治。他们永远面朝黄土背朝天，刨弄着一年的收成。

改革开放后，小东淖的情况也发生了很大的变化，已经有了一些社会主义新农村的景象。但是每每回到小东淖，心中依然很不平静：仍能看到城市与农村的天壤之别；仍能感到农民离分享改革开放的成果，离实现共同富裕的目标，还有相当的距离。看看40多年前和知青朝夕相处的那一个个熟悉的面孔，再对比在城市里生活的我以及当年插队落户的知青，我真心希望这里发展得再快一些，早日进入小康，让乡亲们过上更好的日子。

二

在小东淖插队劳动的过程中，知识青年的优势也得以展示，陆续接触到了各种各样的工作机会：有的在村里选为队长、会计；有的当了赤脚医生、乡村教师。男生们从学赶毛驴车、跟大胶车出车到开链轨拖拉机、铁牛55以致开上汽车。他们用自己的知识和特长为乡村建设发挥着作用。

1970年春我被抽调到所属的长胜公社，5月份写给李强（小名阿黄）的信，反映了当时的实际情况。一封信中写道："阿黄：你好！你给我和姜克的两份信都收到了，我现在已是坐在公社大院的一间小屋子里，在桌子上给你写信了，苏北雁在我旁边的炕上睡觉，你一定觉得很奇怪吧！你刚刚走后第二天，苏北雁就应邀到三中教跳舞去了。公社宣传队可能听说我是大学生，想让我到公社帮助搞宣传，主要是当广播员，我觉得这是一个机会，有条件接触公社的事情也很好，而且自己一辈子可能就在这里了，还是来了。现在和苏北雁住在一起。她每天下午去教孩子们跳舞，我每天5点起床广播，中午又一次，晚上还要从6点半到

10点。一天也累得半死不活，主要是脑子太累了，保证不了睡眠。尤其这几天毛主席声明的发表，广播时间加长，都是深夜才能睡觉。哎！干什么工作都不是那么顺利的。到这里来后，很想村里的人们，想咱们那个集体。我到这里来虽然也不轻松，但总是没有他们那么累。一想到村子里劳动的情景，我就觉得不能忘记他们，不能忘记终日在田间辛苦劳动的农民，他们确确实实是伟大的。今年咱们村很有起色，知识青年干劲很大，虽然大家体力上都感到极累，但思想上都是积极向上、乐观的。”

另一封信中写道：“来到这里，更加有些厌倦了。因为接触到一些‘干部’真没有什么水平，也不知道他们凭着什么东西工作、处理问题，真和我脑子里所想象的朝气蓬勃干革命的样子相反。好在还有两个‘军管’的解放军，还来了宣传队（大队、小队也都来了），咱们村子里还有两个。他们对咱们知识青年印象很好，尤其是对小东、李止……北京那么美，但也没时间回去。在这里连回村的时间都没有，连出公社大院都不敢走远了，生怕有人找我办事。哎！姜克每天一大早出车，晚上九十点钟回大队，我也没怎么见到他，反正我也没时间、精力管他了，

采访　1970年8月

（前排右二：李均田）

他累得很瘦，晒得很黑。有时他两天休息中间到公社来看看，他很想‘办事业’，有个家。但我想，现在不行，待以后再说吧！”

回想在公社当广播员的日子里，到一个人自采、自编、自播，必须坚持顶着烈日也要到田间地头采访，也必须学会在结冰的渠壕壕里飞快地骑车，及时往返于各个大队。通过实践锻炼，我不仅结识了农村的各类“典型”，也从活跃在农村一线的一批风格各异、具有很强影响力、凝聚力的村官们那里学到了很多有益的东西。对当时中国最基层政权机构如何运转，有了一些感性认识。

三

在小东淖插队，20多个北京知青是一个集体（有南北队之分）。大家同甘苦，共患难，不仅同劳动，而且同吃一锅饭，共睡一条大炕（有男女之分），就像是一个大家庭中的兄弟姐妹，结下了深厚的情谊。

下乡第一年，我们就碰上了从未遇到过的事件：小东淖知青和另一队知青在看露天电影时，因误会发生群殴，致人伤残。赵强因是北队知青队长，主动承担责任而被判刑。这一突发事件的前前后后，我们大家都印象深刻。

1969年12月，为了及时沟通情况，我给在京的小东淖南队知青李强、史世凌、康继光以及小东淖北队知青写信，说：“12月5日前旗召开了公审大会，我们是在广播中听到的，共判了十几个人，其中有赵强，判刑两年（监外执行，即回村），前旗已贴出了布告。由于赵强在村里表现好，大队、小队都用了不少力，不然的话，对他的处理会更糟。在监外执行要好得多，因为村里对赵强不会坏的。至今未见赵强回村，不知发生了什么事情，我们都很着急。赵强太年轻了，又是好人犯错误，真倒霉！应该怎么办呢？咱们应该从这件事中吸取什么教训？大家都没事，但对赵强这一生将是什么影响啊！望大家深思！应该怎么和赵强家里说，你们想办法吧！如果赵强这几天回来，我们马上给你们回信！”

“正要发信，听说赵强回来了，真高兴，详情他会写信告诉你们的，说不定还有可能回北京呢。刘五一挺不错的，对赵强挺关心。赵强在监内捎出一个纸条，要生活用品，五一马上给他找，还给他买了袜子之类的东西，否则赵强一个人又冻又冷……”

1970 年 5 月，我在给知青的信中写道：“赵强从前旗回来就病了。前旗医院说，怀疑‘伤寒’，需要转院到包头。本来我和苏北雁决定同他一起去包头，但后来发现，他打完针后好转很快，我和北雁决定再观察两天。我们在北队待了两天，给他做了好吃的。他弟弟赵毅兵团那边又来了一个小孩给他买了好多吃的，赵强后来一点也不发烧，完全好了。医院的诊断也有问题，但赵强的精神作用太大了，其实就是感冒。”

1970 年后，在知青中招生、招工的工作开始了，小东淖知青先后有人离队。

1970 年 12 月我写信给在北京的同伴，报告有关情况。“今天早上，哈尔已经去前旗报到，准备到北京医学院上大学了，多么快呀！咱们小东淖竟出了第一个大学生，而且巴盟共 9 名，前旗仅 1 名，只有一个北京知青即黄哈尔。昨天晚上大家开了个会，吃了点好的，欢送她。她的户口、行李都已经到了北京了，又成了北京人。我估计咱们这些人在小东淖不会太长时间了，因为知青中还要招大学生、工人。当然以后的事情很难估计。昨天北京慰问团来了，我们几人同他们聊了半天。他们强调和工农结合一辈子，插队落户一辈子。而我们主要谈的是赵强的事，他们让写材料，由他们交给巴盟。昨晚我们几个人一直干到深夜才回来，还不知事情能否好转。”

听到阿黄当兵的消息，姜克敏心中很不平静，他即给阿黄家中写信：“盼了好几天了，我于 5 日到京，下车后第一件事就是往你家打电话，没想到，你已离开北京。说真的，当时一阵心酸，差点落泪。4 号还在前旗（离开车 1 个多钟头）为你户口之事忙碌着。一切都办好了，十分高兴，带着胜利的喜悦心情坐上了火车。没想到，到京后你已走了，真是竹篮打水一场空！从信中知道，你在部队很好，开汽车，将来就得管你叫师傅了。知道你当兵，我心里想得挺多的，村里又少了一个知青，我又少了一个朋友。可是又说回来了，年岁大了，各人有各人的想法。当兵是件大好事，但我没条件，我对我现在的岗位也十分满意了，过几十年后，大家再碰头更有意思。”

“不知怎么了，心里十分烦乱，都不知写什么，提起笔来也没个头绪。关于村里东西的事，你就放心吧！只要我能办到的，你尽管提吧！另外，均田说了，今年的新布票发下来了，每人 23.3 尺。你和阿利的怎么办？口粮就给你们算到 12 月份，你们意见如何？你们的行李是否运回？这些事如何处理，来信讲一下。好了，回村后再给你写信。”

不要小看小东淖知青的这份情谊，每当我遇到困难，受到挫折，除了有组织和同事的关心，父母兄弟姐妹的亲情，时时刻刻可以看到知青

部分女知青　1972 年初夏

（左起：谢安娘、李均田、郭北临、李止）

朋友们的身影。1998年姜克敏得了一场大病，做了手术。这个身高体壮的汉子，躺在医院的床上也掉下了眼泪。知青伙伴们得知后，连忙找名医咨询，查找治疗良方，使他比较顺利地闯过了这一关。

2016年3月我女儿因患脑瘤经一年多的治疗最终去世。尽管经过多年磨炼，我的心态较好，也能扛事，但在这样的打击面前，还是难以承受。知青朋友们各尽所能，纷纷伸手相助。点点滴滴的关爱，使我们尽快走出了阴影。正是这种同甘共苦结成的友谊，我们之间既可以为探讨问题坦诚直言，也可以掏心窝子地倾诉、交心；正是有了充满温暖的知青集体，我们才能在纷繁复杂的社会生活中相互支撑，走好曲折的人生征程。

我感谢小东滩那难以割舍的乡情！感谢从这里成长起来的知青朋友们！

四

在小东滩插队劳动，对我的一生产生了深刻影响。40多年来，我多次回小东滩去看望乡亲们。特别是2007年退休后，每年较多时间在前旗生活。以小东滩为中心，沿着它的半径，我的视野可以到公社（乡镇）、旗县以至盟（市），又增长了许多见识，接触到了不同层次的干部群众，听到了一波波鲜活的故事。这些亲眼看到、直接接触、亲耳听到的实际情况，不断地充实着我对社会基层实际状况的认识。不仅在我心中占据了一定的位置，而且它们相互连接，非常自然地在我的头脑中形成了判断是非、寻求答案的参照。使我能够比较清醒地观察形势、看待自己，比较冷静、客观地处理问题。我认为这点收获是非常珍贵的，让我终身受益。

2016年8月20日于乌拉特前旗

于群鹰

于群鹰　1976 年

于群鹰（男），北京钢院附中 68 届高中毕业生

小东淖——那人那事

我去小东淖，记得是三月份，和阿黄（李强）相跟坐火车走的。到了前旗，骑着随车托运的自行车，迎着大风，在颠簸的路上前进。虽然天气寒冷还裹着军大衣，但因一路顶风，累得满头大汗。

路过一个村子，向临街人家讨水喝。出来一个很袭人的女子，领我们到家里的大水缸旁，让我们喝了个够。女孩约莫二八芳龄，细皮嫩肉，忽闪着两个大眼睛，害得阿黄念念不忘。在小东淖生活了一段日子后，还拉上我沿途寻访——可惜没有找到。

梅山去小东淖前都认识谁，我不知道。当初我和丁晓明去梅山家，他父母均遭迫害而关押。他没有任何经济来源。为节省体能，独自躺在床上，实在饿得不行，就在家里找件东西去“委托行”换点钱，然后饱餐一顿，回来继续躺着。

问他是否愿意去小东淖插队，他说：管饭就去。

在他家见到一套《二十四史》，是梅山父亲用唱片换的。丁晓明问家里这些书怎么办？梅山说：谁爱要谁要（已经被多次抄家）。丁晓明旋即找板车拉走。记得他父亲获释后，曾经写信询问梅山家里的很多东西哪里去了？梅山因父亲获得解放，可以回家而兴奋地站在荒野里，对天大喊：都被你儿子换东西吃了！

刘五一去小东淖，是因为丁晓明听说她懂点医疗，让我和她商量能否一块儿下乡。刘五一很干脆地说：你给我 100 本医学书，就去。

结果害得我找到傅连暲的儿子，到他家里拉了一板车书，从香山送往刘家。傅连暲当时已经被逮捕，他儿子是我们钢院附中的同学傅维章，他带我去家里拿的。

记得当年，我和刘历远为了吃油炸糕，带了一本《毛主席语录》去邻村参加结婚仪式。没想到，进门前要喝一碗酒，当时也不知道酒的威力，一人干了一碗。之后被热情地推上炕，靠着新人的被垛睡着了。醒来睁眼，酒席散了，油炸糕也没吃着。

参军后，70年代初我去江西出差，路过南昌，去省军区看望苏北雁。只见北雁急匆匆来到大门，随即吆喝着去附近餐馆吃饭。我在基层部队待惯了，见她没戴军帽，问不戴帽子能出去吗？她答：江西女兵少，纠察根本不知道女兵该不该戴帽子。那次在江西拜托北雁在景德镇给我爱人周春瑛的父亲烧了一个瓷像，至今还在“八宝山”灵位的骨灰盒上。

记得当年，甜菜下来后，和姜克敏、丁克白几个人套上毛驴车往前旗的糖厂送甜菜。一路颠簸，活计忙完，天色已黑。一行人赶着毛驴车随姜克敏来到大车店。一人一宿一毛钱。大通铺，不分男女老少。

店里老板娘没有鼻子，那位置只有两个空洞，吓得我们一伙人没敢住，在小胶车上歇了一晚。累了一天，倒头大睡。天蒙蒙亮，便打道回府（后来听说没鼻子都是梅毒惹的祸）。

赵强

赵强　1971 年 10 月

赵强（男），北京五十六中 68 届高中毕业生

小东淖的兄弟姐妹们

我们是最和谐的知青小组。从 1967 年底第一批 3 个人下来，到 1971 年初最后一个人到达，先后有 27 个人来到小东淖。其中男生 14 人，女生 13 人。我们来自 17 所大、中学校，有大学生、高中生、初中生，年龄最大的和最小的相差 7 岁，且兴趣脾气各不相同。但在数年的共同生活中不仅从未因生活琐事发生过口角和冲突，反而始终团结如一，互助互援，互谅互让，共同度过困难时光，从而多次被乌拉特前旗和长胜公社评为先进知青小组。

乌拉特前旗篮球队　1974 年

（后排右一：史世凌，右二：赵强）

上山下乡之前，我们中的大多数人就相识了。我初中与史世凌、于群鹰等一个学校，都是校足球队的队员。上高中后与康继光、周天安同校，与史世凌还是同班。我和史世凌都热爱体育，是篮球校队和排球校队的队友。在篮球队我俩可称铁搭档，闭着眼传球都能到位。比赛时我俩要上同上，要下同下。1974 年巴彦淖尔盟举行各旗县篮球联赛，我和史世凌代表乌拉特前旗参赛，我们两人合作，打得得心应手，帮助旗篮球队荣获亚军。这个成绩是前旗多年来从未获得过的荣誉。

“文革”时期，我和姜克、均田、历远、阿黄、阿利、北雁、付冬等经常一起活动，大串联、排话剧、练合唱、在颐和园看护桃园，等等，可谓朝夕相处；下乡后更是情同手足，不是兄弟姐妹却胜似兄弟姐妹。

记得我们刚到小东淖北队时，生活和劳动技能都很差。我们曾吃过狂放碱面的橘红色馒头，也吃过未放碱面的酸馒头，还吃过因锅里放水少而烧糊笼屉熏出来的黑馒头……那时我们都不会做饭，做不好，做不熟，饥一顿，饱一顿，饿着肚子下地干活是常态。在生产劳动方面，由于没体力，没技能也很吃亏。比如割麦子，不知道要磨镰刀，也不会磨镰刀，竟用未开刃的镰刀去对付庄稼。割不了多少就割不动了，加上腰酸，只好蹲着割，再不行就坐地上一根一根地割，如果还可以叫作割的话。其实此刻的镰刀已经钝得丧失了切割功能，只能靠铁片与麦秆之间的摩擦把麦子放倒，所以叫“锯麦”更合适……真是苦不堪言。北队评工分时，女知青最高的只给 4.5 分，还不及当地十来岁的半大女子。

小东淖的 27 个兄弟姐妹兴趣爱好和性格各不相同，各有特色。

郭北临是来自师大女附中的老高中生，是我们当中做起事来最磨叽的人，洗一件衣服常常要反复揉搓好几个小时。可一唱起歌来，完全判若两人：精神抖擞，两眼放光，口齿伶俐，嗓音清脆。我最爱听她和均田、小虹等人唱的《歌唱动荡的青春》《喀秋莎》《山楂树》……她吟诵起诗来也很投入，抑扬顿挫，慷慨激昂。因为她和宋淮云的关系密切，能经常听到她朗读郭路生的诗。路生跟我是同班同学，我们大家都喜欢他的诗。我还和梅山在烟熏火燎的煤油灯下刻蜡版，用李小东带下乡的油印机印刷他的诗，装订成册。我自己留了一册带回北京，因搬家频繁遗失了。北临多愁善感，酷爱读书，文学造诣较深，1973年被推荐入学，如愿去了北京师范大学中文系。

苏北雁是灯市口女中的初中学生，在北京少年宫受过多年舞蹈训练。1967年我在李平分的话剧团排戏时就认识她了，1969年初又一起下乡。她的音容笑貌时常在我脑海中呈现，之所以如此，不是因为她美丽的面庞和优美的舞姿，而是她的重情重义。那是1969年的9月11日，当乌拉特前旗公安局押送我的卡车启动的一瞬间，马达轰鸣声中，北雁哭泣着冲出人群，声嘶力竭，边追赶汽车，边高声呼唤我的名字。是啊，一个男人，一生一世能有几个姑娘如此为你哭泣？她是我今生遇到的唯一的一个。

我永远忘不了1968年9月10日的夜晚。那是一个晴朗的夜空，繁星闪烁，不时有流星划过。过去常听老人讲，天上落下一颗星星，人间就会死去一个人。不知怎的，总感到那夜的流星特别多，我突然不安起来，心中闪现一丝不祥之兆。在大家从公社打架现场回村的路上，我不时地仰望天空，那一颗颗不断划破苍穹又不断坠落天涯的流星，它们的生命虽然如此短暂，却又那样耀眼醒目。

到家已是后半夜，谁知天亮时会发生什么？为了哥儿们弟兄，我必须像流星那样，毅然决然地去选择一个改变自己终身命运（前途和婚姻）的决定（今天想来也许是一个愚蠢的决定）。

我在乌拉特前旗总共待了十多年，是我们这个群体中命运最坎坷的人。其中五年多是在小东淖北队和南队插队，这段时间最难熬，因为其中21个月（一年零九个月）都是戴着“劳改分子”的帽子度过的（含乌拉特前旗监狱三个月的拘留期）。那时我在北队，尽管多数老乡同情我，但受政治气候影响，我也得去干最苦、最累、最脏的活儿，而且是随叫随到，还得时不时听训话，当然比阶级敌人还是要强一些。

不幸中的万幸是，我有一群知根知底、贴心贴肺的兄弟姐妹。1969年12月我从旗公安局放回北队执行劳改，为使我父母宽心，我们的大哥姜克敏、大姐李均田，还有发小周天安等人跑大队、跑公社给我请探亲假。要知道在阶级斗争为纲的岁月，这是多么为难又不易的事情。见我在北队受委屈，大家想方设法改变我的处境。1970年底，小东、梅山、李止进了南队领导班子，立即张罗把我转到南队；姜克和均田积极配合，疏通大队、公社和前旗有关人员和部门，终于如愿，改变了我的生存条件。不久我便提前三个月解除了劳改。1973年下半年，大家都走了，村里就剩下我一人，我们的大哥和大姐又出面做工作，把我调到长胜公社种子站，使我有了稳定的收入和安定的生活。我的案子复查时，很多人跑上跑下进行疏通，特别是天安，动用家长关系找到相关领导做工作，使案子终于重新审定，我也得以平反。

生活方面的关照就更多了，可以说是无微不至。我要特别提出的是兄弟姐妹们的理解和大度。由于心情不太好，难免使点小性子，耍点小

左起：于四鹰、丁克白、刘历远、高小刚、于群鹰、赵强　1969年夏

脾气，但无人跟我计较，也从未有人给我出过难题，包括被大家称为人精的刘五一。

我在乌拉特前旗度过的十余年是自己人生中最动荡的时段，回忆那影响我一生前途和婚姻的事件是不会快乐的，但是回忆兄弟姐妹们对我的多方关心和爱护却是十分快乐的事情，我是对我们这个群体的兄弟姐妹之情感受最深的人。

正因为如此，我才以“小东淖的兄弟姐妹们”作为这篇小文的标题。

史世凌

史世凌　1969 年 5 月

史世凌（男），北京五十六中 68 届高中毕业生

倒　场

1969年的春季，四月的河套大地刚刚开始泛青。我大清早起床匆忙洗脸刷牙，也不知道早晨吃的啥便沿着村东头的大道向南奔去，远远就看见四老汉赶着个牛车已经在路边等着了。四老汉是大队书记陈仓的四爸（四叔），老爷子早年间在傅作义的队伍待过，见多识广，村里人对他非常敬重，惯得他孤傲生冷，任人不理。今天是给村里的羊倒场的头一天，我生怕迟到遭到老爷子责骂。

倒场是游牧民族世代承袭的一种放牧习惯，已经延续了几千年。羊群、牛群、马群每年总要倒几次地方，把它们从已经啃噬得差不多的草场转换到水草肥美的去处，这在生产力低下靠天吃饭的时代是必需的，正是倒场造就了游牧的生产生活方式。小东淖虽然地处套内农区，但村里的百十只羊整个冬天吃的是上年打的干草，个个营养不良，骨瘦如柴，所以春季必须倒场，把它们赶到草地去饱餐。

经生产队政治队长赵虎旦决定，这一年的倒场由四老汉负责，成员一老两大一小。一老是四老汉，两大是下来不久的知青——我和姜克敏，一小是半大小子小兔。我和姜克敏只管送，到了草场即返回，而四老汉和小兔则留下来放牧。

小兔是小名，他大（父亲）是村里能人张木匠。张木匠是外来户，打河北迁移上来的，因为有手艺，生活过得比较殷实。他家跟知青是近邻，院房紧靠我们西墙。他有两个儿子，小的叫小猫，虽然是弟弟，但是发育较哥哥粗壮。小兔是继子，常常受点小委屈，身体细弱却非常机灵。别看个头小，眼睛不大，可说起话来活灵活现。小小人家一年中几乎大半年在外，虽然岁数不大，生活经验比可我强得多。

羊铲的使用就是他教会我的。羊铲有两米多长，一端是个小铲，插入土中铲起土坷垃，然后举起甩出，土坷垃便飞向你想击打的目标，这样就不用四处奔跑赶羊了，既省力又可以管住羊群。另一端拴一条羊鞭，用于驱赶羊群。我从小体育比较好，小兔教的那套技巧很快就掌握了。

我们的队伍出发了。四老汉的牛车上装着面粉、胡麻油、四个人的行李，姜克敏跟车，走大路；我和小兔赶着百十只羊走田埂。一旦发现有哪只羊要啃噬刚出土的麦苗，我们就挥动羊铲，土坷垃远远飞过去，或者落在羊的旁边，或者直接击中羊身，迫使这东西老老实实回到队伍，好好走它的路。小兔很高兴，因为过去全是他一个人赶羊，现在多了一个棒槌，有时教我，有时又数落我笨，吆五喝六，把小子得意得跟什么似的。

这种经验对我来说新鲜而陌生。这是我离开北京到乌拉特前旗的农村后，又一次离开亲人，我把小东淖当作自己的家，知青伙伴就是我的亲人。我们这一群人来自北京不同城区、不同学校，是不同年龄的男男女女的自由组合。我们非常自愿地离开北京，如同当年我们的父辈为了挽救民族危亡，自愿参加那支为民族解放而战的队伍一样。我们大队人马是在与先行的郭北临、黄哈尔、李小东联系后，在毛主席上山下乡大有作为指示下达的前夜来到乌拉特前旗的。

乌拉特前旗这个名字，从前听都没听说过，她所属的巴彦淖尔盟倒是在地理书上看到过，那是内蒙古自治区的一个行政区划，位于河套地带。后来查看地图，找到了乌拉特前旗的位置。当时没有网络，一时也找不到相关书籍，除了“黄河百害，唯富一套”这句民谚，其他我是一概不知。

1968 年隆冬，我和姜克敏、李均田前往乌拉特前旗革委会联系去小东淖插队事宜，很冷，感觉有零下二三十度。在乌拉特前旗火车站旁边招待所我们的住处，与旗知青办的工作人员商谈。交谈中姜克敏拿出一瓶从北京带来的金丝辣菜，当时那是很不错的食品。当地习惯吃酸黄瓜酸蔓菁，没见过这种东西。他对这又甜又辣又脆的咸菜赞不绝口，一个劲儿地说金丝辣菜真好吃。这时前旗车站的大喇叭播出伟大领袖毛主席语录："知识青年到农村去，接受贫下中农的再教育，很有必要……各地农村的同志们应当欢迎他们去。"那位干部放下咸菜就往知青办跑。就这样乌拉特前旗革委会批准了我们的插队要求。

1969 年春节后，我们来到小东淖。自此我在知青点一直与同去的哥们儿姐们儿在一起，同吃同住同劳动，总之，生活非常愉快。也可能对于我们这群人来说，不存在其他知青的蹉跎岁月，只是一群向往着不受约束的组合的人自由地走到一起。

这次转场是我第一次离开集体。虽然有点不适应，但很快就忙过去了。赶羊这营生在我是第一次，羊儿四处乱跑，我围追堵截，疲于奔命。这百十只羊是个新组合，除了生产队的之外，就是各家各户的自留羊，现在把它们攒一堆儿，尚未磨合成群，不好管理，加上冬天又饿了四个

黄河畔　1969 年 5 月

（左起：康继光、史世凌、梅山、李小东）

月，见到绿色植物就啃，而一路上处处是麦苗，它们那股疯狂劲儿，打都不管用。于是我只好随着离队的羊儿四处奔突。小兔可好，他每年都参与倒场，从前这活儿是他的，如今有了我这个小工，便落个清闲，抱着羊鞭嗑着瓜子，非常自在。

第一天也就走了十几里地，进入树林子公社属地，在乌梁素海北岸的一个村子歇息。我们把羊轰到圈里。因为每年都有倒场的羊群路过，村里修筑了几个羊圈。消停之后，四老汉拿出面粉和胡麻油让房东的老婆烙饼，没菜，就一碗腌酸黄瓜。这就是我们的晚餐，这顿饭是我吃过的最好的一顿了。我至今对烙饼印象颇佳，原因恐怕就是那位大嫂的饼做的确实好吃。

走了一天挺累的，我和姜克敏很快睡着了。第二天早起一睁眼，便听到外面人声嘈杂，方知有羊病了，舌头发紫，死活不肯吃东西。只见一个大小伙子扒开羊的嘴，小兔褪下裤子，掏出那东西上去就是一泡尿，哗啦啦全灌进羊嘴里。我以前知道童子尿能治老人哮喘，这回知道了还能给羊治病，真是开眼了。

隔天我们走到乌拉山附近。那时我还不知道那山叫乌拉山。从北京下来的急，准备不充分，不像现在人的信息从网络上全能搜索出来；而且插队对我而言，就跟下乡劳动似的，头脑里从来就不曾有过扎根农村的想法，所以对周边环境也就不大关心。

到了乌拉山脚下，再往前走，一路上才知道什么是穷了。村子稀稀落落，户与户离得非常远。我们到了一个村子，村名非常难听，村里人的长相也跟村名一样奇丑无比。尤其是女性，无论大人还是孩子，一张口便露出满嘴牙，出奇的长，格外的脏，很是吓人。可能是水不好，牙齿全是黄的，加上不注意口腔卫生，牙龈又全是黑的。我们赶羊进圈时，八成是因为我和姜克敏的衣着与当地人不同，小村子里的人全跑出来看新鲜。好家伙，简直是一幅“群丑图”，我估摸着这是近亲结婚的后果。加上天色逐渐擦黑，被这群人包围，心中顿时涌起一股凄凉，情绪低落，非常思念阳光，好抹去我心中对亲人的思念。

越接近草原，那种天苍苍、野茫茫的感觉也就越发的强烈。阳光下蓝天白云，一扫我心中的阴霾。而那些牲畜同人一样开始撒欢，有丰盛的草让它们大饱口福，我们也轻松了许多。草地上不需要去追赶它们，大自然安静了不少，不过这种过分的安静反而使我这个从大城市来的人感觉到一丝不习惯了。顺势躺在草地上，晒着太阳，置身一望无际的草原，我心里的那种寂寞感突然袭来，四老汉和姜克走大路，就小兔和我还有羊群在这草地上。

往前走不远，遇到一处沙丘。整个沙丘全是田鼠洞，估计是因为这里不经常有人和牲畜出现。许是我们的到来打扰了它们的平静生活，田鼠几乎全部出洞，成百上千，密密麻麻。什么东西都怕多，数量如此巨大的田鼠满山丘爬，是一种何等震撼的力量。我从未见过这阵势，硌硬得要命，立刻远远跑开。难怪鼠疫的发生首先出现在草原，要害就在于田鼠的密度，只要有一只田鼠生病，就会迅速传染给整个鼠群。那时我还不知道这些，后来学医方知鼠疫的可怕。

这一路上除了走，还有吃。开始还算好，有白皮饼和咸菜。白皮饼不放油，散发着面的清香。春天是缺粮季节，每年的四五月份，新粮没下来，旧粮又快吃完，所谓的青黄不接。好在我们知青粮草充足，但菜却是大问题，这里根本见不着菜，一棵都没有。没法子，只能挖野菜。这节令草地上最多的是沙葱。这种植物我从前不知道的，现在才认识，开小蓝花，一丛一丛的，挺好看，吃到嘴里确实有葱的味道。我和小兔没事时就挖沙葱，切吧切吧，撒上盐，再点上几滴胡麻油，得，齐活，这就是我们的菜了。开饭了，白皮饼就沙葱，刚开始还可以，可总吃就倒胃口了。直到今天我都忌讳这东西。每次回乌拉特前旗赴宴，大鱼大肉之外，总要上点野菜，其中就有沙葱，我从不下筷子，倒场的日子里吃伤了。

快到目的地了，前面就是草场。突然，我被远处的景象惊呆了：一半是绿，一半是黄；绿的是草原，是生命，黄的是沙漠，是死亡。两者紧紧相接，界限却又那么分明，对比那么强烈，绿是绿，黄是黄，绝不交错。我被震着了，半晌说不出话来。

到了草场，我和姜克敏的任务算是完成了。

这里除了羊，还有牛、马、驴和骆驼。所有动物都安安生生地吃草，整个草原一片静谧，就连那高大威猛的骆驼给我的印象也非常的温顺。可小兔这家伙偏偏煞风景，说可不是这么回事，四五月份是骆驼的发情期，说不定什么时候来了劲儿，见人就追，追得人满世界跑。小兔吓唬我说，你穿的衣服跟我们这些放牧的当地人不一样，刺眼，最容易成为发情骆驼的目标。这档口的骆驼叫疯骆驼，特别凶特别猛，一旦追上你，二话不说就骑上去。我还真被这小子吓着了。想想，骆驼那么大的个儿，又发了疯，口吐白沫朝你扑来，把你死死压在身下，不把小命丢了也得折几根肋骨。就此我有了心障，见着骆驼就肝颤，时刻做好逃命的准备。

我和姜克敏归心似箭，我都不知道临走前的那晚是怎么睡着的，总之天刚亮我和姜克敏就赶着牛车下了山，营盘只剩下四老汉、小兔和羊群。我想不了也顾不得那许多，一心只想回到小东淖，那里有我的家和亲人。

我们把个老牛慢车赶得快快的，俩小青年一路欢笑，约莫黄昏时分，看到了小东淖上空飘荡的炊烟。

李虹

李虹　1969 年 5 月

李虹（女），北京 110 中 66 届初中毕业生

往事历历

我叫李虹，大家习惯叫我的小名小虹，令我倍感亲切。

下乡前我是北京110中学66届初中生（俗称老初三）。我们这届学生由学校分配的几乎都是到内蒙古、山西、陕西插队，还有少部分到黑龙江生产建设兵团。去兵团，以我当时的家庭情况肯定通不过政审，只有插队一条路。于是我在学校办理了投亲靠友的手续，到小东淖投奔我哥哥李小东。

1969年春节过后没几天，哈尔带着我踏上北京开往包头的火车，那时到乌拉特前旗没有直达车，要先到包头，再转换慢车才能到前旗。记得到达前旗时是第二天的傍晚，我俩在火车站对面的大车店住了一夜。天亮后乘坐长途汽车，没多久就下车了。放眼望去一马平川，看不到人，宁静苍凉，天很高很蓝，很寒冷。哈尔指着不远处的一片黄土房说，那就是小东淖。

左起：李虹、周二娥　1969年10月

只有小东和四鹰在（后来和四鹰说起此事，他说当时赵强也在村里，阿黄说他也在，但不知为何我对他俩一点儿印象也没有）。四鹰坐在炕上就着小炕桌写标语。由于炕连着锅灶，烧得太热，堆在炕上写标语的纸忽然冒了烟，他抓起纸跳下炕奔向屋外，刚出屋纸一下子就蹿出了火苗。

做饭时他们下到山药窖里拿土豆，看他们上下有点费劲，我没敢下去，只是好奇地趴在窖口张望了一下。晚饭后哈尔带我去了政治队长赵虎旦家，他家不在我们和村民们的集中聚居地，中间隔着大片农田。从他家出来时周围漆黑一片，什么都瞧不见，真正的伸手不见五指，仔细辨认，远处若隐若现的微弱灯光（煤油灯）指引我们深一脚浅一脚地走回了家。这就是到小东淖的第一天，历历在目，恍若昨日。

很快，也就是两三天的样子，大队人马就到了，随之而来的还有我们的行李。说到行李，直到现在我也想不起我的被褥衣物是怎么由北京的家中到的小东淖，反正我自己肯定没到车站托运过，或许是大家把行李集中到一起，由几个人负责托运的？不过也不太可能，二十几人的行李得多大一堆，能集中到哪儿呢？再说那时大家的运输工具就是自行车，这么多的行李得运多少趟？令人赞叹的是在那个动荡的年代，所有人的行李，包括几柜子书、几辆自行车，居然一件没丢！

还有我的户口，怎么转出北京、怎么落入公社的也印象全无。后来听说是李止和杨继红在 1968 年底带着大家的户口，统一落到了前旗（公社）。回京工作后我的工龄就是由 1968 年算起的。五一曾说过下乡之前，在百万庄申区的阿黄家还是均田家或者是天安家开过碰头会，他们都说不记得了，我虽然没参加，但我坚信有过这么个会，这么多人，来自不同学校，通过不同渠道即将汇集到小东淖，总要在一起商量商量哪天走，怎么买火车票以及托运行李之类的具体细节吧。

大队人马的到来带来了生气，人来人往，进进出出，热闹极了。知青的房子一排三间，东边一间是套间，外屋是厨房，里屋住着均田、海晨、冬冬和北雁四位女生；西边屋和中间屋是男生宿舍；哈尔、北临、安娘、六六、李止和我六位女生则借住在知青房后的老乡郝马儿家。

虽然哈尔、北临和小东已来村里一年多，但近二十位青年男女进进出出的喧嚣场面，仍令村人无比新奇和兴奋。我们收拾行李时，窗户外屋门口挤满了人，以十二三岁的半大孩子为主，看着我们从箱子里拿出的每一件物品，他们嘴里都发出“咦、咦”的惊叹声。晚上，矜持的十六七岁的大女子们来串门了，摸摸这，看看那，嘴里发出同样的“咦、咦”声。老乡们第一次近距离接触这么多生活在另一个世界的北京人，第一次看到这么多北京人用的物品，尤其是女生那一堆堆零零碎碎的生活用品，眼花缭乱。他们好奇地竖着耳朵听着我们之间的对话，一脸茫然。纯朴的老乡议论我们时从不背着我们交头接耳，对人是指指点点，对事则按照他们各自的理解高声争论，通常是驴唇不对马嘴，南辕北辙，令人捧腹。我们的一切对他们都有着强烈的吸引力，我们的到来令他们眼界大开，接通了外面的世界，对他们的震动和影响，远远超过插队这件事对我们知青个人的影响。

二月份，天寒地冻，不用下地干活。二十几个人之间，有的相熟，有的认识，有的陌生。很快大家不但熟悉了，而且亲密无间。每天都是怎样度过的？就是嘻嘻哈哈、饱吹饿唱吧。均田她们屋有一本《外国名歌二百首》，在后来的日子里几乎被我们翻烂了，均田、北雁、冬冬和我，时常翻到一首不会唱的歌，照着谱子哼唱两小节，觉得好听就学着唱，不好听就翻过去。至今还记得很多苏联歌曲都是出自一位叫索罗维约夫·谢多伊的作曲家之手。

开春解冻，我们就跟着老乡下地干活了。干的第一个活是平整土地，打堰子，之后随着节气变化，挖渠、锄地，薅草子，割麦子……一众农活，依次排开。我们女生基本是跟着妇女一起出工，干的活都是没啥技术含量的，看看就会，但要干好也不易。给玉米苗锄草时经常一锄下去把苗锄断，赶紧自欺欺人的把断苗插进土里，往前锄几步回头再看，那棵苗已蔫头耷脑了。糜子地里薅草，我们不会像老乡那样屁股几乎挨着地蹲着，被她们嘲笑“撅着腚”，没一会儿腿就酸了，只好跪在地上前行。一次锄甜菜，天空万里无云，大太阳挂在头顶，眼见着脸上的汗珠滚落到地上，瞬间就被土壤吸收，消失了。

割麦子是最用人、最累人的活，老乡们说平时不指着你们知青干活，只要割麦子能出工就行。因为要抢收，天天起早贪黑，劳动时间长，劳动强度大，我们人人都拉了胯，走路、上炕腿疼得抬不起来，休息时，四仰八叉地躺在刚收割的土地上，头枕着散发着太阳味的麦个子，眯眼望着蓝天上的白云，真希望时间就这么静止，队长永远不要喊“动弹啦”。

尽管下地干活挺累，但绝没有到无法忍受的地步。除了割麦子，干其他活时大家笑声不断，歌声此起彼伏。我们唱的歌曲五花八门，外国歌曲唱的最多的当数苏联歌曲，除了耳熟能详的那些，还有不那么大众的，比如《民警中尉》（这首歌姜克敏唱得最好，且是表演唱）、《我亲爱的母亲》、《歌唱动荡的青春》等。《歌唱动荡的青春》是一首既使人热血沸腾又抒情浪漫的歌曲，得到大家一致的喜爱，后来成了我们小东淖知青的“淖歌”。很多苏联歌曲我们还唱二部和声，我通常唱低音部，自娱自乐，陶醉其中。另外还唱阿尔巴尼亚、巴西、越南、缅甸、印尼等国家的歌。

中国歌曲范围更加广泛，从民歌到电影插曲到新中国的流行歌曲、毛主席诗词等都唱，其中有《花儿朵朵》《我们是共产主义接班人》等少年歌曲，甚至还有儿歌、童谣《洋娃娃和小熊跳舞》《生产队里养了一群小鸭子》等，太多了，数也数不清。天马行空，想到哪儿唱到哪儿，不论谁想起什么歌，唱出一句马上有人应和。

不光劳动的时候唱，晚饭后大家也经常聚在门口一起唱，没完没了。史世凌、天安率领众男生唱的苏联歌曲《海港之夜》，委婉深情，动人心弦，暮色中，随着韵律凝视远方，仿佛看到蓝头巾在天边闪动……一曲唱罢，另一曲又响起，好似开联欢会。老乡们开始觉得很新鲜，不明白知识青年们天黑了不睡觉瞎吼个甚，后来也就见怪不怪了。

我总是和冬冬、北雁凑在一起，不知为啥事就哈哈大笑，经常笑得直不起腰，说不出话，笑出眼泪，这是我一生中笑得最多、笑得最酣畅淋漓的时期。一次挖渠，渠底深褐色的土壤富有黏性，一锹下去就是齐齐整整的一块，不碎不散。铲起一锹土北雁说多像巧克力，再铲起一锹，土上有无数被芦根穿透的细密小孔，我说这像猪肝……反正都和吃有关。

一天我们仨没出工，馋得不行，从老乡那买了 30 个鸡蛋，又从厨房偷了一缸子油把鸡蛋炒熟，信誓旦旦要吃个精光。开始还狼吞虎咽，香得不得了，慢慢地就不那么诱人了，后来真的吃出了鸡屎味，最终也没吃完。我第一次吃到的沙拉，是冬冬用胡麻油调鸡蛋黄，和土豆拌在一起的。

我们还常从康继光上了锁的手提包里偷可可粉、花生粘、话梅糖，鼓着嘴从男生屋出来，大康一边喂鸽子一边斜着眼笑眯眯地望着我们，更加助长了我们的气焰，后来就跟明抢差不多了。最近和大康说起这事，他说吃的东西我如果不锁着，拿出来大家一两天就扫光了，让你们偷着吃能吃得长久些。多善良的人！多好的朋友！

大家还时常精神会餐，纷纷说起吃过的好东西，咽口水的同时获得极大的心理抚慰；蛮子他们带的书里居然还有一本菜谱，看看也能解馋。一天傍晚收了工，我们跟随村里的老婆婆、女子们从干活的地里直接到邻村偷豌豆，开始还只摘豆荚，后来就整棵连根拔了。战果累累，回家摘出满满一大盆。时值六六（陈必尹）带蛮子回京疗伤刚返村，带了些广东香肠，给我们做饭的刘茂堂刘叔用香肠和豌豆包了包子，好吃极了，有生以来唯一的一次豌豆馅儿包子。

刘叔的手特别巧，我们的口粮都是小麦，主食就是馒头、面条、烙饼。刘叔蒸的馒头又白又暄，在地里干活饿了，休息时回家拿个馒头，空嘴吃也格外香甜。没有油，照样给我们炒菜，我最爱吃他做的洋葱炒土豆片。他做过一次羊杂汤，里面不只是心、肝、肺等下水，还有切成小丁的羊头羊蹄，吃到嘴里又绵又韧，口感丰富，就着糜子米饭，至今滋味难忘。生产队的一头毛驴难产死了，刘叔用分给我们的驴肉上的驴油烙饼，李坚连吃七张……

下乡伊始，第一次远离北京，远离家人，对于我这个小时候上日托幼儿园都大哭大闹，以致父母不得不放弃送我入园而一直在家由保姆照看长大的人，能够顺利地渡过想家关，源自插队生活的快乐和充实，它冲淡了我对家人和北京的思念，快乐来自知青大家庭的温暖；刘叔亦有一功，俗话说吃饱饭，不想家。刘叔现在应是耄耋之年了，不知他们一家现在何方，愿他们生活幸福、安康。

下乡第一年麦收前，队里放假一天，还杀了一头老牛给社员改善生活。我亲眼见它跪卧在地，眼睛里流出眼泪。牛肉太老，只能剁成馅吃，刘叔中午给我们包的饺子。我真佩服那些动物保护人士，以身作则，竟然能够一口荤腥不沾。我一见饺子便忘了牛被宰杀前哀怨无助的目光和泪水。饕餮过后口渴，又喝了很多水，牛肉在胃里迅速膨胀起来，撑得我站着坐着都难受得要命，唯有躺着才稍稍好点。安娘和李止见状，坚持不让我躺着，拉着我在村里一圈一圈地走，直至痛苦有所缓解。

左起：李虹、苏北雁　1969 年 7 月

上午安娘背着相机，在村里找风景好的地方给大家拍了很多照片。我手把葵花那张，就是在我们自留地里照的。我和北雁与葵花的那张，让安娘在八一电影制片厂当摄影师的丈夫汪胜权赞不绝口，说是取景光圈什么的都非常好，具有专业水准。

村里人只过春节、端午、中秋等传统的农历节日，而我们还坚持过“五一”“国庆”，队里不放假，我们就自己给自己放假，还要做一顿好吃的庆祝一下，增加节日气氛。

记不清是“五一”还是“国庆”了，节前一天我们从老乡那里买了几只鸡和兔。晚饭后，厨艺出众的李止、六六、安娘就忙活开了，又是洗，又是剁，又是炖，准备第二天的节日盛宴。很晚了，我在睡梦中被一阵炖肉的浓香熏醒，睁眼一看，她们不知什么时候回到宿舍，已经蹑手蹑脚地上了炕要钻被窝睡觉了。极近的距离，加上脱衣服的动作，使她们头发上衣服上沾染的炖肉香气飘荡开来，居然把我熏醒了。

那两年我正长智齿，长不出来，反复发炎。每逢改善伙食吃好吃的，我那不争气的牙好像都是处在发炎期（吃牛肉饺子差点撑死那次除外），疼还是次要的，关键是张不开嘴，吃东西很困难，嘴只能微微打开一条小缝，筷子夹一丁点儿食物，勉强从上下牙之间的空隙塞进去。眼见那么多好吃的却不能大快朵颐，真令人沮丧。

劳动之余，除了侃大山、唱歌，就是读书。蛮子他们从北京带来几柜子书，内容涉及广泛，有我看不懂也不感兴趣的大部头理论书，有上面说到的菜谱，还有大量的文学作品。插队之前我也偷偷看过几本外国小说，真正接触世界名著还是从这批书开始。

看《战争与和平》时，不爱看战争部分，遇到和战争有关的篇幅就哗啦哗啦翻过去，只看描写生活、爱情的和平部分。看法国小说更耐不下性子，像《悲惨世界》《高老头》等，觉得故事还挺好，就是写得啰里啰唆；还有那部《九三年》，几次拿起都读不下去，晦涩无味。总之，看这些名著，都是挑感兴趣的篇章读，连囫囵吞枣都谈不上。除了托尔斯泰、屠格涅夫、契诃夫、雨果、大仲马等大家的经典名著，还有苏联的当代作品，如《青年近卫军》《古丽娅的道路》《卓娅和舒拉的故事》等，这几本书的内容都是描写苏联“二战”时期反法西斯保卫祖国的，主人公们国家利益至上，勇于牺牲自己的精神深深震撼着感动着我，对那代人将荣誉视为无比神圣、至高无上的情怀肃然起敬。

最爱看的还是那几本内部发行的黄皮书，尤其是苏联的《带星星的火车票》，几个中学毕业生青春期的叛逆与迷茫引起了我内心的共鸣；文字也好，生动诙谐，令人反复咀嚼、回味。至今我还保持读书的习惯，不过现在我只看中国小说了。

大康养了一只名叫虎子的狗。虎子真是神犬，它能分辨出北京人和当地人，不管是兵团的、山西的、陕西的甚至是牧区的……只要是北京知青来我们这里，尽管穿得破破烂烂，它一律不叫不咬；但当地人，哪怕是穿着簇新的衣服来村里串亲戚的，但凡从我们房前走过，它必狂吠不止。有时独自去公社害怕，叫上虎子跟着就特别壮胆。

虎子不记仇，一次雨后，我从屋前的积水中挑起一只癞蛤蟆，边喊虎子边将癞蛤蟆抛向空中，虎子毫无防备，以为是馒头，跃起张嘴接住，随后马上吐出，趴在地上口中不断流出哈喇子，我没想到癞蛤蟆会分泌毒素，非常后悔。虎子缓了一会儿，像啥事都没发生，又和我玩在一起。

麦收时的一天凌晨，我出屋晚了几步，门外黑乎乎得已人影全无，我不知道该奔哪个方向，试探着喊了几声虎子，它不知从何处跃出，引着我来到了那块众人正在收割的麦田。

那年我和冬冬、北雁回北京，坐在开往前旗的长途汽车上，猛地看到虎子竟然在车下跟着奔跑。下车后它随着我们东游西逛，我们进站了冲它挥手，喊回去，它听得懂，一步三回头的颠颠儿地跑回村，好几十里地呢。

吴海晨，年龄和我相仿的女生，好像和我是一届的。白白的皮肤，太阳一晒就成了粉红色，我们几个戏称她“克里克斯大粉”，这是番茄的一个品种。我们之所以知道这么专业的学名，得益于我们中间一个同伴在农科院工作的舅舅，他给我们搞了一批蔬菜种子，其中的番茄就叫这个名字。海晨性格开朗，待人热情，勤劳能干。一次干活时我晕倒在地里，她愣是从村西边的渠外把我背了回来。可惜她与大家失去了联系，一别几十年，真想念她，愿一切安好。

小东淖的岁月，趣事多多，快乐多多，在我的记忆里，没有忧伤没有烦恼。知青大家庭每个成员的一言一行都在潜移默化地影响着我，滋润着我，使我逐步认识到什么是真，什么是假；什么是善，什么是恶；什么是美，什么是丑，从而奠定了我的世界观、人生观、价值观，使我成长为一个正直善良的人，成为一个不论在什么岗位都努力工作积极向上的人。说不出具体的哪个人哪件事对我影响最大，是小东淖的整体氛围造就了我，令我受益终生。

我在小东淖只待了两年，其实满打满算只有十四个月。在小东淖这片土地上挥洒过汗水，留下了虽然短暂但难以忘怀的青春时光，小东淖成了我的第二故乡，知青伙伴成了我的亲人。

吴海晨

吴海晨　1969 年 5 月

吴海晨（女），北京 101 中 66 届初中毕业生

忆海晨

插队前我就见过海晨，忘了是在什么场合。她就读的101中离我们农大附中不远，中间隔着圆明园，我去过她们学校，有时候骑车有时候翻墙，也许是在校园见过，但不熟。

她是一位挺招眼的姑娘，脸圆，肤白，发黄；性格豪爽，大大咧咧，像男孩子似的双手插在裤兜里；笑点低，一点小事便会让她笑个没完。那是全身心的笑，嘴巴洞开，露出牙床，血气上涌，满面绯红，笑着笑着，嗓子便哑了，沙着声音断断续续诉说可笑之处。听者也笑，倒不是她讲的事情有多可笑，而是被她的笑所感染。她常用的口头语是“没治了”，动不动就“没治了”。

她身体健壮，很能干活，额头上常常沁着一层汗珠，发丝津津，脸色白里透红。叫她一声，抬起头，面部肌肉渐渐舒展，没错，接下来定是一串笑。

她是1971年离开小东淖的，被招到包头当工人。这一去就没了消息。

我相信，如果相遇，比方在机场，她一准会边笑边说，满面绯红，哑着嗓子给你讲一件事情，最后以一句“没治了”收尾。

海晨——不说也罢，没治了。

（李小东撰写）

周天安

周天安　1969 年 5 月

周天安（男），北京五十六中 66 届初中毕业生

插队的日子里

怎样去的小东淖插队，今天的记忆已有些模糊。一来已是近 50 年前的事，二来也许是多次手术全麻的后遗症。但小东淖三个字的确令人终生难忘，它是我初入社会的第一站。

1968 年下半年，我是家里第一个面临分配的孩子。作为 66 届的初中毕业生，第一可以当兵，第二可以当工人，第三是去东北的建设兵团，但是按当时的说法叫家里有问题，这三项选择我都不够资格，始终在学校得不到正常分配。幸运的是，在那个年代，一些志同道合的朋友、同学、邻居，大家相互了解，自愿组合，最后走到了一起，前往了小东淖，开始了插队的生活。

想起小东淖那段日子，让人又回到年轻时代，大家都是从北京去的青年人，两地条件反差之大是显而易见的，但没有人退缩，更没有人抱怨。大家自觉地和老乡打成一片，向老乡学习，努力锻炼和提高自己，老乡对我们的关爱，至今让人回想起来都是暖暖的和有趣的。农村的生活是我们走向社会的开始，我们付出了汗水，收获了知识和能力。下面是几件自己经历的印象深刻的往事。

到小东淖的时间是 1968 年底，冰天雪地。作为北京长大的十七八岁小伙子，从未把冬天的寒冷当回事，可到了小东淖，我才真正领教了什么是寒冷。这里无霜期短，冬季在自然条件下根本无法干农活，大家一般都猫在屋里。每当你走出户外，呼出的空气就会产生出各种奇异的图案和效果，并会留下渐渐散去的痕迹。从户外返回屋里，即使外出的时间很短，眉毛和胡子上也会结上一层冰霜，犹如送礼的圣诞老人。

收麦子的经历让人难以忘怀。小东淖地处内蒙古河套地区，主打农作物是小麦。割麦是决定一年收成的关键农活，劳动强度大劳动时间长，一定要把自己装备好。首先要磨快手中的镰刀，不仅要保证锋利，还要尽量把刀刃磨得平缓，使它保持小角度。刀口角度小，刀刃就宽阔，从而可以增加收割时的使用次数。其次是要准备好一双带胶头的解放鞋，以防止在快速推进中割破脚趾头。

割麦当天，大伙带上水和干粮，到田头时，天还未亮。知青没干过这活儿，一人一陇；社员是每人两陇。队长一声令下，大家舞动镰刀齐头并进。没迈出两步，差距就出来了。社员在前面，知青在后面，知青队伍里也分出了快慢。望着一眼不到头的麦田，没有点意志品质还真坚持不下来。那时是集体劳动，成员之间有个比较，落在后边不要说舆论，就是自己都不好意思。

收割小麦是最累也是技术含量较高的一项农活，非常不容易掌握。人必须弯下腰，左手搂住麦秆，右手就势用镰刀迅速割断，眼、手、脚要配合得当，做到眼到、手到、脚跟上，动作协调了，自然就会比较轻松，比一味弯腰傻干要少受许多罪。如果配合不当，手忙脚乱，不光速度慢，割不干净，你的腰腿也受不了。

挖大渠也让人印象深刻。这绝对属于重体力的活儿。挖渠民工每人有两样基本工具。一把类似沙和尚用的武器样式的铁锹，当地叫“西锹”，据说源自西边宁夏灌区，后传至内蒙古后套。西锹与北京常见的铁锹截然不同，没有弧度，平平直直。后套的土质特殊，黄土略带胶泥，基本不含石子，西锹对付这种土质特别合适。

所谓挖大渠，就是把平地上的泥土挖出来送到高高的渠背上。挖土方也是讲究技巧的，一般是左边垂直方向用锹踩一下，间隔 20 公分再在右侧做同样动作，随后在两个垂直面的后方 10 至 15 公分处一锹插下去，整个一块泥土就下来了，直接送进筐里，一气呵成。这样干活既快又省力。

担渠　1969 年 5 月
（右起：周天安、李小东）

那么怎样把土送上渠背呢？这就要说到第二件工具，扁担，也就是所谓的担杖，用它把装在箩筐中的土挑到渠背，故而挖渠也叫担渠。担杖其实就是一根茶杯口粗的树干，有的连皮也未剥去，一副傻大黑粗模样。用这样的工具挑土，没有功底的人不要说起步了，就是肩膀也受不了，硌得生疼。要是筐里的土块装多了，只能咬牙忍着，那时候才能真体会到什么叫压担子。

拉煤是件挺有意思的活儿，就是赶着毛驴车前往煤窑把煤拉回村。这里的关键是驾驭拉小胶车的毛驴。牛、马、骡、驴等大牲畜中，驴的体量最小，相对也最容易使唤。但你必须学会和熟练掌握驴能听懂的专门口令，用以指挥前进、左转、右转、停止等动作。只要驴能够准确理解你的意思，赶驴车便游刃有余了。

那个时代的农村，路上没有什么车辆，蓝天下白云悠悠，车碾人踩出来的黄土路坑坑洼洼，小胶车发出吱扭吱扭的声响，在旷野中格外清晰，毛驴按照惯有的节奏不慌不忙地行进，一切都那么自然而然。赶车的任务就是掌握方向，确保毛驴不偷懒不停顿。人在车上还是蛮舒服的，你可以坐着，也可以躺着，高兴时还可以哼上两句小曲。

驴车速度慢，一天赶不回村里，途中必须在外住宿。歇息的地方叫大车店，是专门为赶路人预备的，虽然简陋得不能再简陋了，但基本设施还过得去，对付人宿马歇、人吃马嚼完全没有问题。到大车店时，已然暮色苍茫，屋子里只挂着一盏昏暗的煤油灯，根本看不清里面的结构，辨别不清各色人物的面孔，甚至区分不出男女老少。一条窄窄的通道把房间一分为二，两侧是土坯砌成的大通铺，上面东倒西歪地躺着南来北往的赶车人，还有风尘仆仆的赶路人。

没人安排铺位，你看着哪儿有空地儿，能搁得下你的身子，挤进去就是了。展开随身携带的毡子，再打开被子，往身上一蒙，马上就进入梦乡。赶了一天的车，早就人困驴乏，连身都懒得翻，哪还有心思观察周围？条件就这样，哪管他脏、乱、差、臭，有个地方能让你躺下来安安生生睡一觉就不错了。知足吧，当下最大的也是唯一的需求就是睡觉解乏。不过你也不能光顾个人自己睡觉，半夜必须爬起来照顾你的毛驴伙伴，给它喂料、上水，马无夜草不肥啊。毛驴只有吃饱了喝足了才有力气，精神也才旺盛，白天才能好好拉车，所以人辛苦点完全划算，换到的是来日轻松。姜克敏就吃过这方面的亏，他跟车跑运输，负责夜里喂牲口，被马踢了一脚，一怒之下饿了它一顿，结果遭到报复，骡马不好好拉车，被车倌埋怨了一路。

第二天我赶着装满了煤的毛驴车早早回到村里，心里挺得意。然而美中不足的是，我的一双崭新长筒胶鞋却丢了，算是一点小小的遗憾吧，要不真可以说得上是大获全胜了。

如今回想起在小东淖度过的日子，条件虽然艰苦，但大家乐观、开心、勇于面对现实，生活中充满了欢乐。我们相处融洽，给予的多，索取的少，互相帮助、体谅、关心，像一个和谐大家庭中的兄弟姐妹，留下的是温暖、愉快和美好，让人终生受益，至今难忘。

刘历远

刘历远　1970 年

刘历远（男），北京八一学校 67 届初中毕业生

历远一瞥

下乡之前我就认识历远。他常常跟姜克敏在一起，时不时到农大附中露个面。他和姜克一样，脸上长着个尖鼻子，只是更白净些。他喜欢双手插在裤兜里，一双圆圆的的眼睛精光四射，有如鹰隼。听人传，他跟生人接触，通常要加一句：我什么也不懂，你可别骗我。看来这方面没少上当。

我早下乡一年。他送我一本包着红色塑料皮的《毛主席语录》，首页上题：红卫兵战友李小东留念。落款是红卫兵战友刘历远赠。字很小，但非常工整，一笔一画极其认真。这件纪念品我保存了很长时间，上世纪末搬家时找不见了。

有人觉得我在农村一定异常艰苦，打算寄一些糖果。他严正提醒道：小东有话，谁要给他寄东西，一律倒猪圈里！

到小东淖后，他去了北队。有时他来南队，看看大家，也看看苏北雁。那天我推门进屋，里面只有他跟北雁，两人端坐炕上，中间隔着炕桌，上面是一本打开的《毛泽东选集》，很严肃地谈着话。

我有将近半个世纪没见历远了，眼前的他还是十几岁时的样子。很精神，双目灼灼，两只手插在裤兜里。

（李小东撰写）

于四鹰

于四鹰　1969 年 8 月

于四鹰（男），北京八中 67 届初中毕业生

小东淖一年

1969 年 1 月 15 日，我与赵强搭乘晚班火车离开北京去乌拉特前旗。经一夜煎熬，第二天抵达前旗。途中享用赵强带的猪肝和榨菜，听他详细讲解吃猪肝对强身健体的作用，很愉快；且就着榨菜，猪肝的腥味就不那么强烈了，对于当年挑食的我意义重大。

走出前旗火车站，找寻去长胜的公交车站。天寒地冻，路上行人稀少。找到汽车站后，因距发车还有段时间，我们得以有机会逛逛前旗。路边的枯草棵子令人印象深刻，一丛丛的，让人联想到这里是有人烟的。听到天上有“唰唰”的声响，抬起头观察是一群比鸽子略小的鸟儿飞过，鸟儿的翅膀划破凛冽的寒风发出爆裂声。经询问得知，这是沙鸡。不一会儿，在前旗的饭馆就发现了酱制沙鸡，三毛钱一只。尝一口，猪肝味道，或许是与夜车上刚吃过猪肝有关，把味道记混了。

到了长胜公社，距小东淖南队还有五里路，与赵强相跟上，尽快抵达目的地。见到李小东，印象中一心想办报纸的他，居然一副非常农民的形象。寒暄之后，忙着拉风箱做饭招呼我们。在大队人马到来之前，我们就住在南队，期间曾去北队接洽人员抵达后如何安排住宿的事宜。余下印象最深的事就是小东给我们做烩菜，猪肉块、土豆块、腌菜、调料等都扔在锅里，提起水桶把大量的水倒进锅中，上面再架上蒸笼蒸馒头。对于习惯于从食堂打饭吃的我来说，心中非常震撼，农村生活，一切都要从头做起。

大队人马是在一个月后的一天早晨抵达小东淖南队东北头的。望着气派的大卡车，看着忙碌指挥卸车的姜克敏，与熟悉或不熟悉的朋友打着招呼，听着他们离京时在北京站发生的奇闻逸事，觉得真是不可思议。小东淖要有怎样的胸怀才能搁下这一帮见过世面的年轻人。

该来的人，除了被强制在学习班学习的人，其他人都来了。我们也不能老住在南队，便去了北队。

“下地动弹走呀！”每天早上，队长霍秃子都会爬上房顶吼喊。之后，社员们三三两两带着工具出工。河套地区一项永无止境的活儿是给水利设施清淤，用铁锹把去年引黄河水灌溉时淤下的泥沙挖出，保证水渠不会成为天渠。当地有种特殊工具称之为西锹，锹头有一般铁锹的一个半长，完全的平板，无弧度，用来切割淤泥，只需两下便起获；但要把几十斤重的泥土端起来，真要一把子力气。北队也只有著名的安家老大、老二可以随心所欲地干这个活儿。随着清淤的进展，我们的手看起来也有点像农民的手啦，一层茧子出现了。

咳嗽了，口里人冬春季节在河套地区很容易咳嗽不止。从来没想过要去医院，守着整天背着小药箱四处出诊的刘五一就有了许多信心。从没有想过要吃药，解决方案只有针灸一个办法。长长的银针扎进相关穴位，五一同时问我的感觉：“麻了”——“好”；“往上蹿了”——“好”；“往下麻了”——“好”。无论你说什么，五一的回答永远是简短的、自信的，一律给予“好”字。针灸一直没有显著效果，我都觉得不好意思面对五一的耐心了。五月，树梢刚呈绿意之时，麦子也锄完了一遍，决定趁闲返京小住。回京两天后，未经任何治疗，不咳嗽了，自愈。

本以为农村只搞生产，不想也有体育比赛，下乡不久就赶上了篮球赛。基层赛事由公社组织，以大队为单位，不光给假，还给记工分。

我们小东淖知青有不少体育天分高的人。史世凌，足球篮球兼修，动作优美。梅山，身高臂长，作为中锋站三秒区腰位，背身接球，转身投篮的功力不浅。不太会篮球、但足球修为了得的刘历远，疯狂防守，屡屡用铲球动作对付试图运球突破的对手。

本地也有好手。让人印象最深的是一位精壮的后套汉子，身着一条红白方块相间床单布料缝制的大裤衩，足蹬当地时兴的手工制作的方口布鞋，从不与我们的防守做过多纠缠，在半场区域范围，很自如的用单手从腰际将球扔向篮筐，命中率很高，常常让我们觉得此人没治了。

糖是生活必需品。我国南方种植甘蔗，用以制糖，下脚料喂猪，所以南方一些省份诸如广西、四川，既盛产糖也盛产生猪。由于气候原因，北方种不了甘蔗，只能种甜菜，用它制糖，下脚料同样可以喂猪。南方和北方都有维持季节性生产的糖厂，专门收购和加工这两样东西。上述是“文革”前在学校的地理课中学到的知识。

后套是我国甜菜重要产地，种植面积不小。当地老乡管甜菜叫“糖蔓菁”，视为重要经济作物，效益高，来钱快。

甜菜的田间管理最重要的环节是锄草。所谓锄，不是站着用大锄干活，而是手持小铲子蹲着把野草锄掉——甜菜苗太小了，跟野草混在一处，不瞪大眼睛休想把它找出来。这让不善于蹲着的我感觉很不自在，但由于甜菜的收购价格了得，只好坚持蹲着干活。

没承想是甜菜达成了我此生第一次通过劳动挣到钱。甜菜收获后，先在村里进行粗加工，按个头大小分类，之后用大胶车和毛驴车拉到新安镇卖给收购站。生产队分配我跟着安家老大去新安镇卖甜菜，我的活儿是帮着装车、卸车。这活儿不错，除了记工分每天还给三毛钱补助，干了8天，一共挣了两块四。更让人兴奋的是，还可以立即尝到甜头——在新安镇大车店吃炒土豆丝，当地叫“山药节节”。

掌勺的这位是后套唱山曲儿的名人，叫啥忘了。我花两毛多给他买了一包战斗牌香烟，他给我们唱了十三段“光棍哭妻”。这是后套名歌，从正月起，每月一段，直到来年正月终于娶上媳妇。吃罢山药节节，听过名曲，钱才花了个零头，烧包的我急不可耐，回来路过公社供销社，买了一瓶红烧肉海带罐头，拿回去跟留在村里的几位共享。

下乡前，我印象中土豆是一种挺讲究的菜，到小东淖后，胡麻油炒土豆丝也只是在大车店和饭馆才能吃上的菜，而平日所吃的烩菜是少不了土豆的，所以北队知青的自留地全部种上土豆。看着长势不如包头知青的，但是产量却比他们高很多。

我们的土豆上过一次队里给的羊粪，生产队派人帮助浇过一次水，此外再无其他田间劳作。看作物长势，与包头知青的完全没有可比性，看劳动架势也无可比性。包头知青中有位姓牛的小伙子，看起来活脱脱一个农民。但是刨土豆之后，情势骤变，正好反过来。我们中的丁克白一副完美的农民式得意，嘴上说着客气话，满脸是无法掩饰的笑容。可怜包头知青枉得许多赞誉，在自己生产的小土豆面前实在丢份儿。

身在后套农村，对京城“九大”之后的“文革”形势无切实了解，只是听说一场冰雹砸碎了新盖好的东风市场不少玻璃顶棚。东风市场从前叫东安市场，曾被视为四旧在商业领域的大本营，改名东风市场，表示我们东方无产阶级一天天强大起来。

返京（颐和园更名人民公园） 1969 年初冬
（前排左起：李强、苏北雁、彭莲娜；
后排左起：刘历远、于四鹰、高小刚）

自进入1969年10月，频繁接到家人被限定必须几日之内离京、搬家、下干校的信息。搞不清怎么回事，忧心不可抑。莲娜家也接到了命令。随后，北雁、历远、莲娜与我决定相跟上返京。

经一天多旅途抵达北京，街上行人稀少，苹果因滞销只卖2毛一斤。几年后才知道这是第一个战斗号令实施了。

要打仗了。我也因此离开小东淖。1970年初参军入伍，开始了另一段人生旅途。

由于有小东淖的生活经历打底子，在部队的各项工作中并未感到很艰苦，适应度较高。

虽然我在小东淖只待了一年，但收益着实不小。

李坚

李坚　1968 年

李坚（男），北京七中 67 届初中毕业生

想念阿利

李坚小名阿利，一般大家都叫他阿利，大名很少提起。

大家说阿利“人精”。缘由忘了，大约跟说话有关。他见人们聊得热闹，不甘心旁听，冷不丁插进一言半语，令人一愣，随后便爆出一片笑声。那天一块儿吃饭，谈到阿利，北临说他当兵后来信，对每个人都描述一番，其中有一句“笑容可掬的脸上一团笑容”（说的是梅山吧?）。其实阿利本人就是这样子，黑瘦的脸上永远浮着笑意，连眼睛都笑，笑得有点坏。他极其纯朴、本真，套用今天的话叫“萌”。他很萌。

他的权威是他二哥（李强）。只要二哥在场，他的话就没利索过，眼睛不时地瞟过去，而此时他二哥则一动不动，眼珠都不动。不知阿利从哪儿学会了抽烟，那天大伙你一根我一根地抽，他居然伸手要了一根，二哥也在，眼珠没动。我见天安训过阿利，嫌他不学习不上进，阿利哪是那块料？我们都是普通人，阿利的普通绝对心甘情愿，从来就没动过不普通的念头。

我再没见过阿利，印象中的他永远是十六七岁时的模样：黑瘦的脸上浮着笑，笑得有点坏。（李小东，2015 年 11 月 18 日）

忘了因什么事得罪了阿利，他嚷嚷回北京后要锯了我们家楼！（刘五一，2015 年 11 月 18 日）

申区第一条好汉，出自北京名校，七中，八中，101 的七中。一群人在南队屋里排列十位大将姓名，总觉得少了一位，阿利脱口说还有谢怀德，让众人着实晕菜。如今，第一条好汉走了，大家都要保重，记着阿利带给我们的欢乐。（于四鹰，2015 年 11 月 19 日）

左起：梅山、李小棣、李坚、赵强、姜克敏　1969 年秋

我所知道的阿利：七中出人才，“文革”名人有曹京生和李坚（阿利大名）。阿利也曾干过一鸣惊人的大事。1968 年济生让计委大院名人曹京生欺负了，我、天安、阿黄、阿利把曹京生堵在他家的楼道内，一顿乱搥，曹落荒而逃。

事后曹气得乱哆嗦，结结巴巴地跟别人说：打我的居然还有我们七中的李阿利！很瞧不起人的样子。阿利一生忠厚老实，好练嘴，真正动手可能仅此一次。不鸣则已，一鸣惊人！真是为朋友两肋插刀！好兄弟一路走好！（赵强，2015 年 11 月 19 日）

村里养了不少母驴，专事繁殖骡子，真正的生育工具。一头母驴难产，剖腹产后，母子都死了。阿利正经八百地找到我，让我向队委会转达一条意见：村里专事交配的儿马太大，而母驴太小，所以难产，建议养一匹小点的儿马。言罢极得意，深为有这么高超的见识而自豪。我问这是你自己想出来的吗？回答是当然。我逗他，说你的看法不对，别的母驴为什么不难产？他急了：你还不相信，均田刚才在社房就是这么说的。听说均田出身农大，兽医站的医生大多毕业于农学院，所以饲养员

劳动之余　1969 年 5 月
（左起：周天安、梅山、康继光、李强、史世凌、李坚、李小东）

把均田叫去，阿利跟着看热闹，听到了几个人的议论。阿利本真，连吹牛都带着憨厚劲儿。(李小东，2015 年 12 月 14 日)

想念阿利，情同手足！（李虹，2015 年 11 月 18 日）

刘五一

既定目标

一、京城行医

1966 年我上初二。6 月，正准备期末考试时，停课了。“不考试啦！”有人大声喊，大家高兴得跳起来，撒了欢儿地冲出教室，冲出校门。谁能想到这一停，竟天昏地暗十年之久，大多数人再也没有机会回到课堂。

开始挺好玩，大串联有点像全国学生大狂欢。我觉得自己就像一只放飞的小鸟，一下子没了家庭学校的束缚，自由自在四处飞翔。从八月开始从北向南，又从东向西，火车轮船随便坐，吃住行全部免费，想去哪儿就去哪儿，乐不思蜀。直到冬天来了，鸟儿不得不归巢。年底回到北京，发现形势十分诡异，很不屑那个中央“文革”。运动越来越狰狞，令人心寒，迷茫，不爽，唯有避而远之。

闲在家里，百无聊赖。书架上有少许医学书籍，抽了本《生理学》翻看。这是本大学教材，初中生自然很难看懂，但我发现自己很喜欢看，每天都努力弄懂一点，日复一日，竟把这本书读完。虽然似懂非懂，但真心觉得人体精妙无比，医学神圣又有趣，于是非常想上医学院。这在 1967 年，像是白日梦，可我真不相信这么大国家从此就不办大学了，我刚 16 岁，一定能等到医学院重新开门的那一天。

光看书也不行，会治病才是王。我家附近有个小小私人针灸诊所，

“文革”中神奇地留了下来。我天天去观看，最后那针灸师乐意教我，给了一本经络小册子，让我先把 12 条经脉，几百个穴位记熟，背了几天，很乏味，放弃了。此时，部队医疗单位推出一本《快速针刺疗法》，简明扼要易懂易学。对照着书试着扎自己，扎爸妈，扎同学。

扎着扎着传开了，真有人找我治病了，难以置信吧？一个乳臭未干的中学生，居然在天子脚下行医啦！印象最深的病人是我姑姑的邻居，中风半身不遂，住四楼，去医院十分不便，就请我上门扎针。每隔一天，我就高高兴兴地从北池子赶到三里河给他治疗，也不知是否真有效，病人很满意，他的治疗时间是最长的，直到我下乡离京，夫妻俩还送了一笔记本留念。

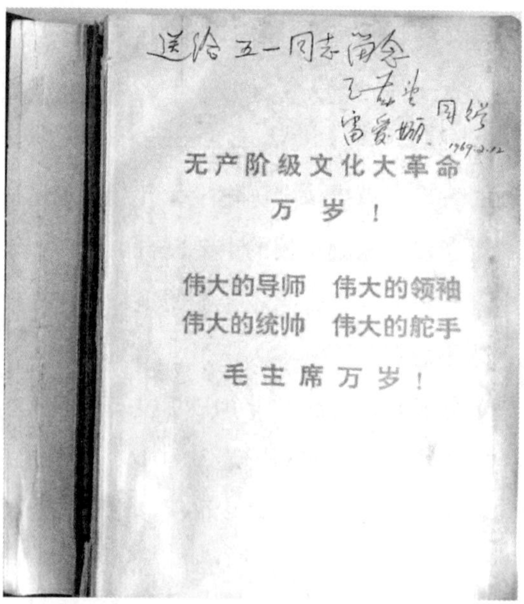

患者送的笔记本　1969 年

上山下乡开始了。我们是女校，一群小姑娘聚在一起商量去哪儿，有人说去河北什么地方，那儿主要产梨，遍地梨花多浪漫。有人提议去广西十万大山，山美水美，父母在那儿还有老战友。叽叽喳喳，讨论了好久也没个定论。但我此时很急切地想到农村去，1968 年 7 月 12 日，广播里终于传来我期待的消息——最新的最高的指示：“大学还是要办的，我这里主要说的是理工科大学还要办……”我琢磨，在城里非法行医是上不了医学院的，当时报纸上正在大力推崇赤脚医生，如医学院招生，赤脚医生必是首选，我要下乡当赤脚医生。

1968 年初冬的一天，突然接到于群鹰电话。我们是“文革”初认识的，好久没有联系了。他说他们自己组织了 20 余人去内蒙古插队，听说我懂点医，希望我跟他们一起去。还忽悠说，“黄河百害，唯富一套”，那地方富得种一年粮吃三年。我说，行，拿医书来换。他还真找来了，把他朋友家里被造反派抄剩下的医书满满装了一旅行袋，让于四鹰送到我家。

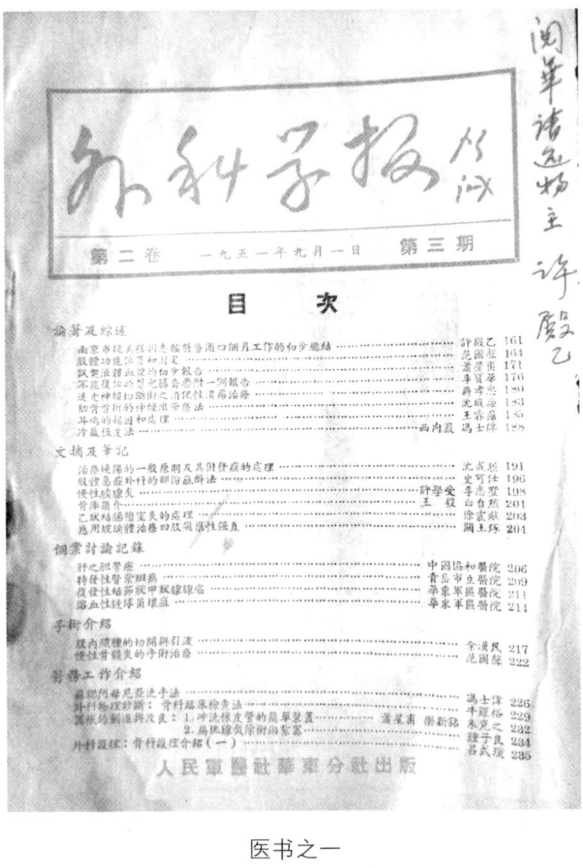
外科学报

第二卷 一九五一年九月一日 第三期

目次

論著及綜述

南京市抗美援朝志願醫療隊四個月工作的初步總結 …… 許殿乙 161
[illegible] …… [illegible] 164
試製液體血漿的初步報告 …… [illegible] 171
[illegible] …… [illegible] 176
迷走神經切斷術之消化性潰瘍治療 …… [illegible] 180
[illegible] …… [illegible] 183
耳鳴的起因和處理 …… [illegible] 185
冷藏植皮法 …… 西內嚴 馮士偉 188

文摘及筆記

治療燒傷的一般原則及其併發症的處理 …… [illegible] 191
[illegible] …… 史可任 196
慢性胰腺炎 …… [illegible] 198
骨痺簡介 …… [illegible] 201
乙狀結腸扭轉的處理 …… [illegible] 203
應用玻璃體治療四肢[illegible] …… [illegible] 204

個案討論記錄

[illegible] …… 中國協和醫院 206
[illegible] …… 青島市立醫院 209
[illegible] …… 華東軍區醫院 211
[illegible] …… 華東軍區醫院 214

手術介紹

[illegible] …… [illegible] 217
慢性骨髓炎的手術治療 …… 范國聲 222

醫務工作介紹

[illegible] …… 馮士偉 226
[illegible] …… [illegible] 229
[illegible]：1. [illegible] …… [illegible] 232
2. [illegible] …… [illegible] 234
[illegible]（一） …… [illegible] 235

人民軍醫社華東分社出版

医书之一

我眼睛眨都不眨就把我家的户口本给了他，四鹰转身就去了锡拉胡同派出所迁出我的户口。晚上父母回家，得知我已迁走户口，惊得一时说不出话。他们很清楚，这一迁，女儿就成农民，前景渺茫。

但我信心满满，我要从那里走进大学，目标——医学院。

二、赤脚医生

1969 年 2 月 27 日，我们动身去内蒙古。这是一支来自十余所学校的20多人的自组团队，于群鹰过了一段时间才去，而于四鹰已先期动身，所以我谁也不认识。

那天，在火车站集合。只见有人抱着一个巨大的毛主席石膏像，有人提着一笼鸽子，有人带着一只病重的小猫，有人扛着一个大铁皮澡盆，有人提着竹篮领着弟弟。那可是 1969 年的北京火车站，在熙熙攘攘的芸芸下乡学生中，这支队伍显得很奇葩。

我带了两件东西：一只爸爸为我做的药箱，很小巧，背着行医很轻

便；一本《农村医生手册》，它是我的第一位老师。即使在我上了两个医学院后，仍认为这是一本难得的好书，十分感谢编写此书的前辈们。

我妈妈送行，有些不安，叮嘱道：有事就找当地党组织。

一天一夜后，火车晚上到达内蒙古巴彦淖尔盟乌拉特前旗。二月的内蒙古寒风凛冽，“当地党组织”用一辆敞篷卡车像运渣土一样运送我们到70里外的小东淖。平心而论，卡车可能是这贫困落后小县城能找到的最好交通工具了，可我们毕竟是活的呀，到村里时已冻个半死。

胡乱睡了一夜，第二天早晨醒来，拉开门出来，看到这里的真面目，传说中富饶的河套竟如此荒凉。

在学校学农下过乡，见过农村的贫困，但好歹也是一派田园风光。可这里，全村居然没有一棵树，土坯垒房泥巴糊墙，光秃秃十几座土房，连个院子都没有。辽阔平原上黄土赤裸裸，长达半年时间没任何植被，举目望去看不到一丝绿色，没有半点生机。

我们村子很小，百姓很穷，劳动工具简陋原始，就是锄、锹、镰刀。没有电，百姓家里少有现代东西，土炕灶台都是泥做的。我常常想，几百年前也就是这样吧。在地里干活，感觉人与牲口区别不大，我们力小，还不如牲口，真叫人沮丧。

这地方的缺医少药不难想象，所以我很快就被老乡认可，甚至有外村的村民上门求医。上工种地，下工看病，很累，但也很高兴，我正努力把自己变成赤脚医生。其实也就是扎扎针，治个头痛脑热，腰痛腿疼，有些有效有些无用。知青们病了有时也找我，阿黄高血压，没有什么效果，小东的颞颌关节紊乱就立竿见影。

一天深夜，本村一村民急促敲门。他老婆腹痛如绞，请我去看。我进门就见那妇人痛得满炕打滚，病情严重，不敢贸然接手。可医院遥远，半夜三更又没有交通工具，全家请求尽我所能先治着，天亮再去医院。我按书中所示，扎了几个穴，重点足三里，反复提捻，长时间留针，竟然病情缓解了。我守到天亮，病人平静地睡去。事后想想都胆寒，那本手册教过，多种疾病可引起腹部疼痛，治疗有千差万别，可我却根本弄不清她到底患的是什么病，瞎治。

三、可悲小人

农村生活很苦，但心灵很自由。边陲小村，远离政治，老乡淳朴善良，只把我们当作远离父母的孩子，从来没说过改造再教育我们，我们也不必说什么扎根农村的假话。

可没想到不久邪恶就紧跟而来，毫无征兆。一天早上，队长通知我不要出工，说北京来两人，找我调查我爸。这消息让我愤怒，交通部的这些造反派，已经远走他乡的未成年孩子都不放过，居然还派两个人追到这鸟不拉屎的地方。

那天正好沙尘暴，狂风呼啸，黄尘滚滚。真好，老天先给他们一个下马威。大队干部将两人带来就走了，留下生产队赵队长作陪。我扫了一眼，獐头鼠目，更生厌恶。不管怎样威逼恐吓，我再也不看他们一眼，认真吃着老乡给的炒蚕豆。他俩怒道：你太不老实。怎么不老实啦？你一直嘴没闲着，不停在吃东西。我轻蔑地说：你们嘴也没闲着呀，一直在抽烟。噎得这俩一愣一愣的。

我并不任性，在他们聒噪不休时，我心里有个基本判断。他们来无非是让我揭发家人，我只不过年幼不知情，算什么罪？再者逼迫孩子揭发父母很光彩吗？他们肯定是一级一级地往下才找到我的，最后连大队干部都不愿陪同，谈话也不安排在队部，可见对他们也不齿。我归当地社队管，交通部造反派在这儿算什么东西。

最后两人气急败坏，突然抛出杀手锏，质问一件两年前，为避免大哥被打成“反革命”，我为他们做过的一件事。这下性质变了，不再是让我揭发我爸我哥，成了我得老实交代自己的问题。赵队长曾是我们房东，老实厚道的农民，几个小时吭都没吭一声，一直吧嗒吧嗒地抽着他的老旱烟，此时才抬了抬眼皮，看了他们一眼。

呵呵，真心鄙视他们，空口无凭就想制服我？我冷冷地说：第一，那时我 15 岁；第二，你们有证据吗？！他们当然没有。我没留下任何证据。这两个中年男人没想到搞不定一个十几岁的姑娘，当地干部也不协助他们，只好顶着大风狼狈离开，临走还威胁会把我的恶劣表现向上汇报。

多年后我父亲恢复工作，这俩人竟厚颜无耻到我家看望。还特地问我爸，在内蒙古的女儿怎样了，居然面不改色地夸我当年如何机智，如何厉害。天下竟有如此不要脸的人?!

四、虎子

1969 年 10 月以后，大家陆陆续续走了。部分去当兵，部分回京探亲，南队只剩李小东。因农闲时村民看病的人多，我留在北队。

元旦前，小东也回北京了，临走拜托我兼顾南队。白天北队忙完，晚上就睡到南队厨房里面的小屋。夜里，住在屋子顶棚上的老鼠们十二分猖獗，跑来跑去也不知忙些啥。顶棚是用纸糊的，而且很陈旧了，真担心老鼠一不小心掉下来，夜很深了也睡不着。

突然那只名叫虎子的狗叫起来，没在意。可它一直叫，只好起身从窗帘缝往外看，东边有两个人影，虎子像个战士，高高站在窗外猪圈土台上，狂吠不已。本以为是过路人，我又躺下了。

后来就不对了，有人持续扔东西砸向狗。虎子的叫声已很可怕，但那俩人还不住手。最后虎子被逼到厨房门前，土块咚咚地猛力砸在原本就摇摇晃晃的破门上。这下惹急了我，迅速点灯穿衣，被歹人堵在屋里就太被动了。我抄起顶门的棍子开门出去，不想贼人跑掉了。

我让虎子进屋，查看伤情。此时四目相对，突然才想到这狗吃什么？外面刺骨的冷，晚上它在哪儿睡？完全不知道，连想都没想过。

虎子　1971 年 10 月

我平时很少来南队，跟虎子并不熟，可此刻，虎子把我当亲人一般，眼巴巴那么信赖地看着我。虎子，你可知道，你的主人已经走了一半，我们迟早都会走的，我们每个人，机会一到，都会头也不回地离去，谁会在意你？你却在危急关头，死死守在这道门前，保护我，保护这几间破屋。

虎子，你就不知道自己逃命吗？

五、温暖永存

小东走后四五天，姜克敏和李均田从北京回到南队。我住回北队。

这地方很冷，刚 11 月老天就冰冻了一切，我们没有煤也没有柴，全凭年轻，生扛。12 月后，气温降到零下 20 多度，屋内和外面一样冰冻三尺。如有火炕，起码能存点热气，可我们无知，拒绝睡炕，烧包似的从北京运来床板，凌空架在条凳上。此时被褥冰凉似铁，真是不作不死。队里给装了一个铁炉子，让我任取场院上的玉米芯，但那东西不禁烧，一会儿就熄了，只能热乎一阵儿。

村里一老人，每天早上都要趴在我的窗外，使劲哈气化冰，费力朝里面张望，查看我是否还活着。几天后，老人终于推门进来说：女子，会冻死的，住我家吧。

我呢，觉悟不高，同劳动没问题，勉强能同吃，同住不行，何况还是一陌生老汉。再说快过年了，我也准备回北京。老人家哪知我心里转了这么多弯弯，继续说道：这大冷天，没火不行，爹亲娘亲不如火亲，跟我走吧。

面对善良老人，张不开口说不，只好先住两天看看。平时与老人并无来往，只远远看到过他满世界拾牛粪的身影。老人全村最穷，年龄最老，老得都没人记得他多大岁数了。他家是利用邻居左右两座房子的侧墙搭的一间小屋，屋里小小的土炕占去了五分之三，地下一个小小灶台，一只铁炉子，炉子里烧着牛粪，屋角堆着些破筐、牛粪马粪什么的。

他的老伴也很老了，全盲，只能终日窝在炕上，吃喝拉撒全靠老汉照顾。

老婆婆靠窗睡，老汉睡中间，最里面是大大小小的破口袋，装着杂物粮食之类。老人扒拉扒拉，腾出地方让我睡。不管怎样，总算躺在热乎乎的炕上了。黑暗中打量这破屋，炕前一老式小窗，糊着旧报纸，只有中间一小格镶着玻璃；屋子很矮，伸手能够到顶；四壁黑漆漆的泥墙。

夜深了，两位老人呓语般喃喃：

“我怎么还不死呀？”

“快了……快了……我也快了……”

声音苍老空洞，在黑幽幽的小屋里回荡。

我静静地躺着，就像躺在坟墓里。

想着想着睡着了。睡着睡着被很奇怪的声音吵醒。努力睁眼看，见老汉坐着，拿着个玉米芯挠痒痒，刺啦——刺啦，挠老树皮一样的响。

活得如此凄苦的古稀老人，却担心一个不相识的外来女孩是否会被冻死；赤贫如洗，却在寒冬给我一份温暖，我不禁泪如泉涌。

受到比我艰难百倍的人的救助，这不是第一次。

1969 年夏天麦收后，一是半年来劳动太辛苦想犒劳一下自己，二是大串联之心未泯，我和彭莲娜扒了三天火车去新疆玩，回来时在银川被查获，当盲流关进收容所。

里面每日两餐。吃什么呢，就是脏兮兮的碗盛着烂菜叶糊糊，早晚各一碗。我拒绝吃，不是抗议，是真的咽不下。同室还有一个要饭的老太太，春天出来乞讨，把要来的馒头什么的撕碎晒干收在破布口袋里，天冷后回家就靠这些馒头干过一冬。收容进来后，老人舍不得动用她的储备，每顿菜糊喝得有滋有味。

滴米未进的第三天，我饿得没什么力气了。老人颤巍巍解开布口袋抓了把馒头干，递给我，说：闺女，吃这个，可香呢。

我忍不住的泪水簌簌落下，那是她忍受了多少屈辱，艰辛乞讨要来一冬的救命粮，她用唯一的珍贵财产来救助因为矫情而挨饿的我。我羞愧难当，端起碗一口气喝光了烂菜糊。

他们是最底层最贫弱的百姓,在褴褛的外表下却有着最温暖的善良，令我一生铭记。

六、再遭盗贼

早上起床后，我会回我们知青宿舍。第三天早上回去，一进门就察觉到异样，后背阵阵发凉，一看果然所有箱子都被撬，我们被盗啦！贼人们在南队作案未遂，在北队满载而归，当然是不是同一拨，不知道。

我箱子里主要是衣服，离京时，父母已感到灾难在即，未来难料，就给我多备了些衣物，还在崭新衣裤容易磨损的地方打了厚厚的补丁，不想有一天一姑娘家落得衣不遮体吧，这下全被偷走了。

全村惊动，引来男女老少围观，小小村子顿时热闹起来。案子迅速报到公社，来人挺能干，很快锁定贼人路径，查到清晰脚印。告诉我下一步会报旗公安局，但要过年了，他们什么时候来不一定。那可不行，最清晰的脚印在后窗外，我用脸盆扣着，压上土块，但即使能防人，也防不住猪啊狗呀的。第二天我就赶到70里外的乌拉特前旗公安局。

1970年，城镇还在轰轰烈烈搞运动。小小盗窃案，没人搭理。我岂肯罢休，在公安局门前大闹。终于有人出来见我，说要过年了，缺人手，年后再来吧。凭什么过年就不办案，那些脚印根本留不到年后，我不依不饶。那人没辙了，只好办案，问：你们丢什么了？我只知自己丢了什么，其他人丢了什么一概不知。这下他占了上风，喝道：丢了什么都不知道，怎么立案？

我没了气焰，转身去了火车站，一天后回到北京。火急火燎找人，没想到竟无人应答，似乎谁也不在乎，没人愿意跟我返回。

一场轰轰烈烈的失窃案，就这样灰头土脸的不了了之。

七、无家可归

那天回京的火车是晚上到的。离城一年已很不适应，这么多人，这嘈杂，尤其是大晚上这亮度。我沿着长安街向西走，发现每根路灯杆上竟有那么多个大圆灯，以前居然没注意。望不到头的长街，一路白昼一般。想想我们的小村庄一到晚上便漆黑一团，很是愤愤不平。

下乡一年，家已面目全非。我家八口人，已工作的兄姐不知关押在湖北何处，剩下四个中学生，分在不同地方，父母也被赶到干校，八口人分别在七个省。造反派住进我家，占了楼下，收走了家具。把我们赶到楼上，厨房在楼下，被占领。除了没床睡觉，也没地方做饭。在外被偷得一无所有，回家被抄得一无所有。真是乱世。

妈妈来信让我去她处。记得先坐火车到保定，再乘汽车走很远，天擦黑了才找到——原来是一所军营。不知为何，一群地方干部会被弄到军营里改造。母亲只是普通“走资派”，并没有打成专政对象，她想能留下我过年。没想根本不行，令马上离开不得过夜。

我妈妈恳求准许我当晚留下。天都黑了，公交车也没有了，一女孩怎么走？小战士不允，端着个破枪坚持撵我走。我妈恼了，大声嚷嚷起来：吓唬谁？老子 16 岁参加革命，有胆毙了我，女儿今晚哪儿也不去！争吵引来了个小头头，同意当晚不走。

一夜未眠，刚蒙蒙亮，就告别母亲。寒风中，只身走在荒野土路上，心中悲凉无以言表。这年我 18 岁。没有眼泪。

一个念头一闪而过：占山为寇。

八、前旗医院

1970 年夏，一天偶尔碰到大队的正牌赤脚医生张大夫。我们并不相识，但他很热心告诉我，可以申请到乌拉特前旗医院培训。这正是我需要的呀，心里乐开花。第二天就赶到前旗医院探个究竟，办公室主任很痛快，说：让公社开个介绍信，来吧。

耐心等到麦收后，我写好申请找村里一把手签字。政治队长是贾二保，人不怎么样，而且康继光养的鸽子与他老婆还有过节，猜他会刁难。找到他家，果然一口拒绝，意料之中，我平静地说：那就算了吧。

算了？哪能呢，一年多来遇到很多未知情况，满脑袋的问题无处请教，非常需要学习提高。面对这种小人，必须不动声色，耐心等待。

机会很快来了。旗政府召开小队大队公社三级干部会。这贾二保前脚刚走，我就找到留下主事的二把手生产队赵队长。他是我们的老房东，人善良，说：自费学习？好事啊，去吧。他签了字，我迅速赶到大队盖章，再直奔公社开出介绍信。哈，成了！第二天就背着行李到了前旗医院。

贾二保三天后回到村里，早就没了我的踪影，气死啦！

我父母曾在医学院任职，我在医学院、医院长大，知道正规大医院什么样。前旗医院简陋得不像个医院，但对我这个赤脚医生，它就是殿堂。打针输液，备皮导尿，不嫌弃任何工作，不漏过任何实践机会。内外妇每科 3 个月，我勤奋地学，医护们认真地教，很多教诲受益终身。

第一次走进弥漫着来苏乙醚多种药品混合味道的手术室，就像信徒走进圣殿，虔诚感油然而生。这里肃穆庄严，一尘不染。无事时，宁静得让你心生敬畏，有事时犹如战场，或短兵相接，速战速决，或持久作战十余小时。喜欢外科解决问题的方式，精准、干脆、迅速，喜欢这里的气氛、味道、一切。这工作适合我。

在这家基层医院，见识了最了不起的妇产科医生——崔玉崑老医师。他原是前旗医院的院长，被打倒关进“牛棚”，在老百姓强烈要求下才放出来，但只能看门诊或者出诊。在当地百姓眼里，崔大夫就是神，他救不了的，百姓自认命数到了。怕错过任何机会，在妇产科期间我就睡在值班室，崔大夫去哪儿我紧跟到哪儿。常常远途出诊，见识了许多死亡线上的产妇在他手上转危为安。人流、接生、产前产后、妊娠并发症，可能导致产妇死亡的各种原因及处理一一尽心教我。

崔大夫希望我能够留在妇产科，由他想办法把我从农村调上来。很对不起老先生，我还是想上医学院，接受系统的正规训练，然后做个外科医生。

1971 年夏，学习结束。意外的是，医院还一本正经写了一份鉴定，让我带回公社。虽然到前旗医院是我私下的个人行为，但毕竟是带着盖了大红印章的公社介绍信来的，医院要给公社一个交代。

也不知道写了些什么，但公社的人看了后说：别回小东淖了，去你们大队合作医疗站吧。

哈哈，这更是意料之外的收获，我这个自封的赤脚医生成为正式的啦！

九、接生医官

大队医疗站原有两位医生，当地叫医官，都是自学成才的本地人。

有个小药房，由一位周姓回乡青年负责。她并不是我们大队的，据说其姐、姐夫在旗革委会工作，为她谋得了这么个轻松差事。

也不知怎么开始的，我的主要工作变成助产接生，虽然不喜欢，但迎接小生命还是很开心的事，每天走村串户。

刘五一出诊 1971 年 10 月

不管在哪儿，一有事，大队就会通过每家每户都有的有线小喇叭喊话：刘医官，刘医官，赶紧去某某村，某某家小媳妇生娃娃啦！日子过得忙碌又快活。

一天，来了一对愁眉苦脸的中年夫妻，女人即将临产。我有些不解，一般头胎才找我，其他的经本村接生员就解决了。他们解释这是第四胎，因为一胎比一胎出血邪乎，接生婆们坚决不管了，又没钱去医院，便来求我。仔细问了病史，检查了孕妇，判断是产后宫缩乏力。产后大出血，是产妇四大死亡原因之一。在这偏远村庄，仅我一人独挡，风险太大了，稍有差池，她丢性命，我毁前程。可夫妻俩苦苦哀求不肯离去，我推不掉，决定应战。

按崔大夫所教，我一遍一遍复习所有要点，备好所需药品，时刻准备着。一个深夜，产妇破水，战斗打响。宫缩前开放一根静脉，宫口很快开全，胎儿顺利娩出，开始大量出血。我牢记崔大夫的话：沉住气，不慌张，耐心帮助胎盘娩出，仔细检查，确认完整后，再迅速注射宫缩剂。此刻出血量之大，染红半个土炕，令人心惊肉跳。药物见效，子宫收缩，出血止住。检查产妇生命体征尚平稳，新生儿安好，战斗结束，产妇与死亡擦肩而过。

十分感谢崔老大夫悉心所教，让我有能力救人一命。

十、千里过招

1971年元旦前后，各地大学已经陆续开始试点招生，年末就要开始1972年度的大学正式招生。

此时我已是个很好的赤脚医生了，公社主管文教的副书记，宝音乌力吉见到我总是赞不绝口。似乎只要公社有医学院名额非我莫属。其实没戏，我知道政审过不了关。那时招工已开始，有单位的招工干部不在意我档案里的黑材料，愿意招我。非常感谢这些好人，但很抱歉，我相信父母没问题，我要等候医学院招生。

一天父亲来信说，虽然还在干校，但已恢复党组织生活。这就够啦。我想，组织生活等于党员，不管我爸头上还有哪些帽子，一个共产党员的子女在共产党政权下政审应该能过吧？但是那些暂时掌权的造反派绝不会主动给我们子女档案所在地发函通报。招生势必竞争激烈，择优录取，你不合格，自然淘汰，容不得你没有官方证明空口解释。那时再外调，黄花菜都凉啦！

怎样才能让有关方面知道这个重要信息呢？必须先发制人，现在就得着手外调。然而没有招生也没有推荐，如何开展外调呢，又怎么跟公社提出呢？退一步说，即使可以进行外调，原因也断断不能是上学、招工之类，那些人心地阴暗，以整人害人为生为乐，怎么可能如你所愿？能不能找到一个办法，既可以达到外调目的又不惊动他们？我苦苦思索。

一抬头，看见谢安娘款款走来，顿时有了主意。安娘、李止她们在村里成立了一个团支部，我申请入团，以此为理由进行外调。

我自己动手以大队名义写了份外调函：贵部干部某某之女某某，在我大队插队务农，现申请入团，因政审需要，请贵部证明其父政治面貌。到大队盖了章，又去公社换成正式公函，寄往千里之外的交通部“五七”干校，然后耐心等待回函。

右起：李止、谢安娘、郭北临　1972 年 5 月

有回音了。交通部这些造反派还确实如我所料，回复是，该干部仍在审查中。我岂肯作罢。再发函，单刀直入：请说明某某之父某某是否系中共党员。他们无法再搪塞，只好回复是。哈哈，大获全胜！不管当初他们往我档案里塞了多厚的黑材料，现在全部作废啦。而且不仅我爸又成党员，我也成了团员。别小看这团员，在后面的竞争中起了大作用。

有趣的是，我第二次跑大队盖章时，大队干部为我鸣不平："甚毬单位，入个团这么麻烦。"由于小队、大队和公社的位置正好是个大三角，相隔很远，他们好心给了两张盖了公章的空白纸，告诉我如再有反复，自己填好内容直接去公社，可以少跑十多里路。

大队空白介绍信

我们大队叫先进大队，公社叫长胜公社。大队和公社的这些干部，我甚至不知道他们的姓名，但次次都很热心，从不刁难也不打官腔，总是二话不说取过公章就往纸上盖，非常感谢他们。

十一、目标达成

1971 年底，内蒙古自治区大学

联合招生终于开始，我们公社分得 8 个名额，其中有一个内蒙古医学院名额。

公社党委会后，通知我填写表格，推荐我上医学院。一路走来，步步为营，终于成功，自然满心喜悦，但没高兴几天，就感觉不祥。同时被推荐上内蒙古师范学院的李小东已经去体检，却没有通知我。不安等待多天后，收到一封陌生人来信，大意是，招生遇到阻碍，让我相信他们，相信正义，不要气馁不要着急。落款是：联合招生队老师。

看了信，我好生奇怪，又很欣慰。但等了好久再没有任何音信。跑到公社去问宝音书记，他不便多说，只是告诉我党委确实推荐我上医学院，并且上报给了招生队；但后来有人又让别人填了表格，也报了上去。

很快除了我，被公社推荐的其他人都收到入学通知书。看来已经没有任何希望了，很愤怒很难过也很无奈，知道自己很渺小，没有力量对抗盘根错节的地方势力。

就在无望之际，突然接到通知，让我第二天到前旗所在地进行文化考试。考试？这在推荐上大学的 1971 年，全国都没有啊。

事后得知的内情是这样的：招生队选拔时已经决定录取我，但前旗革委会文教组突然横插一扛，他们坚持推荐公社后补的那位回乡知青。招生队人员指责对方走后门，文教组指责对方偏袒城市知青，就这样僵持着。因别的院系招生工作均已完成，录取通知书也已送达，多数老师撤离了，只留下两位老师与文教组死磕。眼看就要到招生截止日期了，文教组终于拿出了杀手锏，提出比条件，说那位选拔对象是高中生，而我是初中生，文化程度低。招生老师说，好，那就当场测试，一决优劣。于是，就有了一场奇特的考试。

我来到文教组办公室，碰到从中走出的大队医疗站药房的小周，原来顶替我的人是她！这时才想起她姐姐和姐夫都在旗革委会工作。办公室内三四个人围炉而坐，让我坐在桌前，问我学过什么课程，作答后一场没有试卷的测试很随意地开始了。

数学解两道几元几次方程，语文背两首诗词，英文背写26个字母的大小写和两个句子，物理则是指着火炉问我热有几种传播方式。小时上学我不是啥学霸，也不是学渣啦，虽然时隔五年，老师教的还记得。

结果高中生没通过，我胜出。

估计此时此刻文教组的人肠子都悔青啦，提什么初中高中，比什么文化程度，挖了个大坑自己跳下去。他们心有不甘，招生老师乘坐下午5点火车离开，他们3点多才给我体检表。呵呵，他们哪里知道这前旗我哪儿都不认识，偏偏就认识医院。不到半个小时就拿到了各科医生签字的医院盖章证明，终于拿到一直被他们扣压的医学院入学通知书。因为文教组拖到最后一刻，老师们都没来得及拿走我的档案，档案是后来公社让我自己带到学校的。

没有这些招生老师的鼎力相助，我上不了学。那时"极左"当道，考试是被批判禁止的，采取文化考试方式，我深深清楚他们为一个素未谋面的人担当了多大政治风险。对他们的感激之情我念念不忘。

以后多年，我都在寻找，很想知道当初是谁写信给我，是谁竭尽全力坚持到底。但最终也无缘再见他们一面，成了终身最大遗憾。

自从15岁被大潮驱赶进这乱世，遭遇种种坏人，更有许多好人出手相援，他们毫无功力目的，让我心里总有阳光照耀。占山为寇的念头每每浮起，但终究都一闪而过。

1972年2月，我终于走进医学院。

一念之念，一念执着。

2016年4月20日写于北京

苏北雁

苏北雁 1969 年 9 月

苏北雁（女），北京灯市口女中 67 届初中毕业生

北雁印象

北雁给人的第一印象是美丽，艳如盛开的鲜花，满面太阳，光彩耀人。

我曾在路上遇到一个外村老男人，很有些阅历的样子，边走边聊。他说，你们小东淖南队出美女，琪女子和二翠子，全公社有名；自打来了知青，名气更大，黄哈尔和苏北雁，一个丹凤眼，一个毛花眼，苏北雁全旗数第一。

这话不夸张，北雁不久就调到旗文工团，那时叫乌兰牧骑。狄三老汉不解，问，乌兰夫不是倒台了吗，咋还叫乌兰牧骑？其实这几个字跟乌兰夫无关，翻成汉语是红色的牧区文艺小分队。当年时兴塑剧，一群人化了妆摆出雕塑样的造型，以表现某个主题。北雁的角色是在前面拉车，裤脚挽起，赤足，腰深深弓下去，几乎贴地。我在前旗开四干会，大礼堂的舞台上看到的。

就没见她发过愁，永远笑意盈盈，一个快乐的姑娘。

那天收工，走到场院，她不肯走了，扳着我担杖上的箩筐坐进去，招呼小虹坐进另一只箩筐，然后缠着我把她俩挑回家。于是我前头挑她，后头挑小虹，一口气走回去，到门前才放下。

她上调文工团后，遇到机会便回村看看。一次收工回来见到她，仍旧笑容满面，但感觉不像以前那般快乐，不便深问，兴许是陌生的环境让她不大开心吧。

李止在上世纪 90 年代曾经找过北雁，深为已经人到中年的她的美丽所惊异，赞叹道还是那么漂亮，漂亮极了。

除了美丽，她很真诚，真诚得有点简单。

（李小东　撰写）

付冬冬

付冬冬　1970 年秋

付冬冬（女），北京师大女附中 68 届初中毕业生

说冬冬

冬冬是女生中身体最柔弱的一个。初见她时我一愣，怎么来了个林黛玉！总的感觉是细，细眉、细眼、细身子，说话也细细的，一副气力不够的样子。不由心想，这样的身子骨怎么干活儿，不要说挑土了，怕是一根担杖也能把她给压趴下。后来她从军入伍，脑子里便浮现出她单薄的肩上扛枪的样子，觉得非常不对劲儿。

然而身子再弱也得下地，却怎么也过不了关。我相信她尽力了，身体条件摆在那儿，再加上多年养成的习惯，让她像农村女子那样以体力劳动为本分，是极不现实的。评工会上她的工分是 4 分或 4.5 分，跟十三四岁的半大女子站齐。我想这是乡亲们的大度，再低就没有参加劳动的资格了。好在小东淖不讲知青再教育，要是放在别处，即使社员放一马，在知青内部也不会有好日子过，不以落后分子或资产阶级娇小姐而列为斗争和改造的对象算是客气的了。

我们中间绝对不会出现这样的事。非但不会遭到歧视，反而会得到照顾。只要你有难处，不管哪个方面，也不管亲疏远近，一定有人出手相援；而受助者也不冷血，常怀感恩之心。冬冬就是这样的人。

有两件事她念念不忘。

一件事是下乡。她需要去派出所迁户口，必须由家长出面，姜克敏假冒冬冬的哥哥，把户口转了出来。时值严冬，很冷，而后套比北京还要冷，她冬衣不够。姜克敏跟妈妈说了，妈妈裁布絮棉，给她缝制了一条棉裤，冬冬就是穿着这条棉裤去的小东淖。姜妈妈极善良，见不得孩子们受委屈，便利用自己的缝纫手艺温暖大家。我下乡时戴的皮帽子也是老人家缝制的，历远的皮帽子也出自她手。这是我知道的，不知道的一定更多。

再一件事是离乡。她去当兵，需要把箱子和衣物运走。我请了半天假，套了辆毛驴车，把东西运到公社汽车站，又与售票员一起装车，顺顺当当送走了她。回到北京后，她给我寄来一个木匣，里面是 10 盒烟（当时邮寄香烟须装木匣），都是“凤凰”“上海”“牡丹”等好烟。这在当年很贵重，据说用这些东西走后门可以把一个人调回北京。

对于这两件事，她说：“我从来不曾忘过，也永远不会忘记。”多大的事儿，值得这么上心。

付冬冬　1970 年秋

这就要说到我们这个群体的风气了。

首先是关爱。

按照孟子说法，关爱（仁）发端于“不忍人之心”，也就是同情心，是作为人这个同类的一种情感。其实光有同类意识并不够，同情心在许多群体中常常遭到践踏。我们还多出一个族群意识，一种出自共同的家庭背景、共同的生活经历、共同的前途命运所形成的高度认同感。正是这样双重同情心使我们之间的关爱坚固异常。

其次是义理。

义通宜，本意是做适宜之事，也就是做人应该做的事；具体说，做符合你的社会角色要求你去做的事。你是父亲，就应该也必须做到慈，你是儿子就要孝，你是官员就要廉，你是朋友就要先人后己，等等。古人谈义，与利相连，称义利之辨。关云长的义体现在不为高官厚禄所动，挂印封金，千里走单骑过五关斩六将追寻义兄刘备。

不通义理，仁爱得不到真正贯彻。按朱熹说法，仁爱是发散，春风唤醒生命般把爱送给别人；义理是收敛，秋风扫落叶般把不当利益荡除干净。正是义字当头，不争不抢，不去害人，才能谈得上去关怀他人。

仁爱在利益面前其实是不堪一击的。一个招生指标下来，平静的生活立掀狂澜，揭短的，告密的，行贿的，拉帮结派的，等等，无所不用其极，所有丑恶的东西都出来了。之所以如此，就是义理失去了约束作用，见利忘义。小东淖知青中几乎没有这种现象，不光看不到恶性竞争，甚至连嫉妒心都不曾有。一个人招生或招工走了，留下的人会有一点失落感，但绝不眼红，当然也就不会使坏。

同时，这种义是不掺杂任何利益因素的。帮助就是帮助，绝对不考虑回报。我送冬冬离开，丝毫没有获利念头，所以当冬冬寄来东西时，我半天回不过味来，差点原封寄回——要不是得走五里地去公社邮电所，而木匣又弄坏了，可能真的就寄回去了。姜克敏也一样，也不指望利益。这种义很纯粹，非常干净。

由于风清气正，插队生活尽管在我们每个人的生涯中仅仅只是一个阶段，而且是最短暂的片段，却留下了最深刻的痕迹，最长久的怀念。

冬冬这样说："我所有的经历，可以按时间划分为几段，但唯有小东淖的一段，算不上长，在我心里却最占分量。或许是我们相识于动荡的年代，而那又是我性格形成的时期，大家给予了我太多，经过岁月的沉积，剩下的全都是最好的。"她在小东淖的时间，说是两年，掐头去尾算下来其实最多也就一年。

她又说："说起来小东淖于我最为重要的，是咱们这些人，这些会用余生去维护的朋友。我熟悉每个人，也关心每一个人，大家已经成了那种就算几年不见面也没有陌生感的朋友，是兄弟姐妹，是家人。"

动荡岁月，生活在这样的集体中真是幸运，可遇而不可求，老话说，是多少辈子修来的福分。

（李小东　撰写）

说明：

这篇文章本该由付冬冬自己写，她善于表述，文字也好，无奈近患眼疾，便由我代笔，写几句印象之类的话，不当之处尚请海涵。

薛必群

薛必群　1971 年 10 月

薛必群（男），北京三十一中 68 届初中毕业生

成长点滴

回想插队落户的日子，已是 47 年前的往事，意识浑然一团。伙伴们断断续续的回忆唤醒并接通了我记忆深处的片段，下面这些有的是插友讲的有的是我自己想起来的，我把它们组合成几个成长小故事。

到小东淖后，由于饭菜太单调，中午是土豆炒胡萝卜，晚上是胡萝卜炒土豆，大家都馋得厉害，眼睛不由得四下踅摸，看看哪儿有好吃的。那天收工回来，听说西面渠那边地里，邻村种了一大片豌豆，侦察无误，她们几个女生决定晚上行动。她们干什么都不瞒我，这次也一样，叫上我给她们壮胆，虽然我年幼体弱，但毕竟是男子汉。

天时正对，没月亮，黑洞洞什么也瞧不清。大家打着手电筒，用手遮住光，悄悄摸到地里，嘁里咔嚓地摘起来。声音那个大，还有人咳嗽，这不是给人家通风报信吗？我紧张坏了，一个劲儿地压低声音提醒：小声点！没人听，照样嘁里咔嚓。这么下去可不成，非让人逮着不可。我说：行了，见好就收吧。有人嫌我啰唆，说还不到五分钟呢，你瞎咋呼啥？什么五分钟，我觉得都快半个小时了。捏捏袋子，不少了，我说够吃的了，收吧。不光没人响应，还骂我胆小。这时好像有个黑影打那边过来，顿时吓尿，说来人啦，快撤。转身便走。一阵忙乱，大家跟了上来。过了渠，回到自己地界，这才松了口气。有人让我打开手电筒。咦，手电筒哪儿去了？刚才还握着呢，怎么没了？太害怕了，我把它弄丢了。

这是一只蓝色塑料制品，当时都是铁皮的，它很特别。要是落在邻村人手里可就惨了，不用查找，仅仅通过这只电筒就可以断定是知青干的。我的脸都吓白了，宽慰道：没事儿，一准儿落豌豆地里了，那儿的豆棵子密不透风，肯定发现不了。说这话的时候我浑身发冷，嘴唇直哆嗦。

打这以后，她们不带我玩儿了。没法子，谁让我天生胆小呢。

戏剧性的是，十年后这只手电筒居然重现江湖。姜克敏从北京回乌拉特前旗办事，顺便到公社所在地绕一遭，看见一辆卖瓜的毛驴车上有一只蓝色塑料壳手电筒，十分眼熟，便问卖瓜老汉是哪个村子的。回答是三财主圪堵的。对上了。三财主圪堵在社队编号系统中叫先进九队，我们小东淖南队叫先进八队，两个村子以渠为界，那块豌豆田就属于九队。

想必是收割豌豆，村民一字排开，老汉或他家人一镰刀下去，啪的一声碰到硬物，定睛一瞧，是个式样新颖的手电筒，左右窥视，无人注意，便偷偷藏起，过了许久才拿出来使用。姜克敏没说什么便离开了，回来后好生后悔，其实花几块钱是可以把手电筒买回来的，那可是文物啊。

都说我胆小，其实未必。那是刚下乡一个多月，见别人骑马，甚至小孩子也骑在马上，令我好生羡慕，很想试一试。生产队养了一群母马和母驴，专事交配生骡子。繁殖骡子是一项副业收入，利润很高，一头寻常骡驹子能卖五百多块钱，好的能达到八百多。骡子出售前必须驯服，以人能够骑上去为准。驯服骡子是一项技术活儿，一匹配备一个人。先是上笼头，然后是牵着溜达，接着把沙袋压背上，最后人骑上去。要劲儿的是后两个环节，故而叫“压骡子”。

那天，几个人牵着骡子溜达，其中有个青年叫福生子，我跟他已经混熟了。我问他骡子能骑吗？他说已经驯出来了，可以骑。我又问我能上去吗？他说咋不能，能。于是他牵住缰绳，让骡子站好，我便爬上骡背。还没坐稳，骡子突然犯了脾气，耍性子乱跳乱蹦，力气大得不得了，怎么也拽不住。我没有抓手，双腿根本夹不牢。骡子后腿飞扬，屁股高高撅起，只觉眼前一黑，砰的一声，我结结实实摔在地上。大家七手八脚把我扶起来。我活动活动这儿，活动活动那儿，没什么不好的，只是左胳膊有点不得劲儿。

事后听村民说，骡子这东西歹毒。它是马跟驴交配生下的杂种，身高体壮，力大无比，却偏偏不能生育，越发觉得不平，所以心地阴暗，逮着机会就使坏。这回，坏使到我身上了。

中午，六六姐发现我的肩膀有些不对劲儿，便让村里的刘黄毛刘大爷给看看，听说他懂点骨科。他说是脱臼，没啥大不了的，拿起我的胳膊胡乱按了几下，说是没事了。其实事儿大着呢，臂膀肿了起来，痛得厉害。第二天一早，六六姐陪着我急匆匆步行 5 里地去大队所在地南黑泥池卫生站，那儿有天津“六二六”医疗队的医生。医生说他不懂骨科，看不了，让去公社卫生院。又急匆匆步行 5 里地到公社所在地，他们也看不了，让去前旗医院。这时已经耽误了，既然去前旗，还不如直接坐火车回北京。于是当天下午我们拿了简单的行装上路了。

到了北京，去广安门中医院骨科找相识医生。大夫只看一眼便断定是桡骨粉碎性骨折，拍片后果然如此。没有打麻药，只用一条白毛巾挂在我左肩膀上，一个人站在前头拉紧，大夫握住我的胳膊使劲拽，几下就复位了。之后用三角巾固定好夹板，没有打石膏。年轻人生命力就是旺盛，没多久便痊愈了。

当年一块儿下乡的 27 个人中，数我跟老乡合住的时间最长。第一个同住者是个老头，当地叫老汉，姓狄，排行老大，人称狄大老汉，是生产队长的亲爹。老汉日怪，不跟家人住，一个人过日子。我们刚下来的时候，房子不够用，我就搬过去跟他同睡一炕。

老汉个子高高的，身体很结实，衣着整洁，动作麻利，喜欢裹一件黑棉袄，跟藏族人似的一只臂膀露在外面，走八字步，昂首挺胸。一个社员干活，把钳子落在路边，被他收起，人家追上讨要，他眼睛一瞪：谁捡着就是谁的！最后还是队长儿子出面要了回来。

他是村里唯一旅游过的人。他喜欢耍钱（赌博），结果误了农时，唯余下种蒜一项，只好给自己的二分自留地全部种上大蒜。不想这年蒜价奇高，老汉狠狠赚了一把。吃的喝的用的一概不买，也不给儿孙，全部用在玩上，坐火车去包头、北京，最远跑到上海。一圈下来，他成了十里八乡最见多识广的人。一群人坐下，就听他吹。

老汉“文革”中挨过斗。他历史不好，参加过哥老会，自诩黑虎星下凡。清理阶级队伍，把他这个黑虎星揪了出来。后来打击对象越来越多，他这点问题也就不算个事了，解放了。老汉冥顽不化，照旧以黑虎星自居。

老汉堪称农村活字典，农村的很多事我就是从他那儿知道的。

第二个同住者是个老光棍。所谓老不是年龄——他也就三十露头，而是单身的时间长。当地人一般十七八岁成亲，他三十几了还没老婆，一个人苦熬十来年，可不就是老光棍吗？此人姓周，名档子。耳朵不好使，反应慢，所以有人说他痴。其实他一点也不傻，会干很多农活，而且心地非常善良。档子走的是筑巢引凤路线，为此盖了一座房。他的房子紧靠我们知青点，那时我们的住所已经比较宽裕，但我喜欢看书，而他睡得很早，我就搬到他那儿去住。

我叫他档子哥，他叫我薛蛮。档子哥不爱说话，蔫头奓脑，正合吾意。但也不是一点都不交流，偶尔也会有一句没一句地讲点他的苦恼。最令我惊异的是，他竟然把第一次跟女人的性接触原原本本地说给我听。那是出渠工，同行的马德清觉得档子一辈子没见过女人活得太冤，便花两块钱找来房东邻居家的婆姨与他成其好事。后来我才知道，他不光给我讲，还给其他人讲，几乎逢人便讲——这个可怜的老光棍，结果这件事成了村里的传统段子。

那个年代喜欢说考验，其实突发事件，即使再大，也还容易闯过去，最难对付的倒是日常生活，它的可怕之处在于无时无刻随时随地腐蚀你，经久不息。

李小东在回忆中提到一只白铁皮大盆，大家用它洗澡。是啊，那时洗澡成了一种奢侈。下乡不过一年，城里养成的卫生习惯便被彻底颠覆了，经常不刷牙不洗头，一连几个星期不换衣服。均田大姐曾经见过我小时候身着白色西服的照片，说就是个养尊处优的小公子哥儿。后来她调到公社工作，回村里再见到我，着实一惊，反差太悬殊了。这时的我头发一寸长，灰头土脸，上面爬着一道道白色痕迹，那是汗水冲刷出来的，身上的背心汗迹斑斑，脚上一双破旧高腰胶鞋，嘴里说的是模仿当地口音和用词的方言，跟老乡混得倍儿熟。

人一般是精神跟着生活走，生活落难往往导致精神颓丧，心志衰微。我不是这样，从来没有把插队下乡视为自己的人生低谷。

我最大的乐趣是读书，每天收工回来就是看书做笔记，说是到了狂热地步一点都不夸张。每一天都读，从未中断过一日。即使是一年中最累的割麦子那十来天，早上 4 点出工，晚上 8 点收工，腰断背裂，回来吃一口饭，临睡前还是要读几页书。当时也没有人指导也没有什么章法，就是苦读。印象很深的是读屈原传记。屈子之离骚楚辞，佶屈聱牙，读之不甚了了，但那忧愤之情把我感动得一塌糊涂。“众人皆醉我独醒，众人皆浊我独清。”屈夫子“上下求索”的探索精神正好给青春年少、人生迷茫的我以巨大的激励。

箱子里找到了一本意大利空想社会主义者康帕内拉“太阳城”介绍以及他的传记，竟然激动不已做了长篇笔记。正是“理想”二字照亮了我灰暗的世界。回京后这个读书习惯帮助我一年弄通了英语，又用一年读懂了法文，也因此于研究生恢复招生的 1978 年考进社会科学院的研究生院，又因此拿到了美国加州大学伯克利分校的硕士奖学金，从而改变了我的一生。

有段时间我跟小东同居一室。两个人在炕上歪着聊天，天南地北无所不谈。尽管当时生活清苦，但所谈的问题大都是关于祖国的前途人类的命运，尤其是农村向何处去之类的大题目，在小东当了村干部后更是如此。哥儿俩真的是应了左宗棠自撰的那副对联：身无半亩，心忧天下；读书万卷，神交古人。挺好笑的是不是？但这是实情。正是这份心志和责任感，使我在艰难岁月中不随波逐流，保持独立人格。

薛必群　1978 年冬
（社科院中外关系史研究生）

当时我的家庭情况很糟。爸爸被抓进监狱，妈妈被下放劳动。同伴们当兵走了，招工走了，推荐上大学走了，而我却没有这样的机会。公社下达招兵名额，均田大姐亲耳听到有人问：蛮子是个好后生，咋不报名？我偷偷做个无奈表情：政审过不了关，怎么可能当兵！那么身边的同伴一个个离开，对我打击大吗？不能说一点影响没有，但我绝不羡慕也不嫉妒更没有恨。那时的我对人生充满了憧憬和希望，对自己的命运也有着莫可名状的乐观。至今我都惊讶，哪来的那么强大的自信。

46 年过去，弹指一挥间。

1969 年下乡时我刚满 16 岁，初中一年级学历；1971 年离开，19 岁；后来返京做北漂；1978 年考上研究生，时 25 岁。我没有上过正规大学，然而我要说的是，这中间绝非空白，小东淖就是我的社会大学。正是在这所大学中，我学到了很多东西，迅速成长起来。

我在小东淖生活了整整 3 年。3 年在我 63 年的岁月中只是不长的一段，然而正值人的世界观人生观价值观形成时期，异常重要，故而成了我刻骨铭心的永久不忘的记忆。

感谢小东淖，感谢那几年。

戈 毅

戈毅　1971 年 10 月

戈毅（男），北京八一学校小学部 66 届毕业生，后分配到北京八大处中学，未毕业即被安排去内蒙古生产建设兵团劳动

回　望

小东淖知青中，我是一个非常特殊的人物。公社知青名单中没有我的名字，小东淖生产队记工簿上也找不到我的名字。原因很简单，我没有户口，是一个无正当身份的“黑人”。

然而小东淖乡亲们却不这么看，认为我就是村里的北京知青；小东淖所有知青同伴也不这么看，认为我就在这里插队。在那个以阶级斗争为纲的年代以及计划经济时期，作为一个无身份证明的黑人，居然能在一个地方公开的、平安的居住那么久，应该是一个挺大的奇迹。

一

我的青少年时期赶上了“文革”。那时不光物资紧缺，精神生活也极度的贫乏，革命代替了一切。十五岁那年，我作为问题家中的问题少年，被送到内蒙古生产建设兵团。由于出发太过匆忙，没有经过正规动员和学习，也就缺少那股子革命激情，不可能深刻领会“广阔天地大有作为”和“屯垦戍边”的精神。

这必然导致与周围的环境格格不入。在校生与兵团战士是一个人生活中身份的巨大改变，但我却一直坚守着顽劣本性，在兵团连队中一直被铁定为落后分子。

最终使我下定决心结束兵团生活的关键因素，是一次打架后的被批斗。斗争会上领导发出指令，要求“坚决把这个混世魔王批倒批臭”。

批斗会还是蛮讲政策的，既没有做“土飞机”，也没有挨揍，只是连续三个晚上的站台。当然，台下的人白天会有一整天的休息，可我却要被监督着下地干活。我皮糙肉厚，身体上的虐待倒也无所谓，但人格上的侮辱坚决不能接受。他们在批斗会上株连我父亲，那是我心中最柔弱的地方，从而一下子把我推进了黑暗的深渊。

三天后，当人们都一致认为这个混世魔王已经被打倒在地的时候，趁着一个伸手不见五指的夜晚，我逃离了兵团，一去不复返。

由于父亲被隔离审查，家是回不去了，只能东家住两天西家住三日地熬着。流落北京的日子并不比兵团好过，居无定所，夜不安寝，有时肚子都混不饱，成了名副其实的盲流。

望着那熟悉的街道和万家灯火，哪里是安身之处？我又该去往何方？

小孩子不会太在意失败，总保持着一股不屈的韧劲儿。这种韧劲儿来源于生命的追求，只要尚存一线希望，就不会就范，就要往前走，即便到了黄河边上也绝不死心。

二

这一线希望全部系于一个人，他叫姜克敏，人们叫他姜克。他是我一生中非常敬重的大哥，为人仗义，好打抱不平，路子广，面子大，是一个无所不能的通天式人物。朋友遇到难事，都愿意找他，而他一定鼎力相助。

见到姜克，我战战兢兢地讲了当前的困境。我害怕极了，唯恐遭到回绝，再有本事的人也有力量达不到的地方，再急公好义的人也有为难之处。在此之前，我曾找过不少关系求助，均遭失败，这是最后一根稻草，如果再失败，我真的无路可走了。

姜克老哥听完我的叙述，眼皮都没有眨一下，道：跟我走！先到小东淖躲一阵子，以后再说。

我大喜过望，忐忑的心顿时安定下来，犹如旱苗得雨，眼前豁然开朗，感觉是：天亮了——四处漂泊的我终于有了着落，找到了安身之所。

然而小东淖又不是姜克一个人的，那里的知青同意吗？如果公社出面干预怎么办？这些原本应该打个大大问号的问题，我竟然没有丝毫疑虑。我相信姜克，他说行就一定行。早就知道小东淖知青团结如铁，一个人的事就是大家的事，每个成员都相信对方绝不会给集体找麻烦，所以姜克介绍我去，大家会接受的。公社也不用担心。此时姜克已经被抽调到公社开汽车，而这辆车正是他通过朋友搞到的。计划经济年代，汽车绝对是紧俏物资，不要说公社一级了，就是旗县也很难分配到汽车指标。仅此可见姜克的分量，有他在，公社定会网开一面。

于是我从北京出发了。我穷得要命，身上的钱连一半路费都不够，只好买了一张到大同的火车票。每遇到查票，我就从容地钻到座位下面，就这样在一次次藏猫猫中我平安抵达乌拉特前旗。

这时我 17 岁。

三

下车后，姜克没有回公社，直接把我送到了小东淖。那是早春三月天。

小东淖我不陌生，从前在兵团时我曾多次作为不速之客拜访过，但这次显然不同，是以一名逃难者的身份需要长期住下去，具体住多久根本说不准，所以心里还是有些不踏实。

姜克大哥对大家说：这位小兄弟在兵团待不下去了，家也回不去，只能由咱们接着了。口气很随意，像是说闲话。

行，住下吧，李小东第一个接话，很爽快。他是小东淖知青元老，早在大批人马下来之前已经在小东淖插队了，此时担任生产队的政治队

李止与戈毅　1971 年 10 月

长，是村里的第一把手。他的表态，给我吃了定心丸。让我更高兴的是李止大姐，她笑道：哈哈！宝贝儿又来啦！边说边胡噜我脑袋。说罢便催姜克回公社，说这小子交给我们你就放心走吧，均田还在公社等着呢。接着招呼我：宝贝儿跟我走。咱先把铺盖解决了，眼下住得有点紧张，你暂且跟蛮子做伴，在档子家住一阵子，等这边房子收拾出来，再搬回来住。姜克看大事已定，便回公社了。

李止大姐是生产队的妇女队长，年长我五六岁，北京师大女附中老高二学生。我们过去挺熟，打认识的那天起，她一直都像老大姐那样待我。甭管什么场合，也不管当着多少人，见了我总是“宝贝儿、宝贝儿”的叫。刚开始听着别扭，挺不好意思的，慢慢也就习惯了，反而听到她直呼我大名时倒很有些不习惯。

李止给我找了一套被褥。抱着它本该是件很高兴的事，可我却鼻子一酸，眼泪怎么也控制不住，涌出了眼眶。大姐拍着我的肩膀，打趣道：呵，还动上感情了。

大姐呀！你哪里知道，关于被褥还真有一段令我永远无法忘记的伤心事。刚到兵团第一年，连队麦场着火，我抱着自己的被子去救火，然而义举却不被认可，不光好差事丢了，而且还遭到怀疑。原本以为会给自己长脸，不想却成了悲催，丢人现眼啊，恨不得把脸皮撕下来扔地上。

在你的世界里，周围人对你的存在视而不见，那是多么的可悲和不幸，而一旦你的存在得到认可，那又是多么的快乐和幸运。

四

出知青屋朝东南去，没几步便来到一间小土屋前，到地方了。推门进去，炕上歪着一个人。李止叫道：蛮子，先把书放下。那人抬起头，一张白净脸，漆黑的眼睛望过来，看着比我还小。给你带来个伴儿，起来帮忙收拾一下，李止说。见蛮子起身，李止转身出去了。

就这样，我被交给了蛮子，开始了我们之间的交往。

蛮子有点勉强，皱了下眉头，磨磨蹭蹭地挪到炕边，又磨磨蹭蹭地穿上鞋，好像还叹了口气。不过瞬间便提起精神，热情地招呼我。我斜窥一眼他刚刚放下的书，封皮上几个醒目大字：拿破仑传。好小子，野心不小啊。

后来我摸清了蛮子的脾气。他看书非常投入，被打断时根本反应不过来，要调整片刻才能从书里走出，回到现实。

蛮子接过铺盖放炕上，朝一边叫道：档子哥，咱家又添人口啦！声音奇高，跟喊差不多——这时我才发现，炕底下还蹲着一个人。他手里端一只碗，正往嘴里拨拉面条。原来这就是房东周档子。他"哦"了一声，算是表态，意思是知道了，想住就住下吧。这个家到底是谁的啊，怎么倒像是蛮子主事呀。

我打量档子，方脸，说白不白说红不红说黑不黑，整个一大花脸，深深浅浅的皱纹重重叠叠，皮肤厚实，没有一点光泽。他咽下最后一口面，慢腾腾站起，将碗放在墙角土台子上，把筷子架在碗上，抹一把嘴，双手笼在袖筒里，摇摇摆摆地出去了。从我进屋到他离去，感觉档子始终没拿正眼瞧我，只是闷声吃他的面，似乎我们不存在似的。我从他背后收回的目光落在那副没有洗刷的碗筷上，心说这人活的！

蛮子好像看透了我的心思，解释道：他就这样。档子耳背，说话又费劲，所以不爱跟人交流。别人也不愿意跟他交流，说话得提高嗓门，还不一定能听懂，太麻烦。这人命不好，一直打光棍，看着像是四五十岁了，其实才三十多一点。村里几个光棍里头，数他最难，又聋又老又丑，这辈子怕是没戏了。日子过到这份上，自然越来越没精神。其实他是个极善良的人，只是不会表达罢了。我搬来住，他没有一点不乐意，对你也一样。往后他过他的，咱们过咱们的，同住一个屋檐下，互不干扰。

晚上，我早早钻进被窝。太幸福了，终于能睡个安生觉了，不用担心有人查夜，更不用担心半夜里被揪出去批斗了。

小东淖的夜出奇的静，偶尔有声狗叫也是懒洋洋的。

旁边的档子哥很快睡着了，他倒宽心，觉挺好。突来的幸福感再加上新环境，令我兴奋不已，久久不能入睡。想跟蛮子聊聊，这小子抱着那本破书就着煤油灯昏暗的光亮，正跟拿破仑对话，根本没工夫搭理我。突然耳边响起一片噪音，哼——哈；刺啦——刺啦。仔细分辨，哼——哈是呼噜声，刺啦——刺啦是指甲与干涩粗糙皮肤的摩擦声。呼噜声还能对付着接受，抓挠声可实在无法忍受，让人心里又酥又麻。不好，有虱子！档子身上一定爬满了虱子。“啊呀虱子！”我惊呼一声猛地坐起。

蛮子抬了下眼皮，目光又集中回书上，边看边说：这儿的男男女女，每个人身上都有这种东西。说罢便不再言语。

狗东西，总算是看清你了。我说你小子白天怎么突然变得那么热情呢，原来是把我当炮灰，摆在阵地最前沿，帮你抵御小动物的进攻。转念一想，炮灰就炮灰，怕个毬，咋也比到处流浪强。虱子就虱子，不就喝点血吗，咱年轻力壮，不在乎，权当交了住宿费。咱爷们局气，也弄他一身虱子，入乡随俗，跟贫下中农相结合。对了，这周档子啥成分？忘了问了，不会是地主吧……意识渐渐模糊，我睡着了。

小东淖第一夜，真好。

五

蛮子姓薛，因为大家从来都是蛮子、蛮子地叫，很长时间许多人都不晓得他的官名，村里老乡也一样，要不叫他蛮子，要不叫他薛蛮。

应该承认，蛮子当年的的确确是个俊俏的小鲜肉。虽然这两年被天地酷虐的皮肤有些粗糙，但仍保留着奶油本色，对于自己的朗目舒眉，他很自豪。人一有点资本，总爱摆出一副玩世不恭的样子。

他酷爱读书，是我见过的最爱读书的人。他对书的感情，借一句用滥了的话比喻，如同一个行走沙漠的人对水的渴求。他出门身上总背着一个破书包，里面就装三样东西：书、笔和笔记本。

那时候小东淖没有电，每到夜晚，他便借助一盏油灯，一边读书，一边认真做笔记。我几乎没见他前半夜睡过觉。坚持一个星期容易，持续一个月也能做到，再长就困难了，能保持一年就是奇迹。蛮子不仅创造了奇迹，而且把奇迹进行到底，天天如此，月月如此，年年如此。

他之所以跟老光棍做伴，甘心拿自己的血肉之躯喂肥虱子，就是为了方便读书——档子很少说话，无交际，不多事，天擦黑就睡觉，所以这间土屋整个夜晚都属于他，绝无外界干扰，可以随心所欲地读书；读到什么时候都行，只要你有煤油，只要你身子骨受得了。

我早就看明白了这里面的事，所以虚心而坚决地向档子学习，为蛮子的夜读提供方便。我给自己确立的根本原则是一切以薛蛮子为转移，尽量培养天黑就入睡的良好习惯，争取做第二个周档子。谁他娘的让我是后来的呢？

我惹着谁了，冤不冤啊。

六

旧的问题解决了，新的问题又来了。

我可以早睡晚起，但一个个大活人，得吃得喝不是？从前在兵团，我凭劳动吃饭，来到小东淖就不可能了。我不是社员，没有在这块土地上干活的资格。那么只有一个办法，家里给我寄钱，我买粮食吃。然而手中没有粮票，即便有钱也买不到粮。再说了，我有钱吗？没有，父母的工资冻结了，哪儿来的钱？

唉，苦恼死了。

熬了几天，觉得自己像个讨人嫌的二流子，白吃白喝，整天游手好闲地晃来晃去。我知道，再这么混下去，早晚有一天，就是别人不说什么，我自己也得滚蛋。

憋了许久，张了几次嘴又都收了回去。终于等到了机会，蛮子虽然抱着书，但目光有些游移。我鼓起勇气说："蛮子，打扰一下，有点事想请教你。""你说。"他瞟了我一眼。"是这样，"我说，"哥们儿也不瞒你，现在我哪儿都去不了，这地方我喜欢，这群人我也喜欢，你帮我出出主意，怎样才能在这里长期住下去？"

他放下书，想了片刻，道："虽说队委会里咱的人占了三个，但要让一个没有户口的人转成社员绝无可能，不是社员，你就不能下地干活挣工分——我倒有个办法，你会做饭吗？"平时玩世不恭的他一本正经

右起：戈毅、薛必群　1971 年 10 月

地问。“会一点。”我答。“这就好办了，”他说，“你也知道，给咱做饭的大师傅是村里老乡，一天三顿饭都在这吃，他一粒粮不带，吃的都是大家伙的口粮。要是你能接下做饭的活儿，长期住下去没一点儿问题。”

一言点醒困惑人。我急忙问：“这事归谁管？”蛮子拿起书，道：“找李止和康继光，跟他俩说。”

这是我和蛮子少有的一次正经谈话，哥们儿之间的交情由此开始。

的确是好主意，两天后我扎上围裙正式上岗，成了小东淖知青的第三任大师傅。

七

小东淖那段日子里，我断了经济来源。蛮子不错，时常三块五块的接济我。他的好我记得。但我也着实被他害过。

当地民间广泛传唱一种小曲，叫山曲儿，内容大多是男女之间那点事，故而又叫酸曲。歌词直白，有的相当露骨。蛮子有事没事也哼上几句。那天闲着没事，两人在屋里闲扯。我告诉他，当年在北京的时候，跟一“老炮儿”学过一支河北小曲，词儿倍儿黄。蛮子好奇，一再要求我唱。反正就我俩，唱就唱呗，于是我张嘴开唱，把这小子听得如醉如痴，乐得前仰后合。之后，死缠硬磨，非让我教他。他对我有恩，实在无法拒绝，看他那迫切劲儿，也不忍拒绝，于是便长一句短一句地教他，我唱一遍，他学一遍。

真费劲。别看他平时说起话来声音洪亮，底气十足，抑扬顿挫，感情到位，可唱起歌来全然不是那么回事，整个一不着调，一首歌下来，能唱准三个音就不错了。最让人受不了的是，他从来不顾及别人的感受，只顾自己痛快，咿咿呀呀地折磨人。

曲调虽不准，但词儿记得一字不差：“二月里啊二月二呀，骑着毛驴去看我二姨儿……”一整天蛮子嘴就没闲着，只要有他在的地方，都能听到这首不着调的歌。那也叫唱，跟念词儿差不多。一般人听了也就撇撇嘴，更多是跟着起哄架秧子，尤其是村里那帮半大小子。可最后还是碰到了认真的人。

此人大名谢安娘，我们的谢大姐，小东淖小学的创建人，为人师表的典范。“真恶心，什么破歌！”一声断喝，谢老师打断了自得其乐的蛮子。追问道：“哪儿学的？”她担心这样的黄歌会腐蚀她苦心教导的学生。薛蛮子二话不说，立即坦白交代，一口把我供了出来，好像他很天真很纯洁，是最大的受害者似的。

谢大姐把我叫到她屋里谈话。说：“哎呀，真没想到，你人不大还挺复杂嘛，居然会唱这种歌，看来你啥都懂了。”讽刺完了就是指责，说好好的蛮子全让你教坏了。面对义正词严的批评，我只能接受，我的形象就这么叫蛮子毁掉了。

蛮子这事办得不仗义，让我记了他几十年。

八

蛮子也做仗义的事，也让我记了他几十年。

那天生产队分胡麻油，领过油后，我签上名字和日期。写到年月日，觉得好熟，猛地想起这天恰好是自己的生日。放下油回到房间，随便跟蛮子说了一句：今天是我生日，满十八了。

“哈哈，十八了，你成年了！”蛮子叫道，显得十分激动，问：“生日准备咋过？”“没啥好过的，我已经好几年不过生日了，知道自己十八就行了。”我淡淡地说。“那可不成！十八岁的生日很重要，一定得好好庆祝一下。”说罢，蛮子跑出去把李止和康继光喊过来。康继光壮实，块头大，人们叫他大康。

他们俩也很重视。李止说还有些腌肉，拿出来吃。大康情绪高昂，说为了庆祝戈毅成人应该喝酒，他负责提供酒。

蛮子打开提包，翻出一双高腰胶鞋，大概有六成新的样子。道："这双鞋升小子一直盯着，说是拿东西交换，念叨了好几回，我一直没松口。听说那小子弄了不少野鸭子，这鞋算是派上用场了。"说罢，便出门去找升小子。

河套地区土地盐碱化严重，在没有修筑排干渠的时候，对付盐碱的通常办法是大水漫灌，借助水的压力降低地下水位，因为盐碱随着水走，水位低了盐碱自然也就跟着沉降了。于是每到深秋，地里便灌满了尺多深的水，波光粼粼，看上去跟湖泊无异。此时恰是北雁南归，以为到了水乡，便徐徐降落，歇息觅食。升小子姓马，家住南沙梁，偏居一隅，周围有许多大雁和野鸭出没，自然不肯放过。他的办法歹毒，不是下夹子也不是用网扣，而是拿剧毒农药乐果浸泡麦粒，撒在水面，药死雁鸭无数。

半个小时后，房门砰的一声被踹开，一个麻包重重地摔了进来，几只圆嘟嘟的野鸭滚落在地；跟着是得意的叫声："哈哈，有野味吃啦！"——蛮子凯旋啦。

提起麻袋倒出野鸭，居然铺满一地，挨个点一遍，38 只，再点一遍，没错，是 38 只。一双半新不旧的胶鞋竟然换回了这么多野鸭子，超值，真不知道这生意是怎么谈的。小看蛮子了，他可不是只会读书的呆子，活泛着呢。

十八岁的生日虽然没有蛋糕，没有 Party，没有生日歌，没有父母亲人，但小东淖哥姐们不是亲人胜似亲人的爱，让我过了一生中最难忘的也是最宝贵的一个生日。

我成年了，知道了什么是爱。这是十八岁生日给我的最大礼物。

九

爱的本性在于真诚。

后来我从档子家搬回知青屋，跟大康同住。大康和我应该算是师徒关系，是他教会了我做饭和养猪。除了工作上的关心，更多是以兄长的身份照顾我这个小弟弟。

后套的冬天很冷，气温降到零下二三十度。我们懒得烧炕，正是俗话说的，傻小子睡凉炕全凭火力壮。虽然年轻扛冻，但毕竟冷，我把能盖的都盖上，身上压着两床棉被和一件皮袄。就这样每到清晨还会被冻醒。

大康是生产队的轮式拖拉机司机，每天都必须早起发动机车。他每次起床都把自己的被子拉过来，趁热盖在我的被子上。

春天来了，大康很忙，昼夜不停地耙地，把大田里的土坷垃碾碎，平地保墒，为小麦播种做准备。不光耙村里的地，还要帮助其他生产队做活儿。当地有个不成文规矩，外村拖拉机帮本村耙地，必须杀羊招待司机。如果怠慢，就会遭“羊顶”。关于这个词，有个典故。传说有几个拖拉机司机去外村耙地，碰上了个不开眼的队长，接待不周。几位爷把车开进地里便熄了火，坐树荫底下抽烟喝茶闲扯。生产队长半天听不到拖拉机响动，便慌慌张张跑去问原因。其中的一位手指拖拉机道：“这车不行了，让羊顶了。”队长这才反应过来，说：“哎呀呀！我看这个羊是想死了，立马宰了它。”说完一溜烟儿跑回村杀了只羊。

大康当然不会干这事，然而“潜规则”摆在那儿，肯定享受特殊待遇。那段日子我没少沾光，夜里经常会被人推醒，蒙眬中第一眼看到的必是一碗冒着热气的羊肉——这是大康特地带回来的，又在灶上热过。他干活实在，常常忙到天黑，吃罢招待餐回来，往往是小半夜了。“吃吧吃吧，吃饱了肚子不想家。”大康说。他老是重复这句话。

望着我狼吞虎咽的吃相，他会笑出声来。

十

小东淖是我心中的伊甸园，虽然没有鸟语花香，也没有富足的物质生活，但那里有自由，有真爱。没人强迫你怎么活着，每个人都按照自己的方式生活；但绝不高冷，也不唯我，而是互相帮衬，心怀他人。

虽说我在小东淖是个落难者，但留给大家的印象从来都是一张笑脸，因为我非常幸运地加入了这个群体，它给我安全、温暖、快乐和幸福。当大家夸我的饭做得好吃时，我感到欣慰；当我养的猪被评为全村第一时，我感到自豪，总算对得起大哥哥和大姐姐们对我的关爱。

然而笑脸后面隐藏着忧伤，深深的忧伤。特别是在看到有人上大学、招工离开小东淖的时候，我会非常悲哀，甚至是恐惧。我很害怕，害怕落单，再次被抛到无家可归四处漂泊的日子里去。

戈毅与虎子　1971 年 10 月

感谢上苍，老天仁慈，我没有落单。1972 年 4 月，父亲终于有了结论，我可以回北京了。分别时，看到大家一张张为我高兴的笑脸，心中充满了依恋。我非常愿意跟大家一起坚守到最后，但命运无情，使我们各奔东西。

1972 年 5 月，我告别小东淖。

40 多年过去了，总少不了回望在小东淖的那段日子。那个地方留给我太多的东西，让我在艰难时世看到了人性中美好的一面。

图书在版编目（CIP）数据

小东淖：放不下的亲情 / 李小东等著. —北京：中国国际广播出版社，2017.1

ISBN 978-7-5078-3906-7

Ⅰ. ① 小…　Ⅱ. ① 李…　Ⅲ. ① 散文集—中国—当代　Ⅳ. ① I267

中国版本图书馆CIP数据核字（2016）第263667号

小东淖：放不下的亲情

著　　者	李小东 等
策　　划	张娟平
责任编辑	筴学婧　张娟平
版式设计	国广设计室
责任校对	徐秀英
出版发行	中国国际广播出版社［010-83139469　010-83139489（传真）］
社　　址	北京市西城区天宁寺前街2号北院A座一层 邮编：100055
网　　址	www.chirp.com.cn
经　　销	新华书店
印　　刷	北京艺堂印刷有限公司
开　　本	710×1000　1/16
字　　数	200千字
印　　张	24
版　　次	2017 年 1 月　北京第一版
印　　次	2017 年 1 月　第一次印刷
定　　价	48.00 元

CRI 中国国际广播出版社　欢迎关注本社新浪官方微博　官方网站 www.chirp.cn